Gigi E. Winter

Wärmegewitter:
Chaos an der Côte d'Azur

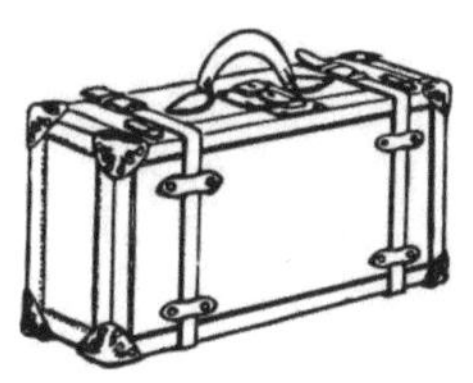

Impressum

1. Auflage 2022

Bibliographische Information der Deutschen
Nationalbibliothek: Die Deutsche Nationalbibliothek
verzeichnet diese Publikation in der Deutschen
Nationalbibliografie; detaillierte bibliografische Daten sind
im Internet über dnd.dnd.de aufrufbar.

© Gigi E. Winter

Alle Rechte vorbehalten.

Website: www.gigiewinter.com

Nachdruck, auch auszugsweise, nur mit schriftlicher
Genehmigung der Autorin. Personen und Handlungen sind
frei erfunden. Ähnlichkeiten mit lebenden oder verstorbenen
Personen sind rein zufällig und nicht beabsichtigt.

Lektorat: Dr. Verena Herrmann-Philippi von Lektorat
Philippi

Cover: Christian Adna (migunastudio), Konzept und
Anpassungen: Gigi E. Winter

Herstellung und Verlag: BoD – Books on Demand,
Norderstedt

Buchsatz: Gigi E. Winter

Grafische Elemente über pixabay.com

ISBN: 9783756222148

Anmerkungen der Autorin:

Dieses Buch ist eine Fortsetzung der Geschichte *Fernweh: Marie sucht das Weite*. Ich habe mich darum bemüht, diesen Teil so zu schreiben, dass er auch von Leser:innen ohne Kenntnisse der Vorgeschichte gelesen werden kann. Trotzdem kann es natürlich sein, dass manche Bemerkungen, Charaktere und Szenen noch besser verstanden werden, wenn der erste Teil bereits bekannt ist.

Für alle, die sich manchmal irgendwie anders fühlen.

„I try to escape but I can't lose my mind, that's why I can't live a conventional life."

   – MARINA: Happy Loner

Playlist

Titelsong: Jean Rose & Bone – Hummingbird

Kapitel 1: Lana Del Rey – Interlude – The Trio
Kapitel 3: Muse – Bliss
Kapitel 6: Biffy Clyro – Mountains
Kapitel 13: DON BROCO – Swimwear Season
Kapitel 15: Youth Group – Forever Young
Kapitel 18: Jack's Mannequin – The Resolution
Kapitel 20: Glass Animals – Heat Waves
Kapitel 22: Lorde – Sober II (Melodrama)
Kapitel 23: Boston Manor – Algorithm
Kapitel 26: Lana Del Rey – Violets for Roses
Kapitel 29: Muse – Blackout
Kapitel 30: Lana Del Rey – Dance Till We Die

Ende: IDLES – A Hymn

Kapitel 1
Marie

Mit beiden Händen umfasste ich meine Kaffeetasse und genoss den Ausblick. Es hatte etwas Beruhigendes, während meiner Mittagspause Lynn bei ihrer Arbeit mit den Pferden zuzusehen.

»Siehst du, Nacho ist schon viel entspannter und zutraulicher geworden!«, rief meine Freundin mir vom Reitplatz aus zu. Mit den Zügeln in der Hand schritt sie neben dem rotbraunen Pferd her und zeigte mir so ihre neuesten Erfolge der sogenannten Bodenarbeit. Die Welt der Pferde war für mich zwar keine gänzlich fremde, schließlich war ich in Westerby, mitten auf dem Land, groß geworden. Dort wurden Reitstunden für Kinder sozusagen gleichzeitig mit der Einschulung gebucht. Doch ehrlich gesagt war dies eine gefühlte Ewigkeit her und meine Kenntnisse beschränkten sich inzwischen auf die Gangarten Schritt, Trab und Galopp sowie das ein oder andere große Reitsportevent. Der Griff um meine Kaffeetasse verstärkte sich. Wahrscheinlich hätte ich doch Handschuhe anziehen sollen. Zwar zeigte das Wetter sich von seiner prächtigsten Seite, die Sonnenstrahlen tanzten durch die kühle Luft und tauchten die Umgebung in einen goldenen Schleier. Doch es war Ende Januar, somit noch immer Winter und die Temperaturen dementsprechend niedrig.

»Vielleicht solltest du dich etwas bewegen, damit du

nicht festfrierst«, bemerkte Lynn. Eindeutig hatte sie mein Frösteln wahrgenommen.

»Ich mache gerade Mittagspause und nehme die Bezeichnung wortwörtlich«, entgegnete ich. Verträumt schloss ich die Augen und wandte mein Gesicht dem zarten Sonnenlicht zu. Momentan inhalierte ich jeden Moment der Stille, der sich mir bot. Vor fast einem halben Jahr hatte ich mich hier auf Gut Rosenfels mit meinem eigenen Kosmetikstudio selbstständig gemacht. Seitdem arbeitete ich selbst – und ständig. Ich wollte mich nicht beklagen, auf keinen Fall. Ich war unheimlich stolz auf mich, diesen Schritt gewagt zu haben. Doch ich musste zugeben, dass das Arbeitspensum es in sich hatte. Die meiste Zeit des Tages versorgte ich meine Kundinnen und war überaus froh, dass so viele zu mir kamen, sodass ich fast immer ausgebucht war. Aber nach einem recht langen Tag wartete dann auch noch der umfangreiche Bürokram auf mich. Hatte ich meine letzten Rechnungen für den Steuerberater eigentlich abgeheftet oder hatte ich mir nur vorgenommen, dies zu tun? Womöglich hatte ich es auch nur geträumt? Ich spürte, wie sich bei diesen Grübeleien Denkfalten auf meiner Stirn auftaten. Ich sollte mir dringend Notizen machen. Oder eine dieser To-Do-Listen führen. So, wie ich mich kannte, wäre nur irgendwann das Problem, dass ich sämtliche Listen und Zettel verlor und ihr vorheriges Beschriften mich noch weiter von der eigentlich zu erledigenden Bürokratie abhalten würde.

»Erde an Marie!« Mit ihrer klaren Stimme holte Lynn mich aus meinen Überlegungen. Erschrocken öffnete ich die Augen und fragte mich, wie lange sie bereits versucht hatte, zu mir durchzudringen.

»Hast du das eben gesehen? Er hat überhaupt nicht diskutiert, sondern ist ganz brav seine Linie gegangen.«

»Hm, ja? Diskutiert?«

»Er hat einfach gemacht, was er soll ... Unsere Arbeit zeigt große Fortschritte. Vielleicht solltest du einen kleinen Spaziergang machen, ehe dein Gehirn hier komplett einfriert?«

»Mag sein, dass du recht hast.« Langsam erhob ich mich von der kleinen Holzbank. Mein Hintern fühlte sich inzwischen ziemlich frisch an, Muskeln und Gelenke hingegen zunehmend steif. Laut meinem Ausweis war ich noch für wenige Monate 30, aber mein Körper schien das ganz anders zu sehen.

»Ich lass meine Tasse hier stehen, vielleicht nimmst du sie nachher mit? Oder wir vergessen sie einfach hier, dann verwächst sie mit der Bank und geht im Sommer als Skulptur für die Ausstellung durch.«

Lynn hielt mir ihren nach oben gestreckten Daumen entgegen. »Kunstbanausen for life!«, rief sie und war sogleich wieder in die Arbeit mit Nacho vertieft. Ein Lächeln huschte über mein Gesicht, als ich mich daran erinnerte, wie Lynn und ich uns in den ersten Wochen auf dem Gut noch an das Thema Kunst hatten gewöhnen müssen. Zusätzlich zu den Stallungen und meinem Kosmetikstudio waren hier auch weitere Geschäfte ansässig, die Besucher für einen Ausflug auf das Land begeistern sollten. Einiges davon hatte mit Kunst und dazugehörigen Ausstellungen zu tun. Lynn und ich waren in dieser Hinsicht so wenig bewandert, dass Irene, unsere Freundin und Verwalterin des Gutes, uns etliche Bücher zum Nachlesen bestimmter Inhalte gegeben hatte. Sie war in der Thematik nämlich eine wahre Expertin, da sie nach ihrem Schulabschluss Kunstgeschichte studiert hatte.

Lynn und ich hatten die Bücher kurz durchgeblättert, aber ehrlich gesagt wusste ich nicht einmal mehr genau, wann ich sie zuletzt gesehen hatte. Geschweige denn wo.

Ich schob meine Hände, so tief es ging, in die Taschen meiner Jacke, um sie wieder aufzuwärmen. Instinktiv zog ich meine Schultern in Richtung der Ohren und hatte bereits jetzt die Befürchtung, morgen ziemlich verspannt zu sein. Vielleicht sollte ich doch endlich regelmäßig Sport machen?

Langsam schlenderte ich über das Gut, das sich zurzeit in so etwas wie einer Winterpause befand. Die turbulente Phase des Adventsmarktes und des Jahreswechsels war vorüber, sodass viele der hier ansässigen Geschäfte die Zeit nutzten, um sich neu zu strukturieren. Von Sade, der Chefköchin des Restaurants *Liebstöckel*, wusste ich, dass sie an einer neuen Speisekarte feilte, deren Zutaten sie auf die saisonale Auswahl von Lebensmitteln zuschnitt. Sie hatte uns bereits vorgewarnt, dass sie sich dafür eine Weile bei sich zuhause einschloss und in ihrer eigenen Küche experimentierte, bis alles ihren Vorstellungen entsprach. Ich konnte nur hoffen, dass diese Arbeit sie nicht mehr allzu lange abschotten würde. Es war schon zur Gewohnheit geworden, zumindest eine vernünftige Mahlzeit am Tag aus Sades Küche zu genießen. Tamara aus dem Einrichtungsladen *Zeitlos* war vor wenigen Tagen in den Urlaub gefahren. In Marokko mit seinen orientalischen Märkten genoss sie zum einen das warme Klima. Zum anderen war sie dort auf der Suche nach neuen Stoffen, Mustern, Deko-Elementen und was das Interieur-Herz sonst noch alles begehrte. Zu guter Letzt herrschte etwas Leben in der Galerie von Giovanni, der sich selbst so nannte, aber eigentlich Georg Gleitner hieß. Als ich einen Blick durch eines der Fenster warf, sah ich, wie Giovanni mit verschränkten Armen vor einem Gemälde stand und nachdenklich den Kopf nach links und rechts neigte. Ihm zufolge konnte das neue Jahr nicht besser als mit einer gelungenen Ausstellung starten. Er war so etwas wie der Exzentriker hier auf dem Gut. Wenn er sich erst mal in seine Arbeit vertieft hatte, war es besser, ihn nicht dabei zu stören. Ansonsten konnte es passieren, dass man Zeugin eines überaus theatralischen Nervenzusammenbruchs wurde. Um dies zu vermeiden, setzte ich meinen Weg fort. Da die Ferienunterkünfte zurzeit ebenfalls nicht von Gästen bewohnt wurden, konnte ich in aller Stille meine Gedanken kreisen lassen.

Lynns Empfehlung bewahrheitete sich, denn nach dem kleinen Rundgang fühlte ich mich längst nicht mehr so kalt und unbeweglich wie zuvor. Ehe ich mich zurück zu meinem Studio begab, legte ich einen Zwischenstopp am Haupthaus des Gutes ein. Hier bewohnten Lynn und ich jeweils ein Zimmer, sodass die Post für uns dort zugestellt wurde. Mit einem Ruck öffnete ich die massive Holztür. Sofort kam mir ein Schwall warmer Luft entgegen und ich vermutete, dass Irene, die ebenfalls hier zuhause war, den Ofen in regelmäßigen Abständigen fleißig mit Holzscheiten befüllte. Normalerweise stand die Tür zu Irenes Büro offen und sie war immer für einen kleinen Plausch oder eine freche Bemerkung zu haben. Doch jetzt war die Tür geschlossen und ich vermutete, dass sie sich wegen der Nachbereitung des Adventsmarktes konzentriert dem Papierkram widmete. Irene war bereits über 70 und ging meiner Meinung nach steil auf die 80 zu. Für sie hingegen war das Alter nur eine Zahl, die bei ihr häufiger variierte als das Wetter in Norddeutschland. Vor rund 15 Jahren hatte sich Irene gemeinsam mit ihrem Mann Henry der Aufgabe zugewandt, das Gut zu verwalten. Eine ruhige und dennoch interessante Aufgabe fürs Alter, wie sie sagte. Vor drei Jahren war Henry an einem Herzinfarkt gestorben, doch Irene blieb standhaft und führte diese Aufgabe trotzdem weiter.

Schnell sammelte ich die verschiedenen Briefe und Zettel vom Boden des Flures auf, die durch den Briefschlitz ins Innere des Gebäudes geflattert waren. Ich sollte nicht allzu lange vor mich hinträumen und meine beruflichen Pflichten vergessen. Flüchtig warf ich einen Blick auf die jeweiligen Adressaten und sortierte drei Stapel auf dem Schuhschrank. Für Irene trudelte noch immer die ein oder andere Weihnachtskarte ein, da sie viele Bekannte hatte, die über den gesamten Globus verteilt lebten. Außerdem bekam sie noch schrill bunte Werbeflyer und ... einen Brief von Konstanze. Na, das würde sie nicht sonderlich freuen.

Für Lynn und mich gab es nichts Besonderes, aber immerhin auch keine bunten Briefe vom Finanzamt oder anderen Institutionen. Erleichtert atmete ich laut aus. Doch was war das? Ein Kuvert, das an Lynn adressiert war, weckte meine Aufmerksamkeit. Das Papier war hellblau gefärbt und überaus fest. Die Beschriftung bestand aus geschwungenen und verzierten Buchstaben, so, wie man sie von alten Briefen und Dokumenten kannte. Ich konnte nicht erkennen, ob diese handgeschrieben oder doch aufgedruckt war. Zum krönenden Abschluss war der Brief mit einem Wachssiegel verschlossen. Wie edel! Was sich wohl hinter dieser auffallenden Aufmachung verbarg? Ein Blick auf die Uhr verriet mir, dass die Antwort jedenfalls bis zum Feierabend warten musste. Schnell sprintete ich zum Kosmetikstudio.

»Meine Jüngste, Hannah, bekommt jetzt auch schon das zweite Kind. Kannst du dir das vorstellen? Hach, es gibt für mich nichts Schöneres, als Großmutter zu sein. Da erlebt man noch mal all die schönen Dinge, ohne zu viele Verpflichtungen ... Hannah kennst du doch auch? Wenn ich mich recht erinnere, wart ihr nicht in derselben Klasse, aber auf der derselben Schule, natürlich.« Während ich das Peeling auf das Gesicht meiner Kundin auftrug, war ich kurz davor, auch ihren Mund damit zuzukleistern, um ihren nicht enden wollenden Monolog zu unterbrechen. Ich kannte Astrid schon lange, doch das berechtigte sie nicht dazu, allerlei Themen anzusprechen.

»Ich hab' letztens beim Einkaufen deine Mutter getroffen. Sie machte ja einen recht glücklichen Eindruck, aber ich glaube doch, dass auch sie sich endlich Enkelkinder wünscht. Deine Schwester, Linnea, ist ja noch viel jünger als du! Wie weit seid ihr auseinander? 10 Jahre? Also nach dieser Rechnung wärst du eigentlich an der Reihe, aber wer weiß, vielleicht ist deine Schwester ja für eine Überraschung gut.« Mich überkam das Gefühl, dass Astrid vergessen hatte, wie nah ich an ihrem Hals zugange war. Ich müsste die Hände nur leicht nach unten rutschen lassen und ... Doch ich beherrschte mich und biss buchstäblich die Zähne aufeinander.

»7. Wir sind 7 Jahre auseinander«, presste ich hervor.

»Na ja, immerhin. Weiß sie denn schon, ob sie in Berlin bleibt? Ich meine, in Berlin eine Familie zu gründen, das ist doch schräg. Wo sollen die Kinder da spielen, in der U-Bahn? Nein, Kinder brauchen frische Luft und Platz zum Reifen, sonst kommen sie auf komische Ideen. Ich sag ja immer ...« Mit flinken Bewegungen nahm ich die warmen

Kompressen aus dem Heizgerät.

»Sooo, Astrid. Das Peeling kann erst durch die Wärme richtig wirken. Ich packe dein Gesicht jetzt gut mit den Kompressen ein. Das muss jetzt eine Viertelstunde einwirken. Mindestens.« Sorgfältig wickelte ich die kleinen Handtücher über das Gesicht von Astrid und ließ auch die Mundpartie dabei nicht aus. Solch anstrengenden Gespräche sorgten dafür, dass mein Augenlid unkontrollierbar zu zucken begann und sich leise dröhnende Kopfschmerzen bei mir anbahnten. Hatte Astrid vielleicht mal darüber nachgedacht, dass nicht jeder sein Leben so führen musste, wie sie es als richtig empfand? Außerdem wusste sie doch bestimmt, dass ich gerade sehr viel mit meiner Arbeit beschäftigt war. Und Single. Darüber hinaus war meine letzte Dating-Erfahrung ziemlich traumatisch verlaufen. Oder sprach sie das Thema nur an, um den neuesten Klatsch und Tratsch zu erfahren? Falls ich doch jemanden kennengelernt hatte und sie es unerhörterweise noch nicht erfahren hatte? Ich befahl mir, meinen Ärger hinunterzuschlucken und mein Gesicht hinter einer Maske aus Freundlichkeit und Professionalität zu verbergen. Irgendwie gehörte es zu meiner Arbeit leider dazu, immer ein offenes Ohr zu haben, oder auch mal die ein oder andere Geschichte zu erzählen. Doch manchmal, so wie jetzt, freute ich mich nur noch auf einen wohlverdienten Feierabend.

Kapitel 2
Marie

Als ich den letzten Termin des heutigen Tages abgearbeitet hatte, räumte ich meine Arbeitsbereiche auf und schloss den Salon ab. Ich zog meinen dicken Daunenmantel über meine Arbeitskleidung und eilte durch die Kälte in das warme Haupthaus. Dort angekommen sauste ich ohne große Umwege in mein Badezimmer, entledigte mich meiner Klamotten und huschte unter die Dusche. Das sanft prasselnde Wasser massierte meinen Rücken und meinen Kopf. Welch Wohltat nach einem langen Tag. Ich hatte es zu meiner Routine werden lassen, meinen Feierabend mit einer heißen Dusche zu starten. So hatte ich Zeit, die nur mir gehörte, konnte alles Erlebte im Kopf noch einmal durchgehen und es sozusagen gleichzeitig von mir waschen.

Es war ganz schön frech und übergriffig von Astrid vorhin, so über mich, meine Mutter und meine Schwester zu reden. Erstens ging es sie nichts an. Und zweitens hatte sie doch gar keine Ahnung. Ich sollte unbedingt mal wieder meine Schwester anrufen. Wenn ich ihr die Geschichte erzählte, wäre sie höchstwahrscheinlich überaus empört darüber, welch veraltetes Bild einer Frau Astrid unterstütze. Und gleichzeitig wäre es eine weitere Bestätigung für Linnea, warum sie das verschlafene Dorf Westerby verlassen hatte, um in Berlin zu studieren. In meinem kleinen Badezimmer stieg immer mehr Wasserdampf auf. Mit dem Zeigefinger malte ich nachdenklich Herzen und Sterne auf die Tür der beschlagenen Duschkabine.

Bevor ich mich für das Abendessen zu meinen Freundinnen begab, schaute ich in Ruhe die Nachrichten und E-Mails auf meinem Handy durch. Es war nichts Weltbewegendes geschehen, doch Tim Petersen hatte ein schönes Bild von seiner aktuellen Reiseroute geschickt. Als ich vor rund einem halben Jahr mein Leben ändern wollte, begann ich eine Arbeit auf einem Kreuzfahrtschiff. Dort hatte ich Lynn, Irene und Tim kennengelernt, der damals Personalchef auf dem Schiff war. Wir drei hatten die Weltmeere zurückgelassen, doch Tim blieb seiner Arbeit treu. Da wir uns regelmäßig austauschten, fühlte es sich beinahe so an, als wäre auch ich mit an den schönen Urlaubsorten, an deren Häfen das Schiff anlegte. Tims Foto zeigte einen Hafen bei Sonnenschein und trug die Bildunterschrift *15 Grad in Barcelona – so lässt sich der Winter genießen*. Lächelnd tippte ich eine Antwort.

Nach der kurzen Zeit für mich alleine fand ich mich frisch geföhnt und in gemütliche Klamotten gehüllt im Wohnzimmer im Untergeschoss des Haupthauses wieder und nahm auf der großen Couch Platz, in deren Polster ich einsank. Mein Schlabberlook bildete einen Kontrast zu der edlen und rustikalen Einrichtung dieses Gebäudes, den man gar als einen Stilbruch bezeichnen konnte. Zwischen dunkelbraunen Holzmöbeln mit geschnitzten Verzierungen, Landschaftsmalereien in opulenten goldenen Bilderrahmen und frischer Blumendeko in handbemalten Porzellanvasen saß ich in meinem Lieblingspyjama, der zwei bis drei Nummern zu groß war und eigentlich nicht mehr als sogenannte Loungewear durchging. Doch glücklicherweise legten meine Mitbewohnerinnen nicht sonderlich viel Gewicht auf diese äußerlichen Feinheiten.

»Jetzt ist es fast 45 Minuten her, dass ich unsere Pizzen bestellt habe. Manchmal habe ich das Gefühl, die tun so, als wohnten wir im Nimmerland.« Irene kam mit einem Glas Whiskey in der Hand ins Wohnzimmer.

»Meinst du, dass man im Nimmerland Pizza bestellen kann?«, fragte ich nach.

»Ach, du weißt, wie ich das meine. Wir leben zwar etwas ab vom Schuss. Aber wir sind auch Menschen mit Bedürfnissen.« Ich grinste bei Irenes Bemerkung und wusste, dass sie recht hatte. Als ich mich dazu entschieden hatte, hier mein Kosmetikstudio zu eröffnen, war es ihre Einschätzung, die mich letztendlich dazu gebracht hatte, diesen Schritt zu wagen. Zum einen waren die anderen Bewohner dieser Anlage und der umliegenden Gemeinden und Dörfer dankbar um jeden, der die Ländereien mit Leben füllte. Zum anderen war dieser Ort ein Ausflugsziel für all jene, die eine Auszeit vom hektischen Alltag in der Stadt suchten. Und so konnte ich zu meiner Freude bereits nach wenigen Monaten feststellen, dass dieses Konzept voll aufging. Zusätzlich nahmen hin und wieder meine ehemaligen Kundinnen von *Bettys Beauty* aus Westerby die ungefähr 30-minütige Autofahrt nach Rosenfels in Kauf, um sich von mir verwöhnen zu lassen.

»Noch glaube ich fest daran, dass unsere Pizza ihren Weg hierher finden wird. Hast du eigentlich schon den Brief von Konstanze gelesen?«, ich lenkte die Unterhaltung auf ein anderes Thema. Genervt rollte Irene mit den Augen.

»Lass uns bitte nicht jetzt darüber reden, ja? Wir haben heute alle viel gearbeitet und jetzt sollten wir den Abend genießen und nicht von irgendwelchen anstrengenden Verwandten reden.« Sanft tätschelte Irene mein Knie, als sie sich neben mich setzte. Just in diesem Moment betrat auch Lynn, die Dritte im Bunde, den Raum. Sie blieb im Türrahmen stehen, kratze sich nachdenklich im Nacken und sah meines Erachtens nach recht unglücklich aus. Komisch, als ich sie vorhin mit Nacho beobachtet hatte, wirkte sie so zufrieden und ausgelassen.

»Wollen wir darum wetten, wann das Essen eintrudelt? Wer startet mit einem Gebot?«, fragte Irene und blickte mich und Lynn auffordernd an. Es war typisch für sie, aus einer normalen Situation ein mit Risiko behaftetes Spiel zu machen.

»Nee, da bin ich raus«, antwortete ich.

»Komm' schon, Pech im Spiel, Glück in der ...«

»Bitte nicht du auch noch!« Detailreich berichtete ich Lynn und Irene von Astrids anstrengendem Monolog. Meine Ausführungen wurden vom schrillen Läuten der Türklingel beendet.

»Ich mach das schon«, sagte Irene und erhob sich von der Couch. Lynn und ich wussten beide gut, dass es Irene wichtig war, sich bestimmte Aufgaben, wie an die Tür zu gehen, nicht abnehmen zu lassen. Das ließ sie unselbstständig und unheimlich alt wirken, wie sie bereits viele Male betont hatte.

»Ist bei dir alles gut?« Ich nutze den Moment, um Lynn nach ihrem Befinden zu fragen.

»Ja, ich denke schon.« Müde rieb sie sich die Augen. Für die meisten wäre es wahrscheinlich mehr als nachvollziehbar, nach einem solchen Arbeitstag wie dem von Lynn müde und kaputt zu sein. Boxen ausmisten, Pferde versorgen und die Stallungen ordentlich halten waren nur einige der körperlichen Tätigkeiten, die meine Freundin tagein, tagaus zu erledigen hatte. Es wäre verständlich, wenn sie jeden Abend todmüde ins Bett fiel. Doch Lynn war anders. Sie sprühte vor Energie und war auch nach der Arbeit noch offen für allerlei Aktivitäten – nur heute schien dies nicht der Fall zu sein.

»Als ich vorhin die Post sortiert habe, war da ein interessanter Umschlag, der an dich adressiert war.« Wenn Lynn schon Ausflüchte machte, konnte ich immerhin versuchen, ihr Informationen aus der Nase zu ziehen. Ein lautes Seufzen entfuhr ihr.

»Ach das ... Ja. Das ist gar nicht so wichtig«, winkte sie ab.

»Was ist nicht so wichtig?« Irene war mit drei Pizzakartons beladen zurück ins Wohnzimmer gekommen. Ihr Kopf verschwand nahezu komplett hinter dem Turm aus Pappe, nur ihre Augen blitzten über den oberen Rand hinweg. »Das sind meistens die spannendsten aller Themen. Wir essen ganz frivol aus dem Karton, ja?« Ihre letzte Frage wurde von Lynn und mir mit einem stummen Nicken beantwortet. Gemeinsam setzten wir uns an den Esstisch und bedienten uns an der vorgeschnittenen Pizza.

»Also, ich höre«, sagte Irene.

»Jaa, ok ...«, setzte Lynn an und kämpfte mit einem langen Käsefaden, der sich von ihrem Mund zu ihrem Stück Pizza in der Hand zog. »Mein Bruder wird heiraten. Und ich bin eingeladen.«

»Oh je, mein herzliches Beileid«, entgegnete ich sarkastisch, da ich Lynns Schwermütigkeit in Bezug auf diese Situation nicht ganz nachvollziehen konnte. Genervt stöhnte sie auf.

»Es ist nicht so ganz leicht ...«

»Hat er schon eine Frau? Oder ist seine Geliebte nicht einverstanden?«, warf Irene in den Raum. Sie und ich schenkten uns vielsagende Blicke.

»Nein, Lou und er sind schon lange zusammen. Aber die Feierlichkeiten gehen gleich mehrere Tage und sind mit einer Reise verbunden. Ich kann jetzt schon meine anstrengende und nörgelnde Mutter hören ...« So langsam klingelte es bei mir. Ich wusste, dass Lynn und ihre Mutter nicht das beste Verhältnis zueinander hatten. Sie trennten komplett verschiedene Weltansichten und sie waren in vielen Situationen heftig aneinandergeraten. Dieses Verhältnis war laut Lynns Aussagen stets schwierig geblieben, sodass sie als junge Erwachsene ihre Heimat Hamburg verließ und auf einem Kreuzfahrtschiff als Kellnerin arbeitete. Dort hatten wir uns dann letztes Jahr kennengelernt, wobei meine Karriere auf hoher See eher kurz ausgefallen war.

»Wo wird die Hochzeit denn stattfinden?«, fragte ich.

»An der Côte d'Azur.«

»Oh, wie schick!«

»Das ist wirklich nobel«, stimmte Irene mir zu.

»Lou, die Freundin ... Verlobte von meinem Bruder Sebastian kommt aus Frankreich. Daher die Côte d'Azur. Ich kenne sie schon recht lange, eigentlich ist sie echt nett. Aber mit den ganzen Familienangehörigen ... Das kann doch nur anstrengend werden«, wandte Lynn ein. Sorgfältig wischte sie ihre fettigen Finger an einer Serviette ab, ehe sie ein zusammengefaltetes Stück Papier aus ihrer Hosentasche hervorholte. Mit dem Zeigefinger schob sie Irene und mir den Zettel zu.

Einladung zur Hochzeit
  Louanne & Sebastian
  5. August bis 8. August
  Ort: Château du Fleurs, Mougins

Ablaufplan

05.08.
  12 Uhr Sektempfang
  19 Uhr Dinner: White Night

06.08.
  Freie Aktivitäten
  18 Uhr Dinner: Black Tie

07.08.
  14 Uhr Standesamtliche Trauung: Rathaus Nizza
  Ab 16 Uhr Sektempfang, Fotos, Hochzeitsfeier im Fest-
saal des Châteaus

08.08.
  Gemeinsamer Brunch und Abreise

»Das hört sich doch alles ganz angenehm an«, sagte ich, nachdem wir die Karte kurz studiert hatten. »Es ist bereits alles geplant, du musst dich um nichts kümmern, genießt die tolle Landschaft und das fabelhafte Essen, hast sogar noch Freizeit on top ...« Von meiner Seite aus konnte ich keine Einwände finden, die Lynn daran hindern würden, die Hochzeit zu besuchen. Wenn sie die Probleme mit ihrer Mutter für die kurze Zeit über Bord warf, konnte sie das alles womöglich sogar genießen?

»Ihr versteht das nicht ...« Wie ein Häufchen Elend sank Lynn mit dem Kopf in ihre Hände gestützt auf dem Tisch zusammen. »Ich bin die Einzige, die da nicht reinpasst. Die ganze Zeit wird es an mir etwas auszusetzen geben und ich werde kritisiert werden und ich halte das einfach nicht aus ...«

»Meinst du nicht, dass du das etwas überdramatisierst?«, fragte ich nach.

»Überdramatisieren? Ich? Nein, das ist ja das, was meine Mutter die ganze Zeit tut. Ich betrachte das ganz nüchtern und rational und das sind meine logischen Schlussfolgerungen.«

»Familie kann eine Herausforderung sein«, stimmte Irene mit gesenkter Stimme zu.

»Aber es kommt doch auch auf einen selbst an«, wandte ich ein. »Man kann doch auch ...«, abrupt verstummte ich, da Lynn mich mit dunkler Miene musterte. Ich wusste, dass ich mich hier auf dünnes Eis begab. Also vollendete ich meine Ausführungen nicht.

»Aber vielleicht solltest du trotz allem hinfahren?«, sagte ich schließlich und lächelte gequält.

»Es wäre auch gar nicht soooo schlimm, wenn ... wenn ich nicht alleine wäre.«

»Ich glaube, es sind noch mehr Menschen eingeladen.«

»Ja, das ist perfekt! Ihr beide werdet mitkommen!«

»Wir laden uns selbst zu einer Hochzeit ein? Ist das nicht dreist und auch total unangenehm?«

»Gefällt mir«, sagte Irene schlicht. Hilfe, was war nur in meine Freundinnen gefahren?

»Ach, von wegen selbst einladen. Ich gehöre zur Familie, da darf man doch Angehörige mitbringen. Und ob ich nun einen Freund hätte oder zwei Freundinnen mitbringe ...«

»Aber muss so nicht in der Planung viel geändert werden? Die Unterkünfte, das Essen ...«

»Ach Marie, darüber musst du dir doch keine Gedanken machen. Manche sagen zu, manche ab, irgendwie gleicht sich doch am Ende alles aus. Außerdem haben sie noch 6 Monate Zeit, alles zu planen ...«

»Hmm.« Überzeugt war ich nicht. Doch ich hatte begriffen, dass es für Lynn wichtig war, nicht alleine bei diesem Termin zu erscheinen.

»Hab' ich früher oft gemacht ...«, sagte Irene.

»Was, dich selbst auf eine Hochzeit eingeladen?«

»So würde ich das nicht formulieren. Was habe ich da neulich gelesen, wie die jungen Leute von heute das nennen? Eine Party crashen? Ja doch, das habe ich früher regelmäßig gemacht.« Entgeistert blickte ich zu Irene. »Was denn? Ich konnte nichts dafür, dass ich so hübsch war. Und manche Events hatten einfach eine kleine Auffrischung nötig.« In Gedanken malte ich mir aus, wie Irene in ihrer Jugend für Aufsehen gesorgt hatte. Hin und wieder fragte ich mich, ob sie ihre freche Art erst mit dem Alter auslebte. Doch nach Äußerungen wie der gerade eben kam ich zu dem Schluss, dass sie schon immer einer ihrer wesentlichen Charaktereigenschaften gewesen war.

»Außerdem crashen wir die Hochzeit ja nicht«, fügte Lynn hinzu. »Ihr seid meine Gäste und mit euch gemeinsam wird das schon recht erträglich. Also können wir uns alle zu dieser Zeit Urlaub nehmen. Ich werde meinem Bruder noch heute Bescheid geben.« Jedes Widerwort war zwecklos.

Lynn hatte einen Ausweg aus der für sie unangenehmen
Lage gefunden und Irene freute sich über jedes Abenteuer.
Wie konnte ich da schon Nein sagen?

Kapitel 3
Lynn

Es war schon recht spät und Marie hatte sich bereits zum Schlafen verabschiedet. Als ich den Flur entlangging, erkannte ich, dass durch den Türspalt von Irenes Zimmer noch Licht drang. Wahrscheinlich lag sie in ihrem Bett und las noch eine Weile einen Krimi. Leise schlich ich über den Flur, um meine Mitbewohnerinnen nicht aufzuwecken oder zu stören. Unten an der Haustür angekommen schlüpfte ich in Jacke und Schuhe und verließ das Haupthaus.

Nach einem kurzen Spaziergang durch die kalte Nachtluft hatte ich die Stallungen erreicht. Vereinzelt war das Rascheln aus einigen Boxen zu hören. Ich vernahm ein leises Brummen, als ich bei der Box von Nacho angekommen war.

»Na, mein Großer«, behutsam streichelte ich dem Tier über die Nüstern. Voller Zuneigung ließ Nacho seinen Kopf leicht fallen und schloss die Augen halb.

»Du weißt, wie das ist, nicht?« Für manche mochte es bescheuert sein, wenn man ein Gespräch mit einem Tier führte. Ich hingegen hatte in einigen Situationen herausgefunden, dass sie besonders wertvolle Gesprächspartner sein konnten. Vielleicht lag es daran, dass sie wirklich zuhörten? Bei manchen Menschen jedenfalls überkam mich das Gefühl, dass sie stets nur das hörten, was sie hören wollten. Und wer ein Tier verstehen wollte, der musste sich auf seine eigene Sprache, seine Anzeichen und Hinweise einlassen.

So wie meine Arbeit verlief, hatte ich den Eindruck, dass genau das etwas war, was ich gut konnte. Und es war ein gutes Gefühl, so etwas gefunden zu haben.

»Du kennst es, wenn man anders ist und irgendwie nicht reinpasst, stimmt's?« Anfangs war Nacho ein Problempferd gewesen. Er war Menschen gegenüber scheu und skeptisch, regelrecht abgeneigt. Doch gleichzeitig kam er aus einer guten Linie, hatte durch seine Anlagen ein gewisses Talent für den Reitsport, was auf einige vielversprechend wirkte. Doch schnell verloren seine Besitzer die Geduld mit ihm, wenn er sich dem strikten Trainingsprogramm verweigerte, seine Reiter abwarf oder sich gar nicht erst aufsatteln ließ. So war er schließlich bei uns gelandet. Ich war froh, dass Annabell, meine Chefin, mir vertraute und mir die Arbeit mit Nacho übergeben hatte. Auf diese Weise konnte er sich auf mich als feste Bezugsperson einlassen. Als er vor wenigen Wochen bei uns eingetroffen war, war er geradezu verstört und panisch gewesen. Inzwischen machte er insgesamt einen ausgeglicheneren Eindruck, doch mir war stets bewusst, wie vorsichtig ich mit ihm umgehen sollte. Generell war ich Annabell sehr dankbar, dass sie mir die Chance gegeben hatte, hier in den Stallungen eine neue Arbeit zu beginnen. Wenn ich meine Prüfungen ablegte, konnte ich sogar zertifizierte Pferdetrainerin werden.

Aus meiner Jackentasche kramte ich ein Leckerli hervor, das Nacho glücklich von meiner Hand schlabberte. Annabell wusste noch nicht genau, wie die Zukunft von Nacho aussehen würde. Natürlich trug sie die Verantwortung dafür, dass der Betrieb mit der Pferdezucht, dem Ausbilden der Tiere und der Reitschule genügend Geld einbrachte. Doch immerhin arbeiteten wir mit Lebewesen, die eine Seele besaßen, und nicht bloß mit irgendeinem Produkt. Vielleicht fand sich ein neuer Besitzer für Nacho. Allein der Gedanke daran ließ mich ihn vermissen, so sehr hatte ich ihn bereits ins Herz geschlossen. Vielleicht würden wir ihn behalten, zum Beispiel als Schulpferd. Leider war mir bewusst, dass es am Ende ausschlaggebend war, welche der Lösungen finanziell die meisten Vorteile bot.

»Immer dieses blöde Geld.« Sanft klopfte ich Nachos Hals. »Das macht die Menschen so anders, als sie eigentlich sind. Sie verbiegen sich, vergessen, wer sie sind ...« Ich merkte, dass ich in meinen Gedanken abschweifte und diese Nacho gegenüber laut aussprach. Die Hochzeitseinladung von meinem Bruder Sebastian hatte Erinnerungen wachgerüttelt und mir vor Augen geführt, dass ich mich nicht von meiner Vergangenheit abschotten konnte. Direkt nach dem Abendessen hatte ich ihn angerufen und mitgeteilt, dass ich zu der Hochzeit kommen würde. Mit Marie und Irene. Er hatte sich gefreut, doch in seiner Stimme hatte ich ebenso Verwunderung wahrgenommen. Meine Familie hatte meine beiden Freundinnen noch nicht persönlich kennengelernt. Doch da mussten sie jetzt durch.

Ein undefinierbares Gefühl machte sich in mir breit. Würde sich die Hochzeit wie eine Art Zeitreise anfühlen, während der ich mich unausweichlich mit den Gesichtern und Geschichten der Vergangenheit auseinandersetzen musste?

Pferde waren Fluchttiere. Wenn ihnen etwas Angst einjagte, legte sich ein Schalter in ihrem Inneren um und sie rannten, als gäbe es kein Morgen. Doch vielleicht war es mir unmöglich, schnell genug zu laufen, um allen erdenklichen Angelegenheiten für immer aus dem Weg zu gehen.

So, als habe er meine Gedanken gelesen, schnaubte Nacho ausgiebig. Zum Glück war es noch eine gefühlte Ewigkeit hin, bis das unausweichliche Aufeinandertreffen verschiedener Welten auf der Hochzeit stattfinden würde.

Sanft vollendete ich die Handgriffe der Gesichtsmassage bei meiner letzten Kundin für den heutigen Tag.

»Es war mal wieder sehr schön bei dir. Ich wünschte, die Behandlungen würden nie zu Ende gehen ...« Die Stimme von Paula Marquardt hörte sich noch etwas schläfrig an.

»Vielen Dank für das Kompliment. Es freut mich, dass du immer wieder den recht weiten Weg auf dich nimmst.« Ich führte die Liege zurück in eine senkrechte Position, faltete die benutzten Handtücher zusammen und sortierte sie in den Wäschekorb.

»Die Besuche auf Gut Rosenfels fühlen sich für mich immer wie eine ganz besondere Auszeit an. Heute war ich noch in den netten kleinen Lädchen bummeln und habe einen Kaffee getrunken, bevor du dir mein Gesicht zum Entknittern vorgenommen hast. Und jetzt bin ich wieder bereit für den ganz normalen Alltag in Westerby.« An den langsamen Bewegungen, mit denen Paula Marquardt sich aus dem Behandlungsstuhl rappelte, erkannte ich, dass sie sich alle Mühe gab, wieder voll und ganz wach zu werden, nachdem sie rund 90 Minuten von meiner kosmetischen Behandlung verwöhnt worden war. Zufrieden lächelte ich, während ich fast lautlos meine Utensilien und Hilfsmittel wegräumte.

»Ich bin so froh, diesen Termin noch bekommen zu haben. Wie lange bist du doch gleich weg? Und wieso genau noch mal Venedig?«

»In einer Woche werde ich wieder wie gewohnt zur Verfügung stehen«, antwortete ich und musste in mich hineinschmunzeln. Eine Woche war keine lange Zeit. Nach der Hochzeitsfeier hatte ich für mich einen kleinen Puffer eingeplant, damit ich mich von der Reise noch etwas erholen konnte. Und doch hatte ich beinahe ein schlechtes Gewissen, meinen Salon über diese Tage zu schließen. Konnte ich mir diese Auszeit überhaupt leisten? Vielleicht hätte ich meine Finanzen noch gründlicher durchgehen sollen, doch dafür war es nun zu spät. Nachdenklich ging ich zum Tresen und machte alles für die Bezahlung fertig.

»Aber es geht nicht nach Venedig, sondern an die Côte d'Azur. In einen kleinen Ort in der Nähe von Cannes«, fügte ich hinzu.

»Wenn ich das Wetter so betrachte, hast du wirklich Glück, dass es in den warmen Süden geht. Noch einmal die Haut schön bräunen lassen und die Energietanks aufladen ...« Erst jetzt fielen mir die dicken Regentropfen auf, die unaufhörlich gegen die Fensterscheiben prasselten.

»Da hast du recht ... Obwohl es dort natürlich genauso gut regnen könnte. Na ja, hoffen wir es nicht! Und wir sind ja auch nicht zu einem klassischen Urlaub eingeladen. Es gibt klar festgelegte Programmpunkte und Feierlichkeiten ...«

»Hab ich dir schon die Geschichte erzählt, als ich mit einem Mann zusammen war, der mich zu einer Filmpremiere nach Cannes mitnahm? Man kann es sich vielleicht nicht mehr ganz vorstellen, aber ich hätte als junge Jacky Kennedy durchgehen können! Manchmal frage ich mich, wie ich je in diese engen Kleider gepasst habe? Hach, es war wundervoll! So glamourös und elegant ... Wie viel bekommst du doch gleich?«

Noch während Paula Marquardt drei bis vier Mal ihre EC-Karte falsch herum in das Lesegerät schob, erzählte sie mir ausführlich von diesen vergangenen Erlebnissen. Ich musste mich zunehmend anstrengen, ihren schnellen Schilderungen zu folgen, da ich plötzlich von einer immensen Müdigkeit übermannt wurde. Trotz allem kam dieser Kurzurlaub wie gerufen, das ließ sich nicht leugnen. Um meine Bedenken beiseitezuschieben, schrieb ich stattdessen in Gedanken meine Packliste.

Nachdem Paula Marquardt ihre Erzählungen beendet hatte und sich zurück auf dem Weg nach Westerby befand, schloss ich meinen Laden ab und flitzte, so schnell ich konnte, über das Außengelände des Gutes. Meine Schuhe versanken in Pfützen aus Regen und Schlamm und ich war äußerst froh darüber, schwarz für die Farbe meiner Arbeitskleidung gewählt zu haben. Weiß wäre spätestens jetzt hinüber. Ich joggte über die mit Kopfsteinpflaster ausgelegten Straßen des Geländes. In den Gebäuden, an denen ich vorbeilief, herrschte bereits Funkstille. Giovanni hatte die Ständer mit Postkarten und anderen Kunstartikeln zum Mitnehmen ins Ladeninnere geräumt. Natürlich, bei diesem Wetter wären sie ja auch schnell aufgeweicht und glibberig wie abgestandener Pudding gewesen. Auch Tamara schien an diesem Tag keine Gäste mehr zu erwarten und hatte das »Geschlossen«-Schild an den Eingang gehängt. So sauste ich vorbei an den verschiedenen Gebäuden, in denen sich unterschiedliche Selbstständige mit ihren Geschäften niedergelassen hatten, um Rosenfels Leben einzuhauchen. Bevor ich mich ins Warme und vor allem Trockene zurückziehen konnte, war mein Ziel das *Liebstöckel*. Mit einem Regenschirm in der einen Hand wartete Sade bereits auf den Treppenstufen vor ihrem Lokal auf mich.

»Einmal das Abendessen für euch drei!«, begrüßte sie mich und hielt mir einen Beutel mit mehreren Pappschachteln entgegen. »Ich habe das Essen so gewählt, dass ihr euch kulinarisch bereits auf die Reise einstellen könnt!« Dankend nahm ich das Essen entgegen. Es hatte wirklich große Vorteile, ein so gutes Restaurant direkt nebenan zu haben und dann noch mit der Köchin befreundet zu sein. So konnten Lynn, Irene und ich an den meisten Tagen darauf verzichten, nach langer Arbeit in der Küche den Kochlöffel zu schwingen.

»Danke Sade, das ist fantastisch! Nein, du bist fantastisch! Also, wenn du dich mal wieder nach einer entspannenden Behandlung sehnst ...«

»Darüber quatschen wir in Ruhe, wenn ihr von eurer Reise wieder da seid. Nun sieh zu, dass du schnell nach drinnen kommst, Marie. Sonst erkältest du dich noch.« Mit einer flüchtigen Umarmung verabschiedete ich mich, ehe ich zu einem letzten Schlusssprint für diesen Tag ansetzte und zu unserem Wohnhaus hetzte.

Schließlich kam ich klitschnass, mit Dreck besprenkelt und laut prustend am Eingang unseres Wohnhauses an. Ohne Umwege ging ich zur Küche, in der Irene bereits auf mich wartete. Sie saß am kleinen Küchentisch und hielt eine Tageszeitung in den Händen. Als ich im Türrahmen erschien, hob sie ihren Blick und betrachtete mich mit ihren wachen Augen, die auf ihren ebenso wachen Geist hinwiesen.

»Abendessen!«, trällerte ich fröhlich und holte die Essensboxen aus meinem Beutel hervor.

»Fabelhaft! Ich werde rasch alles aufwärmen. Vielleicht möchtest du dir währenddessen eine heiße Dusche gönnen? Du machst den Eindruck ...« Irene sprach ihren Satz nicht zu Ende. Stattdessen blickte ich kritisch an mir herab.

»Gute Idee, ich bin sofort wieder da!«

Nur kurze Zeit später saßen Irene, Lynn und ich im Wohnzimmer.

»Sade hat es offensichtlich sehr gut mit uns gemeint«, Irene deutete auf die zahlreichen Schälchen, die auf dem Esstisch standen. Sie waren gefüllt mit mediterranen Leckereien sowie knackig grünen Salaten.

»Wow, da hat sie ja wirklich alles gegeben!«, antwortete ich und spürte sofort, wie mir das Wasser im Mund zusammenlief.

»Wenn der Sommer draußen nicht zu finden ist, dann wenigstens in unseren Mägen. So, nun langt aber zu. Ich hab das Gefühl, dass ihr beide heute Abend noch viel Zeit zum Packen braucht.« Als Antwort auf die Frage nickte ich eifrig, da ich mir soeben eine dicke Scheibe Weißbrot mit Käse in den Mund geschoben hatte. Auffordernd betrachtete ich Lynn und ging davon aus, sie würde ausführlicher auf Irenes Annahme eingehen. Stattdessen blieb sie ungewöhnlich ruhig, starrte auf ihren Teller und stocherte unbeteiligt in ihrem Salat mit Melone und Ziegenkäse herum. Verdammt, sah der lecker aus. Ich griff nach der Schüssel, tat auch mir etwas auf und kaute noch energischer, um das Gespräch fortführen zu können.

»Das stimmt, ich habe noch nicht mal meinen Koffer rausgesucht. Aber ich freue mich schon so sehr! Es ist wahnsinnig nett von deinem Bruder und deiner Familie, dass sie auch uns als Gäste bei der Hochzeit begrüßen werden.« Lächelnd pikste ich eine gefüllte Tomate und kleine Oliven mit meiner Gabel auf. »Ich hoffe, dass wir wirklich keine Umstände machen?«

»Nein, wieso? Es hat doch alles geklappt«, antwortete Lynn knapp. Damit schien das Thema für sie beendet zu sein.

»Manchmal sollte man nicht zu viel hinterfragen, ob und warum man es sich gut gehen lassen darf«, fügte Irene mit einem leisen Schmunzeln hinzu. »Besonders ihr zwei habt euch nach viel harter Arbeit eine kleine Auszeit verdient. Also werden wir einfach als nette Gäste auftreten und ein bisschen Sekt trinken, wie man das eben so macht.« Spätestens jetzt wünschte ich mir etwas von Irenes Gelassenheit. Vielleicht sollte ich diese Reise nicht wie einen Urlaub, sondern wie einen Geschäftstermin angehen?

»Und wie war das noch mal? Gab es irgendwelche Dresscodes oder Mottos für die verschiedenen Anlässe?« Erneut warf ich Lynn einen fragenden Blick zu. Seufzend blickte sie auf und ließ davon ab, das vor ihr liegende Grünzeug zu malträtieren. Normalerweise hatte sie das Wesen eines fröhlichen Wirbelwindes, der euphorisch und energiegeladen über das Gut fegte. Doch jetzt wirkte sie wie ein melancholischer Trauerkloß auf mich, der grübelnd alle Negativität der Welt in sich aufsog. War sie noch immer wegen der Hochzeit besorgt, obwohl Irene und ich sie begleiteten?

»Am ersten Abend lautet das Motto White Night. Am Tag danach ist Black Tie für die Feier vorgesehen ...« Lynns

Stimmlage war eine Mischung aus monoton und gelangweilt. Da ich mich weitaus mehr dafür interessierte, was genau sie wohl beschäftigen mochte, rückte die Frage nach der Kleiderordnung in den Hintergrund.

»Ist alles ok bei dir?«

Sie zuckte mit den Schultern. »Ja.«

Ja? Ein einfaches Ja? Das war ihre einzige Antwort? Keine ausführlichen Geschichten davon, was sie heute alles erlebt hatte? Keine drei Themenwechsel innerhalb von fünf Sekunden?

»Ist etwas mit Nacho? Wird er doch weiterverkauft?«, hakte ich noch einmal nach. Ich wusste, dass sich in dieser Hinsicht jeden Tag etwas ändern konnte. Und mittlerweile glaubte ich, es würde Lynn den Boden unter den Füßen wegreißen, wenn Nacho plötzlich das Gut verlassen musste. Die beiden waren inzwischen ein Herz und eine Seele.

»Nein, alles gut«, entgegnete Lynn knapp.

Irene warf mir einen Blick zu, der mich wissen ließ, dass auch sie sich bereits nach Lynns Stimmung erkundigt hatte. Ich wusste, dass unsere bevorstehende Reise aus verschiedenen Gründen für Stress bei Lynn sorgte. Doch warum wollte sie nicht darüber sprechen? So fühlte es sich während des Abendessens an, als seien wir eine kuriose Patchwork-Familie, in der Lynn die Rolle des trotzigen Kindes übernahm.

Wenig später schlenderte ich gut gesättigt, aber wenig motiviert, was das Packen betraf, auf mein Zimmer. Von meinem Kleiderschrank hievte ich den roten Koffer und starrte einige Augenblicke ratlos in dessen leeren Innenräume. Schließlich versuchte ich, mich zusammenzureißen, und begann mit den Teilen, bei denen ich mir sicher war. Schnell bemerkte ich, dass diese sich auf Unterwäsche und den Kulturbeutel beschränkten. Also verließ ich mein Zimmer und suchte das von Lynn auf. Ob sie inzwischen besser drauf war?

»Hey, ich bin da etwas überfragt, was die Dresscodes angeht ...« Ich betrat den Raum und wurde sofort auf die ordentlich zusammengelegten Kleidungsstücke auf ihrem Bett aufmerksam. Wie es aussah, war sie im Gegensatz zu mir so gut wie fertig. Vorsichtig legte Lynn einen der Haufen in den Koffer.

»White Night und Black Tie«, sagte sie, so, als ob mir das irgendwie helfen würde. Wenn ich dazu imstande wäre, würde ich jetzt eine meiner Augenbrauen in die Höhe heben. Womöglich machte ich nur eine sonderbare Grimasse und stemmte die Hände in die Hüften.

»Gut, jetzt sag mit endlich, was mit dir los ist!«, forderte ich sie auf. Lynn verschränkte die Arme vor der Brust und sah aus einem der Fenster.

»Ist es gar nicht die Hochzeit, die dich bedrückt, sondern etwas bei der Arbeit?« Beinahe lautlos machte ich einen Schritt auf sie zu. Ich wusste, dass Lynn zurzeit zusätzlich die möglichen Prüfungen zur Pferdetrainerin beschäftigten. Ein Teil von ihr wollte nichts lieber, als die offiziellen Zertifikate in der Hand zu halten, um so ihr Können zu bestätigen. Ein anderer Teil, nämlich eine ausgeprägte Prüfungsangst, hinderte sie daran, auch nur darüber nachzudenken, sich für die Lehrgänge und Abschlussprüfungen anzumelden.

Seit wir auf dem Gut wohnten und arbeiteten, war Lynn noch nie so abweisend zu mir gewesen wie in diesem Moment. Laut ausatmend ließ sie sich auf den freien Fitzel der Bettkante fallen und stütze den Kopf auf ihre Hände.

»Nicht direkt«, murmelte sie kaum hörbar. »Es ist ... es ist nicht immer so leicht mit meiner Familie ...« Als Lynn und ich uns kennenlernten, hatte sie mir von ihrer aufreibenden Kindheit erzählt.

»Es kommt einfach wieder alles hoch«, sagte sie leise. Aufmerksam hörte ich ihr zu. »Du weiß doch, mein ADHS ... Schon als ich ein Kind war, hat meine Mutter nichts unversucht gelassen, diesen Fehler in mir zu beheben.« Das Wort Fehler betonte Lynn ironisch. »Damit ich fließende und elegante Bewegungen lernte, wurde ich zum Ballett geschickt. Gott, es war furchtbar! Ich hatte richtig Angst vor der strengen Lehrerin. Sie hatte einen so festen Haardutt, dass die Hälfte ihres Gesichts mit nach hinten gezogen wurde. Ich habe mich so fehl am Platz gefühlt ... Aber ich musste jahrelang dorthin. Zusätzlich musste ich noch zum Schachclub, weil das angeblich eine bessere Konzentration förderte. Ich glaube, ich kann bis heute kein Schach spielen und habe mir stattdessen immer Geschichten ausgedacht, die die Figuren erlebten. Dann war meine Mutter sehr bedacht auf meine Ernährung. Viel Zucker oder Fast-Food waren für mich nicht drin. Also hatte ich in der Schule, auf Ausflügen und Kindergeburtstagen immer Lunchpakete mit Vollkorn und Gemüse mit. Die anderen Kinder fanden mich ohnehin schon komisch und nutzten jede Gelegenheit, mich auszuschließen. Das übergesunde Essen hat nicht geholfen, kann ich dir sagen ...« Aufmerksam hörte ich meiner Freundin zu. Durch ihre Ausführungen bekam ich einen vagen Eindruck, wie allein sie sich damals gefühlt haben musste.

»Das alles sind nur wenige Beispiele, die verschiedenen

Medikationen noch gar nicht eingerechnet«, setzte Lynn fort. »Das einzig Positive war der Reitunterricht, den ich besuchen durfte.« Bei dieser Bemerkung huschte ein zartes Lächeln über Lynns Gesicht. Nach einer kurzen Pause sprach sie weiter. »Doch was haben all diese Maßnahmen am Ende geholfen? Ich bin immer noch ich, schätze, der Plan meiner Mutter ist nicht aufgegangen. Tja, mit der Zeit wurde das alles nicht wirklich besser. Als ich irgendwann beschloss, auf einem Schiff zu arbeiten, dachte ich, etwas könnte sich verändern. Aber erinnerst du dich? Meine Familie hat sich nicht mal für meine selbst gemachten Video-Tagebücher interessiert ... Also habe ich mich irgendwann immer seltener bei ihnen gemeldet. Und hier sind wir heute.« Ich kniete mich vor Lynn und nahm behutsam ihre Hand.

»Aber meinst du nicht, dass deine Familie unfassbar stolz auf dich ist? Du bist so selbstständig und ...«

»Mag sein«, Lynns Antwort klang wenig überzeugt.

»Wahrscheinlich machst du dir zu viele Sorgen und es ist alles halb so wild! Wenn wir erst mal vor Ort sind, wird alles gut!« Beim besten Willen konnte ich mir nicht vorstellen, wie man sich nicht freuen konnte, wenn die ganze Familie ein so schönes Ereignis wie eine Hochzeit zusammen in einer atemberaubenden Umgebung feierte. Trotz der Vergangenheit. War diese nicht längst abgeschlossen und vorbei? Lynn schien sich nach meinen Worten wenigstens etwas zu entspannen.

»Ja, vielleicht. Aber vor allem bin ich froh, dass ihr mitkommt! Du und Irene ...«

»Na siehst du ...«, stimmte ich zu, um ihr Mut zu machen.

»Außerdem«, setzte Lynn neu an und ich meinte, Zuversicht aus ihren Worten herauszuhören. »Außerdem befindet sich Tim doch gerade auf einer Reiseroute im Mittelmeer. Ist nicht auch Cannes einer der Anlegeorte? Ich glaube, das ist ganz in der Nähe von diesem Mougins.«

»Ja, Tim ist zurzeit auf der MS Tropica, die unter anderem um die Côte d'Azur herumschippert«, bestätigte ich Lynns Annahme.

»Klasse, dann können wir uns ja auch mit ihm treffen! Ich werde ihm gleich heute Abend schreiben.«

»Oder du lässt ihn vorerst in Ruhe schlafen. Morgen, wenn wir am Gate auf unseren Flug warten, haben wir alle Zeit der Welt, uns mit ihm abzustimmen. Stattdessen können wir uns zunächst um etwas anderes kümmern. Um das Thema zu wechseln: Das mit den Dresscodes ist für mich noch immer eine Herausforderung.« Mit einer besser gelaunten, aber noch immer leicht bedrückten Lynn lernte ich jede Kleinigkeit über Kleiderordnungen.

Noch immer war draußen etwas Licht von der untergehenden Sonne zu erkennen. Der Regen hatte sich verzogen und Platz für einen goldenen Abend gemacht, bevor die Nacht hereinbrach. Die Tage waren unheimlich lang und fühlten sich auch so an. Vor allem dann, wenn Briefe von Konstanze auf meinem Schreibtisch landeten. Seit sie auf den Trichter gekommen war, dass ich nicht mehr ans Telefon ging, wenn ihre Nummer auf dem Display blinkte, hatte sie angefangen, mir regelmäßig zu schreiben.

Für Außenstehende mochte es freundlich und hilfsbereit wirken, wenn Verwandte einem in gewissen Aufgaben zur Seite stehen wollten. Doch ich traute Konstanze nicht. Sie war die Frau meines überaus trantütigen Cousins Eduard, der so wenig Profil und Rückgrat besaß, dass er zu allem Ja und Amen sagte. So ein Mann war für eine Frau wie Konstanze ein gefundenes Fressen. Zumal Eduard selbst finanziell nicht schlecht dastand. Seit die beiden verheiratet waren, brauchte Konstanze keinen Finger mehr zu rühren. Eduards Kreditkarte regelte alles und Konstanzes Wunsch war ihm Befehl. Doch irgendwann hatte Konstanze alles, und mich beschlich der Eindruck, dass sie anfing, sich zu langweilen. Was ich durchaus verstehen konnte, mit einem Mann wie Eduard an der Seite. Und da die beiden keine Kinder hatten, die ihnen irgendwelche Probleme bescheren konnten ... Ja, es war mein Eindruck, dass Konstanze meinte, sich hier auf dem Gut selbstverwirklichen zu müssen. Seit mehreren Monaten erwähnte sie in ihren Briefen, dass sie sofort zur Stelle wäre, wenn ihre Hilfe hier benötigt würde. Schließlich würde auch ich nicht jünger und sollte meine Zeit zum Ausruhen haben. Pah, was für eine Unverschämtheit! Was dachte die sich bloß?

Ruckartig erhob ich mich von meinem Schreibtischstuhl und blickte wieder durch das Fenster nach draußen. Ich hatte hier Hilfe. Die meiste Arbeit erledigte meine Steuerberaterin und alles andere, was Events und Veranstaltungen betraf, regelte ich mit den anderen Geschäftsinhabern vor Ort. Auf die Firma *Staub & Wedel* war stets Verlass, was die Reinigung der Ferienunterkünfte anging. Tamara dekorierte diese in regelmäßigen Abständen um und war darüber hinaus für die Buchungen der Zimmer verantwortlich. Ich hatte genug Erfahrung, um mit Rat und Tat zur Seite zu stehen und das allgemeine Geschehen zu überblicken. Meistens musste ich sowieso nur irgendwelche Dokumente unterschreiben. Da fiel mir ein ...? Hatte ich bereits den Einspruch gegen mein letztes Blitzerfoto fertiggestellt? Lief da nicht irgendeine Frist ab? Was hatte ich mir doch gleich notiert ... Suchend wühlte ich in den Schubladen meines Schreibtisches herum und beschloss, dass diese dringend neu sortiert werden mussten. Endlich fand ich, wonach ich suchte, und überprüfte das Schreiben sowie die Felder, die ich ausgefüllt hatte. Schließlich klebte ich eine Briefmarke auf den Umschlag und legte den Brief auf den Schreibtisch. Gleich morgen würde ich ihn zur Post bringen. Ach, morgen in aller Früh mussten wir ja bereits zum Flughafen nach Hamburg! Gut, dann würde ich es eben von dort regeln. Am besten legte ich das Dokument gleich in meine Handtasche, dann hätte ich gar keine Chance, es morgen zu vergessen. Wenn ich keinen Einspruch einlegte, musste ich ein saftiges Bußgeld bezahlen. Was jedoch viel schwerer wog, war die Tatsache, dass ich zusätzlich meinen Führerschein abgeben musste. Eine äußerst unglückliche Situation, in der ich einen Traktor noch schnell überholen wollte, hatte diese unsäglich niederschmetternde Post nach sich gezogen. Ich wohnte gerne draußen auf dem Land. Doch manchmal, wenn ich es eilig hatte und der gefühlt zehnte Trekker direkt vor meiner Nase auf die Landstraße einbog ... Da half nur herunterschalten und Gas geben. Nun, ich sollte diese Angelegenheit möglichst schnell klären, ansonsten war ich hier schrecklich immobil. Fuhr überhaupt ein Bus ansatzweise in die Nähe von Gut Rosenfels?

Mein Blick fiel auf eine Fotografie meines verstorbenen Mannes Henry. Vorsichtig umfasste ich den Bilderrahmen mit beiden Händen und schaute direkt in das Abbild seiner Augen.

»Ach Henry, wenn du nur wüsstest ... Nur ein Ausrutscher. Eine vergessene Rechnung, ein verlegter Brief, ein verlorener Schlüssel, und gleich denken alle, man hat nicht mehr alle Tassen im Schrank. Ab dann wird alles auf das Alter geschoben, man wird nicht mehr für voll genommen und sie nehmen dir deine Selbstbestimmtheit ... Aber mach dir keine Sorgen, ich bin wachsam. Und werde es immer sein.« Nach diesem kurzen Gespräch mit dem Jenseits stellte ich das Bild wieder auf seinen ursprünglichen Platz zurück. Ich brachte es nicht übers Herz, diesem Gegenstand einen Kuss aufzudrücken, auch wenn ich Henry in Momenten wie diesen unheimlich vermisste. Er war nicht mehr hier und konnte mir in meiner aktuellen Lage nicht helfen. Und auch wenn ich mich nicht als einen sonderlich sentimentalen Menschen bezeichnen würde, hatte ich aktuell das Gefühl, dass ich mich mehr nach Henrys Nähe sehnte als sonst.

Doch zu viel Nostalgie war in diesen Augenblicken gefährlich, wenn bestimmte Leute nur darauf warteten, dass man merkwürdig wurde. Ein zu starrer Blick in die Vergangenheit ließ einen das Hier und Jetzt vernachlässigen. Nein, diesen Gefallen würde ich Konstanze nicht tun. So wie ich sie kannte, hatte sie bereits mit mehreren Investoren gesprochen, wie man die Anlage des Gutes am besten zum Luxushotel umfunktionieren konnte. Nein, nur über meine Leiche.

Bis spät in die Nacht hatten Lynn und ich gebraucht, um die richtigen Kleidungsstücke auszusuchen. Nun wusste ich, dass Black Tie für Männer Smoking samt allem Drum und Dran und für Frauen ein langes, einfarbiges Abendkleid und geschlossene Pumps bedeutete. Vielleicht lag ich falsch, aber ich hatte den Eindruck, dass Männer bei diesen Themen meistens leichter davonkamen.

Das Thema White Night war ebenfalls nicht zu unterschätzen, wenn man bedachte, dass der Aufzug nicht nach einem lockeren Abend am Strand aussehen sollte. Lynns Blick erst, als ich den Vorschlag gemacht habe, das Kleid des einen Abends auch zur Hochzeitsfeier zu tragen. Undenkbar!

Doch letztendlich hatten wir das schwierige Rätsel gelöst und nun auch den Flug nach Nizza lebend überstanden. Wegen der unterschiedlichen Wetterzonen waren wir teilweise in solche Turbulenzen geraten, dass ich schwer damit beschäftigt gewesen war, unkontrollierte Panikschreie meinerseits zu unterdrücken. Bisher hatte ich auf jedem meiner Flüge die Sorglosigkeit der Bordcrew bewundert, die mit geschickten Handbewegungen fehlerfrei die Passagiere bediente. Schließlich kam ich jedoch immer zu dem Schluss, wie irrsinnig es war, in dieser viel zu engen Blechbüchse durch die Lüfte zu segeln.

»Irene und ich haben unsere Koffer, wie siehts bei dir aus? Hm, irgendwie müffelst du.« Lynn war neben mich ans Gepäckband getreten. Mir fiel auf, dass dieses sich merklich geleert hatte, sowohl auf die Menschen als auch auf die Gepäckstücke bezogen. Unbewusst muss ich in meinen Gedanken abgedriftet sein und geträumt haben. Zu meiner Verteidigung dachte ich, dass diese Gepäckbänder unweigerlich etwas Meditatives an sich hatten, so, als seien sie der beruhigende Ausgleich nach einem anstrengenden Flug.

»Das ist noch der Angstschweiß von vorhin«, erwiderte ich trocken. »Irgendwie habe ich ein ungutes Gefühl ...« Mit besorgter Miene sah ich zu Lynn. Sofort wurden meine schlimmsten Befürchtungen durch das Fließband, dessen gleichmäßige Bewegung vom einen auf den anderen Moment zum Erliegen kam, bestätigt.

»Das ist jetzt kein so gutes Zeichen, oder?« Hilfesuchend schaute ich mich um und sah, dass Irene aus Richtung der öffentlichen Toiletten zu uns tippelte. Wahrscheinlich hatte sie sich gerade frisch gemacht. Was auch ich dringend nötig hatte.

»Na, seid ihr fertig?« Euphorisch lächelte sie erst Lynn, dann mich an.

»Ich glaube, wir haben ein kleines Problem ...«, betreten deutete ich auf das leere Gepäckband.

Irene rollte mit den Augen. »Ach herrje, haben die etwa deinen Koffer in Hamburg gelassen? Kommt, wir gehen schnell zum Schalter und klären das.«

Irene voran schilderten wir dem Personal der Airline das Problem. Beziehungsweise übernahm Irene diese Aufgabe komplett, da ich überhaupt kein Französisch sprach und Lynns Kenntnisse sich nur auf das Nötigste beschränkten.

Minuten später, in denen ich nicht mehr tun konnte als hoffen, drehte Irene sich zu uns um.

»Tja, da ist wohl ein Fehler passiert.«

»Und wo ist mein Koffer? Wann bekomme ich ihn zurück?«

»Beides konnte man mir hier nicht genau sagen. Aber sie werden sich darum kümmern. Sobald sie etwas Genaueres wissen, wird sich jemand bei dir melden. Mehr können wir im Augenblick nicht tun, fürchte ich.«

Beschämt sah ich an mir herab. Ich hatte gemütliche Sachen für den Flug angezogen, und da gemütlich nicht immer mit elegant oder todschick gleichzusetzen war ... Außerdem hatte ich es geschafft, mich bei dem ganzen Gewackel gründlich mit Tomatensaft zu bekleckern. Ja, ich war gerade alles andere als vorzeigbar. Verkrampft umklammerte ich meine kleine Handtasche, in der sich Portemonnaie, Reisepass, Handy und Kleinigkeiten befanden. Der einzige persönliche Besitz, der mir für den Moment geblieben war.

Ohne Vorwarnung legte Lynn ihren Koffer auf den Boden und öffnete die Verschlüsse.

»Hier, nimm die und zieh dich um. So kannst du nicht auf dem Château zu einem Sektempfang aufkreuzen.« Sie überreichte mir ein Oberteil und eine Hose. »Oh, und vergiss das nicht«, bestimmt drückte sie mir ein Deo in die Hand.

»Lynn ... ich ... Deine Hosen passen mir nicht, erinnerst du dich?« Ich jedenfalls erinnerte mich zu gut daran, wie wir beim Aussortieren unserer Kleiderschränke festgestellt hatten, dass ich lediglich mit den Füßen in Lynns enge Modelle passte.

»Ach komm, dann probier die hier!« Irene hatte ebenfalls ihre Taschen geöffnet und ich fragte mich, welch merkwürdige Szene wir für Außenstehende darbieten mochten. Aber da uns hier niemand kannte, war es wiederum egal.

»Die habe ich übers Teleshopping bestellt«, fügte Irene hinzu. »Diese Schlingel können ein ziemlich gut einlullen. Was man nicht meint, alles brauchen zu müssen ... Na ja, die Hose jedenfalls ist top!«

In der engen Toilettenkabine sorgte ich für ein Mindestmaß an Körperhygiene und schlüpfte in die Teile, die mir von Lynn und Irene gegeben wurden. Als ich vor den Spiegel bei den Waschbecken trat, um noch meine Haare in Ordnung zu bringen, sah ich, dass meine Frisur wohl mein geringstes Problem sein würde. Mit den Klamotten meiner Freundinnen machte ich den Eindruck eines Kindes aus den 90ern, das sich nicht recht entscheiden konnte, ob es sich am Kleiderschrank des großen Bruders oder der kleinen Schwester bedienen sollte. Mein Aussehen erinnerte mich an den Film *30 über Nacht*, nur rückwärts. Oder ich stellte eine verrückte Mischung aus Marlene Dietrich meets Crop Top dar. Das kühle und unvorteilhafte Licht der Flughafentoilette machte die Situation nicht besser. Eigentlich hatte ich noch meinen Lieblingslippenstift auftragen wollen, der sich in meiner Handtasche befand, doch meine innere Stimme verriet mir, dass auch dieser nichts mehr aus meinem Look herausholen konnte. Falls sich in diesem merkwürdigen Aufzug ein Mann näher für mich interessieren sollte, konnte ich jedenfalls sicher sein, dass er sich von meinen inneren Werten angezogen fühlte. Und ausschließlich davon.

Mit hängenden Schultern schlurfte ich zurück zu meinen

zwei Mitreisenden und war dauerhaft damit beschäftigt, das zu kleine T-Shirt nach unten zu ziehen. Gleichzeitig hatte ich das Gefühl, dass Irenes bequeme, aber sehr lockere Hose langsam aber sicher an meinen Hüften herunterrutschte. Vielleicht hatte ja noch jemand Hosenträger für mich ...

»Da bin ich, frisch von der Fashion Week«, sagte ich zynisch.

Lynn beäugte mich skeptisch. »Immerhin keine Jogginghose und kein ... Geruch«, stellte sie nüchtern fest.

Kapitel 7
Marie

Im Taxi, das uns vom Flughafen Nizza zum Château in Mougins brachte, konnte ich Lynns Anspannung förmlich spüren. Unentwegt knetete sie die Hände in ihrem Schoß und biss sich auf die Unterlippe, bis diese fast blutete.

»Mach dir keine Sorgen«, wollte ich sie beruhigen. »Irene wird bei der Ankunft alle von mir ablenken und anschließend werden wir sofort in die nächste Stadt fahren, um mir etwas Vorzeigbares zum Anziehen zu kaufen.«

Ich sah auf das Display meines Handys und die dort angezeigte Uhrzeit verriet mir, dass es nicht mehr allzu lange dauern sollte, bis wir das Château erreichten. Vom Flughafen war unser Zielort glücklicherweise nur rund 20 Minuten entfernt. Obwohl die Klimaanlage des Wagens hervorragende Arbeit leistete, konnte ich es kaum erwarten, nach draußen an die frische Luft zu treten und im besten Fall mit Hilfe eines Eiskaffees meine Lebensgeister zu wecken. Ich war seit ungefähr 4:30 Uhr morgens auf den Beinen und hatte in all der Aufregung am Flughafen eben verpasst, mir einen Kaffee zum Mitnehmen zu ordern. Ich bemerkte, wie auch Lynn auf mein Display schielte, um die Uhrzeit abzulesen.

»Es ist erst kurz vor 12, alles gut«, raunte ich ihr zu.

»Halb 12 wäre besser gewesen ...«

»Deine Eltern haben bestimmt Verständnis für die paar Minuten, wenn wir ihnen von dem Fiasko mit dem Koffer erzählen ...«

»Hmm.« Lynn verstummte wieder. Ich beschloss, das Gespräch vorerst ruhen zu lassen und stattdessen die an uns vorbeiziehende Landschaft zu genießen. Vor uns erstreckten sich grün bewachsene Hügel und Hänge, auf denen kleine Häuschen mit weißen Fassaden und hellbraunen Dächern standen. An einigen Stellen war der Rasen durch die Trockenheit und die brennende Sonne ganz ausgedörrt und hatte eine hellbraune Farbe angenommen. Der Himmel leuchtete in einem strahlenden Blau und die wenigen schneeweißen Wölkchen komplettierten den Eindruck, dass hier ein ewiger Sommer regierte. Die Bäume, deren Blätterdach sich sacht in der lauen Sommerbrise bewegte, sorgten trotz all der Hektik vorhin für ein Gefühl der Entspannung in mir.

An einer der nächsten Ausfahrten verließen wir die Schnellstraße und fuhren über die weitaus schmaleren Wege eines Dorfes. Am liebsten hätte ich meine Nase an die Fensterscheibe gedrückt, um die Umgebung noch intensiver in mich aufnehmen zu können. Wir passierten zahlreiche Auffahrten zu herrschaftlich anmutenden Anwesen. Sie alle waren von breiten, teilweise schmiedeeisernen Toren abgeschirmt. Vor eben so einem Tor kam auch unser Taxi nach kurzer Zeit zum Halten. Der Fahrer betätigte durch das geöffnete Fenster den Knopf neben einer Sprechanlage und wechselte einige Worte mit der Person am anderen Ende der Leitung. Kurz darauf glitt das Tor in einer gleichmäßigen Bewegung zur Seite. Der Wagen fuhr wieder los und wir schwebten in gemächlichem Tempo weiter. Ich hatte den Eindruck, als führte unser Weg gerade durch unseren eigenen exotischen Botanischen Garten. Links und rechts von uns erstreckten sich zahlreiche große und kleine Palmengewächse, die unser Fahrzeug nur um Haaresbreite verfehlten.

»Wow, so etwas habe ich noch nie gesehen ...«, staunte ich und war darum bemüht, dass mein Mund nicht offen stehenblieb.

»Das Château ist in der Tat himmlisch«, stimmte Irene mir zu. »Und das Klima wird meinen Knochen unheimlich guttun.«

Einzig und allein unser Sorgenkind Lynn schien gegen diese erhabene Atmosphäre immun zu sein. Das Taxi rollte noch einige Meter weiter, ehe wir auf dem Platz vor einem Gebäude stehenblieben. Zugegeben, es war nicht mehr viel von der ursprünglichen Parkfläche übrig, da bereits zahlreiche Autos hier abgestellt waren. Unser Fahrer wirkte etwas hilflos, parkte schließlich schräg und mittig, was mit Sicherheit nicht sonderlich elegant aussah. Doch auf diese Weise blieb uns genügend Platz zum Aussteigen und Ausladen des Gepäcks. Sofern man denn welches hatte. Mit einem unüberhörbaren Seufzer verließ Lynn als Letzte das Taxi.

Ich versuchte, mir zunächst einen Überblick zu verschaffen, wohin wir als Nächstes gehen sollten. Die eng nebeneinanderstehenden Autos jedoch machten es einem nicht allzu leicht, zum Hauptgebäude des Châteaus vorzudringen.

»Meinst du, der Sekt wurde von all diesen Gästen schon leer getrunken?«, fragte ich Lynn und knuffte sie in die Seite. Doch statt eines vorsichtigen Lächelns erwiderte sie lediglich ein undefiniertes Grunzen. Allmählich war ich mit meinem Latein am Ende. Wir befanden uns bei bestem Wetter in einer zauberhaften Location, waren zu einer mehrtägigen Hochzeitsfeier eingeladen und Lynn erweckte noch immer den Eindruck, als befänden wir uns auf einer Beerdigung.

Ich erinnerte mich an eine Geschichte, die sie mir erst

vor Kurzen erzählt hatte. Von ihrer Arbeit mit den Pferden auf dem Gut hatte Lynn gelernt, den schwierigen Exemplaren auch mal den Rücken zuzukehren. Voller Begeisterung sprach sie von dieser einfachen und doch so effektiven Taktik und war immer noch ganz sprachlos, wenn sie daran dachte, wie sie einst erlebt hatte, wie diese aufging.

»Manchmal habe ich Ewigkeiten gebraucht, eines der Pferde von der Koppel zu holen. Andauernd hat es die Ohren angelegt und ist vor mir weggerannt. Erst als ich mich total erschöpft von ihm abgewandt und es nicht weiter beachtet habe, ist es ganz entspannt hinter mir hergetrottet ...« Ich beschloss, Lynn vorerst ebenfalls wie ein solch garstiges Pferd zu behandeln. Vielleicht würde auch sie dann nicht mehr ihre Ohren anlegen, sondern friedlich auf ihre Umgebung reagieren.

Inzwischen hatten wir es geschafft, uns durch die dicht aneinander geparkten Autos zu schlängeln. Am Eingang der Rezeption – zumindest vermutete ich, dass sich in diesem Gebäude die Rezeption des Châteaus befand – wurde ich zunächst auf ein Schild aufmerksam. *Bon anniversaire Charles* stand dort in geschwungenen Lettern. Ich wunderte mich über den dort stehenden Namen.

»Ich dachte, Lynns Bruder heißt Sebastian?«, raunte ich Irene zu. »Und warum wurde der Name der Braut einfach weggelassen?«

»Das ist in der Tat sonderbar ... Und auch ein wenig unpassend. Bon anniversaire heißt übersetzt alles Gute zum Geburtstag.«

»Das ist wirklich nicht ganz das Thema. Vielleicht ist jemand vom Personal etwas ... durcheinander gewesen oder hat aus Versehen ein falsches Schild aufgestellt. «

Irene setzte noch zu einer Antwort an, doch verstummte sofort wieder, als sich uns eine äußerst hektisch wirkende Frau näherte.

»Lynn! Da seid ihr ja! Es ist eine Katastrophe! Katastrophe!«

»Hi Mum. Tut mir leid, dass wir uns verspätet haben, es gab da ...«

Die Frau, bei der es sich offensichtlich um Lynns Mutter handelte, beachtete uns nicht weiter und ging hinaus zum Parkplatz.

»Der Zeitplan ist sowieso hinüber. Hinüber! Und wie das hier aussieht! Das reinste Chaos! Ich seh das Château vor lauter Autos nicht mehr ... Da muss sich auf der Stelle jemand drum kümmern. Sofort!«

Direkt war zu spüren, welch eine aufgeladene Atmosphäre hier herrschte.

»Ach Lynn, du weißt ja auch das Neueste noch gar nicht. Deine Großeltern haben sich kurz vor der Reise eine Fischvergiftung eingehandelt und schaffen es nun nicht zur Hochzeit. Warum nur haben sie diesen dämlichen Fisch gegessen?« Wild herumfuchtelnd ging Lynns Mutter vor uns auf und ab. »Ich habe noch versucht, sie zu überreden ... Es müsste doch irgendein Medikament geben, oder sie könnten hier ja auch viele Pausen machen. Aber du weißt ja, wie stur deine Großmutter sein kann. Nun entgeht ihnen die gesamte Hochzeit!« Mit ihrer Mimik erinnerte mich Lynns Mutter an die übertrieben agierenden Schauspielerinnen aus Stummfilmen. Doch Lynns Mutter war alles andere als stumm. Ihr Redeschwall fand gar kein Ende.

»Nun muss ich mich natürlich darum kümmern, dass jeder Moment auf Fotos verewigt wird! Sonst wird deine

Großmutter mir ewig Vorwürfe machen. Was für ein Stress!«

Ich straffte meine Schultern, zog mein Oberteil etwas nach unten, die Hose nach oben, und machte einen Schritt auf Lynns Mutter zu.

»Hallo, Sie sind Frau Herzog, nehme ich an?« Zur Begrüßung streckte ich ihr meine Hand entgegen. »Ich bin Marie. Wie schön, dass wir uns endlich kennenlernen. Das Château ist wirklich ein Traum ...« Wie der letzte Volltrottel hielt ich noch immer meine Hand in die Luft. Lynns Mutter ging nicht auf diese Geste ein, sondern musterte mich langsam und ausführlich. Wie schnell ich vergessen hatte, dass ich wegen meiner Aufmachung eigentlich im Hintergrund bleiben wollte.

»Hm«, war schließlich die einzige Reaktion von Lynns Mutter und es hätte mich nicht gewundert, wenn sie noch abfällig mit der Nase gerümpft hätte. Ohne Umschweife sprach sie weiter über die jüngsten Probleme.

»Es hört gar nicht auf mit den Schreckensmeldungen! Der Sektempfang musste vom Poolbereich in den Garten verlegt werden, weil dieses ... Personal hier anscheinend mit seiner Arbeit überfordert ist. Apropos Personal ... wo sind die überhaupt abgeblieben? Soll ich hier etwa alles alleine regeln? Na ja, dann hätte wahrscheinlich mehr geklappt als jetzt.« Mit diesen Worten stapfte Lynns Mutter zum Parkplatz. Wie ein treudoofer Hund folgte ich ihr einige Schritte und beobachtete, wie sie sich mit einem Mann unterhielt.

»Herr Leopold, da sind Sie ja endlich! Hatte Ihre Maschine Verspätung? Ich dachte, Sie wollten schon längst aufgebaut haben! Der Empfang ist doch gleich.« Wie ein Flummi tänzelte Lynns Mutter um den kahlköpfigen Mann herum, der dabei war, etliche Taschen aus dem Kofferraum seines Wagens zu laden.

»Frau Herzog? Ich hatte da dieses Problem mit dem Mietauto.«

»Ach, Sie auch? Kommen Sie, ich begleite Sie, erzählen Sie mir unterwegs ...« Ein lautes *Quak* ließ Lynns Mutter verstummen. Zu ihren Füßen war eine weiße Gans erschienen, die interessiert zu ihr hochblickte. »Ach, nicht dieses Vieh auch noch! Eine Wachgans, können Sie sich das vorstellen? Die macht doch bloß Dreck und ...« So, als habe das Tier jedes einzelne Wort verstanden, schnappte es nach dem Bein von Lynns Mutter, das diese reflexartig anwinkelte.

»Hier ist ordentlich was los. Lasst mich euch erst mal begrüßen. Schön, dass ihr hier seid.« Eine tiefe Stimme, von der diese Worte ausgingen, lockte mich zurück in die Empfangshalle des Châteaus.

»Irene, Marie. Das ist mein Vater, Johann«, stellte Lynn uns vor. Sofort war zu erkennen, von wem Lynn ihre Körpergröße geerbt hatte. Ihr Vater war riesig, bestimmt an die zwei Meter und im ersten Moment hatte ich den Eindruck, seine Lieblingsfarbe zu kennen. Denn Johann wirkte wie eine Sinfonie in Grau. Es begann beim Rahmen seiner Brille, setzte sich in seinen Haaren und in seinem Bart fort, über Hemd, Krawatte und wenn ich mich nicht täuschte sogar bei den Schnürsenkeln. Erneut wagte ich mich an die klassische Begrüßungsform des Handschlags heran und wurde dieses Mal zum Glück nicht ignoriert. Johanns große, trockene, aber angenehm warme Hände umschlossen mich fest und ich fragte mich, ob nicht gar mein gesamter Arm in seinen Händedruck passte.

»Schön, euch kennenzulernen. Wie ihr seht, herrscht etwas Trubel. Der Fotograf Yves Leopold ist gerade erst eingetroffen. Leonora, meine Frau, hatte schon viel früher mit
ihm gerechnet. Vielleicht fällt auch das unter künstlerische
Freiheit?« Durch seine Bemerkung hatten Irene und ich
endlich den Namen von Lynns Mutter erfahren. Bei den
nächsten Worten wandte Johann sich zu Lynn, so, als seien
diese eigentlich nur für sie bestimmt.

»Das Château schwört auf diese Wachgans und ich habe
da so ein Gefühl, dass die beiden früher oder später einen
Revierkampf um das Territorium führen werden.« Auch diese ulkige Vorstellung ließ Lynn kalt und sie beobachtete ungerührt, wie ihrer Mutter sich an dem nicht sonderlich großen, aber umso selbstsicheren Tier vorbeischlängelte.

»Johann, magst du bitte beim Tragen helfen? Die Ausrüstung von Herrn Leopold nimmt gar kein Ende und der
Empfang ...«

»Ich komme schon, Liebling!« Johann bedachte uns mit
einem Nicken, ehe er wie ein Packesel mit Taschen und
kleinen Köfferchen beladen wurde. Während die drei beschäftigt waren, standen Lynn, Irene und ich leicht verloren
in der Empfangshalle.

»Pfefferminzbonbon?« Irenes Frage holte mich zurück
ins Geschehen und ich wandte meinen Blick von der Szenerie auf dem Parkplatz ab. Dankbar griff ich nach einer der
Pastillen aus Irenes Döschen, während Lynn wie ein trotziges Kind mit verschränkten Armen auf den Boden starrte.
Ich nutzte den kurzen Augenblick der Ruhe, um mir die
Räumlichkeiten genauer anzusehen. Hier in der Eingangshalle befand sich die Rezeption, deren Tresen derzeit allerdings verwaist war. Eine dunkelbraune Holztreppe, die mit

einem roten Teppich ausgelegt war, führte zu einem weiteren Stockwerk. Ein Schild an der Wand verriet, welche Zimmernummern dort zu finden waren. Urplötzlich öffnete sich hinter mir eine Tür. Erst jetzt bemerkte ich, dass wir vor dem Eingang zu den öffentlichen Toiletten standen. Ich erschrak und hüpfte von meiner ursprünglichen Position ein Stück zur Seite. Diese Überraschung sorgte dafür, dass mir das Bonbon in den Rachen rutschte, ich mich daran verschluckte, und in einen unausweichlichen Hustenanfall verfiel.

»Hey, ihr seid auch schon angekommen! Wie schön, hattet ihr eine angenehme Reise?« Ein junger Mann in blauem Sommerhemd trat zu uns. Anders als Lynns Mutter umarmte er seine Schwester und reichte anschließend Irene und mir die Hand. Ich blinzelte angestrengt, da mir durch den starken Hustenreiz die Tränen in die Augen stiegen. Es dauerte ein wenig, bis ich die Person vor mir scharf stellen konnte, doch je länger ich das Gesicht betrachtete, umso deutlicher konnte ich die Ähnlichkeit zu Lynn erkennen. Beide besaßen dieselben klaren, blauen Augen und auch er hatte kleine Grübchen oberhalb der Mundwinkel, als er lächelte. Falls Lynn jemals wieder in ihrem Leben lächeln sollte, könnte ich die Ausprägungen in den beiden Gesichtern miteinander vergleichen.

»Hey Seb! Endlich kann ich dir Marie und Irene vorstellen ... Mum war eben recht aufgebracht. Stimmt etwas nicht?«

»Ja, die Buchungen des Châteaus sind wohl etwas durcheinandergeraten. Jetzt findet hier noch zur selben Zeit ein Familientreffen inklusive Geburtstagsfeier statt. Daher die vielen Gäste ...« Sebastian deutete auf den vollen Parkplatz. »Außerdem hat etwas bei der Buchung unseres Mietbusses nicht funktioniert. Eigentlich hatte ich einen hübschen Oldtimer-Bus gemietet, mit dem die Gäste am Tag der Hochzeit zum Rathaus in Nizza gefahren werden sollten. So hätten wir alle, die bei der standesamtlichen Trauung dabei sind, bequem in einem Gefährt. Tja. Als wir bei der Autovermietung ankamen, teilten die uns nur mit, dass sie keine Buchung auf unseren Namen hätten. Und dass außerdem kein Bus in dieser Größenordnung mehr frei wäre. Aber davon lassen wir uns nicht unterkriegen. Die gute Nachricht ist, dass unsere Feier trotz der Umstände wie geplant, mit nur kleinen Anpassungen, stattfinden wird«, klärte uns Sebastian über die aktuellen Geschehnisse auf. »Zu diesen Anpassungen gehören auch die Unterkünfte ... Leider müssen einige unserer Gäste auf andere Zimmer als ursprünglich angedacht ausweichen.« Verlegen kratze er sich im Nacken.

»Verstehe, und einige dieser Gäste sind zufällig wir?«, fragte Lynn und ich meinte, einen dezenten Vorwurf in ihrer Stimme wahrzunehmen.

»Ja, so sieht's aus«, gestand Sebastian und setzte eine entschuldigende Miene auf. »Wenn ihr mir folgt, bringe ich euch direkt zur Unterkunft. Das Personal ist gerade mächtig am Rotieren und kommt mit dem Abarbeiten der Aufgaben gar nicht hinterher ... Lasst mich doch beim Tragen helfen.« Beherzt griff Sebastian nach dem Koffer von Irene. »Und du, hast du gar nicht ...?«

»Mein Koffer wollte mal ohne mich verreisen«, erwiderte ich, bevor Sebastian zu Ende gesprochen hatte. »Diese ständige Gebundenheit an mich war auf Dauer einfach nichts für ihn. Hm, wenn ich so darüber nachdenke ... Ich habe das Gefühl, dass mein Koffer männlich ist.« Irritiert hob Sebastian seine Augenbrauen. In aller Ausführlichkeit erzählte Lynn die Geschichte meines verloren gegangenen Gepäckstücks, während wir auf Sandwegen über das Gelände des Châteaus gingen.

Kapitel 8
Marie

»So, da wären wir auch schon.« Zufrieden öffnete Sebastian die Tür eines kleinen Häuschens mit einem verzierten, goldenen Schlüssel. Wie passend, dass die Zimmer hier nicht mit Keycards, sondern mit einem eleganten, wenn auch etwas altmodischen Schlüssel geöffnet wurden. Das Haus befand sich etwas abgelegen am Rande der Anlage und war von Pinien und Zedern dicht bewachsen.

»Das hier ist das ehemalige Gartenhaus. Es wird nur noch selten genutzt, hat aber einen ganz fantastischen Charme.« Ich fragte mich, ob Sebastian diese Vorstellung womöglich mit einer Verkaufsshow verwechselte. Na ja, die Hochzeit an sich war bestimmt aufregend genug und wenn etwas nicht klappte wie geplant, konnten die Nerven wohl mit einem durchgehen. Wir traten in das Innere des Häuschens und ich spürte sofort ein heftiges Kribbeln in meiner Nase. Im Licht, das durch die Fenster in die Räume einfiel, tanzten und wirbelten zahlreiche Staubkörnchen umher. Ein Schwall muffiger, abgestandener Luft übermannte mich. Ja, dieses Gebäude wurde offensichtlich nur noch selten genutzt. Sehr selten.

»Hier vorne ist direkt ein kleines Wohnzimmer, wenn ihr weiter nach hinten durchgeht, findet ihr dann die Schlafzimmer. Und dort drüben geht's zum kleinen Bad.«

»Zwei Schlafzimmer? Ich weiß nicht, ob es dir aufgefallen ist, aber wir sind ...« Mit einer ausladenden Bewegung hob Lynn ihre Hand und hielt drei ausgestreckte Finger hoch.

»Oh verdammt, schon so spät! Ich müsste eigentlich längst beim Sektempfang sein ...« Gestresst schaute Sebastian auf seine Armbanduhr. »Ihr könnt kurz auspacken, wenn ihr möchtet, und dann sehen wir uns dort wieder. Inzwischen wurden hoffentlich die Wegschilder aufgestellt. Dann könnt ihr den Treffpunkt gar nicht verfehlen ... Also, bis gleich!« Ohne weitere Worte ließ Sebastian uns in unserer Unterkunft für die nächsten Tage zurück.

»Das hat doch etwas Abenteuerliches!«, sagte Irene schließlich und bugsierte ihren Koffer in Richtung der Schlafzimmer. »Wenn es euch nichts ausmacht, beanspruche ich das eine Zimmer für mich allein. Aber in dem anderen Raum gibt es auch tatsächlich zwei Betten! Es muss also niemand auf dem Boden schlafen.« Zugegeben glich die Atmosphäre mehr der eines Ferienlagers. Aber so lange ich ein Dach über dem Kopf hatte, würde es mir nicht in den Sinn kommen, mich auch nur ansatzweise zu beschweren.

»Ich mache mich noch schnell frisch, dann können wir zum Sektempfang gehen. Ob die wohl auch Whiskey haben?« Irene verschwand im Badezimmer und schloss die Tür hinter sich.

»Hey, das ist doch wie in alten Zeiten!«, versuchte ich Lynn aufzumuntern. Ich spielte auf unsere gemeinsamen Erlebnisse auf dem Kreuzfahrtschiff an. Dort hatten wir uns eine winzige Kabine geteilt, die war mit ihren sechs Quadratmetern noch deutlich kleiner und um einiges spärlicher ausgestattet gewesen als dieses Gartenhaus. Doch Lynn verfiel wieder in ein dauerhaftes Schweigen und bot mir gegenüber eine exzellente Verkörperung von Timm Thaler.

Kurz darauf gingen wir erneut über die Sandwege und folgten der Beschilderung zum Sektempfang. Unterwegs waren wir an einem großen Outdoor-Pool vorbeigekommen. Hier also hätte der Sektempfang eigentlich stattfinden sollen. Schon jetzt konnte ich es kaum abwarten, mich im Pool zu erfrischen und anschließend auf einer der Sonnenliegen zu entspannen.

»Das Badezimmer ist niedlich«, sagte Irene. »Und mit niedlich meine ich ... platzsparend. Aber für mich ist das wunderbar. Ich kann mich sowieso nicht mehr so gut bücken. Also, wirklich niedlich dieses Bad.« Ich lächelte ihr zu, ließ die Aussage aber unkommentiert, da wir inzwischen am Ort des Geschehens angelangt waren. Kellner in weißen Hemden und schwarzen Fliegen trugen mit Getränken beladene Tabletts hin und her. Rund vierzig Gäste standen in unterschiedlichen Grüppchen im Garten verteilt. In einem Pavillon inmitten dieser Idylle stand Sebastian, rechts von ihm eine zierliche Frau. Das musste seine Verlobte sein. Sie war wirklich bildhübsch. Ihre Haare waren dunkel, fast schwarz und zu einer eleganten Flechtfrisur gebunden. Das smaragdgrüne Cocktailkleid schmeichelte ihrem hellen Teint. Ein Kellner kam an Lynn, Irene und mir vorbei. Wir schnappten uns jeweils ein Glas von dem Tablett, um es den übrigen Anwesenden gleichzutun. Mit einem kleinen Löffel klopfte Sebastian an das Glas in seinen Händen. Der helle, klirrende Ton erfüllte den Garten und ließ ein paar Vögel in den Bäumen aufschrecken. Leise Gespräche verstummten und die Aufmerksamkeit aller richtete sich nun ausschließlich auf ihn. Mit deutlicher Stimme begann Sebastian die Ansprache.

»Liebe Familie, liebe Freunde. Wie schön, dass ihr alle zu diesem Ereignis – der Hochzeit von Lou und mir – angereist seid. Ihr habt keine noch so langen Wege gescheut und wir sind euch bereits jetzt unendlich dankbar dafür. Wir möchten euch noch einmal ganz offiziell hier auf dem Château in Mougins begrüßen und herzlich willkommen heißen. Gleichzeitig möchte ich an dieser Stelle Melanie Golding danken, die als Weddingplanerin mit wahrem Organisationstalent diese Zusammenkunft erst möglich gemacht hat.« Sebastian unterbrach seine Rede kurz und deutete auf eine Frau in einem eleganten schwarzen Kostüm, die neben dem Pavillon stand. Ein gedämpfter Applaus untermalte das soeben Gesagte von Sebastian, ehe dieser seine Begrüßungsrede fortsetzte. »Damit all die Erlebnisse, die wir während dieser Feier sammeln, auch auf Bildern festgehalten werden, begleitet uns der Fotograf Yves Leopold.« An dieser Stelle deutete Sebastian zu dem kahlköpfigen Mann, der vorhin zur gleichen Zeit wie wir auf dem Château angekommen war. Yves hatte mehrere Kameras um seine Schultern und den Hals gehängt und schien mit seiner technischen Ausrüstung so beschäftigt, dass er gar nicht mitbekam, dass Sebastian soeben seinen Namen erwähnt hatte. »Das Besondere an Yves ist, dass er ausschließlich analog fotografiert. Also, falls jemand von euch nachprüfen möchte, ob seine oder ihre Schokoladenseite getroffen wurde, ist das leider nicht möglich.« Bei dieser Bemerkung schmunzelten die Anwesenden zurückhaltend. Ich fragte mich, ob diese Tatsache auch in Leonoras Interesse war? Vielleicht war Yves Leopold genau deswegen als Fotograf ausgewählt worden. So konnte vermieden werden, dass Lynns Mutter immer wieder die Aufnahmen überprüfen und im Zweifel neu ansetzen wollte. Nach dem ersten Eindruck von ihr waren diese Gedanken vielleicht gar nicht so abwegig.

»Leider gibt es auch einige nicht ganz so erfreuliche Nachrichten«, setzte Sebastian fort. »Kurz vor der Abreise haben meine Großeltern sich leider eine Fischvergiftung zugezogen und werden an den Feierlichkeiten nicht teilnehmen können.« Ein allgemeines Seufzen erfüllte die Runde. »Zusätzlich ... Wie einige von euch bereits erfahren haben, gab es leider ein paar Probleme bezüglich der Buchungen. Es gab wohl Kommunikationsschwierigkeiten hinsichtlich der genauen Anzahl der Gäste. Doch wir wollen uns nicht davon ablenken oder die Stimmung verderben lassen. Ganz im Gegenteil wollen wir die Zeit nutzen, uns auszutauschen, besser kennenzulernen und zu feiern. Während unserer Feierlichkeiten wachsen zwei Familien zusammen, darum haben wir mehrere Tage eingeplant, um ausreichend Gelegenheit zu haben, uns näher zu kommen. Den Beginn macht dieser Empfang. Genießt das Wetter, die Gesellschaft und die Getränke. Mittlerweile sollte auch das Büffet auf der Terrasse angerichtet sein. Lou und ich danken euch und freuen uns auf ein unvergessliches Fest! Und nun: Habt einen wundervollen ersten Tag!« Die Anwesenden applaudierten den Worten von Sebastian. Anschließend richtete auch Lou noch einige Worte an die Gäste, allerdings verstand ich inhaltlich nichts, da sie auf Französisch sprach. Doch allein das Wort Büffet, das Sebastian soeben erwähnt hatte, sorgte bei mir für ein wohliges Gefühl. Inzwischen hatte ich mächtig Hunger und zu viel Sekt auf leeren Magen bei warmen Temperaturen war ja bekanntlich nicht die Beste aller Ideen.

»Ich glaube, ich möchte das Büffet gerne näher kennenlernen«, sagte ich an Lynn und Irene gerichtet, als auch Lou ihre Begrüßung beendet hatte. Doch sehr weit kam ich nicht.

»Warte!« Lynn hielt mich an einer der Gürtelschlaufen der extrem locker sitzenden Hose fest.

»He, zieh nicht so doll! Sonst steh ich hier gleich in Unterhose ...«, ermahnte ich sie.

»Soll ich dir nicht lieber etwas von dem Essen bringen? Du könntest dann ganz unbemerkt hier stehen bleiben und ...«

»Oder soll ich mich gleich in einem der Büsche dort drüben verstecken?«, schlug ich vor und deutete auf die uns umgebende Flora. »Wir können eine Geheimaktion daraus machen. Codename: meine schlecht angezogene Freundin.«

»Nein, es ist nur ...«

»Meinst du nicht, inzwischen haben mich sowieso schon alle gesehen? Außerdem habe ich meinen Koffer ja nicht absichtlich verloren und wenn ich nicht gleich etwas zu essen bekomme ...« Ich verstummte abrupt, da einer der uns unbekannten Gäste auf uns zuschritt. Dank meines Berufes war ich Profi darin, jeder Situation mit einem auf mein Gesicht getackerten Lächeln zu begegnen.

»Ah, hallo! Und willkommen an der Côte d'Azur! Lynn, du siehst deinem Bruder ja so ähnlich!« Eine große Frau in einem Leinenkleid begrüßte uns. »Ich bin Claire, die Mutter von Lou. Dort drüben steht mein Mann Philipp.« Sie deutete auf einen Herren, der sich angeregt mit einigen der Anwesenden unterhielt. »Und wer sind deine Begleiterinnen?«

Lynn stellte mich und Irene vor und anhand der dezenten Röte, die ihr ins Gesicht stieg, konnte ich erkennen, wie unangenehm mein Aufzug ihr war. Claire hingegen betrachtete mich mit solch liebevollen und warmen Augen, dass ich komplett vergaß, wie ich gerade aussah. Ja, sie strahlte ein Gefühl von Geborgenheit und Sicherheit aus. Keinesfalls fühlte ich mich komisch oder fehl am Platz.

»Lou hat sich schon so lange auf diese Hochzeit gefreut«, sagte Claire. »Sie ist ein absoluter Familienmensch und es ist das Schönste für sie, wenn alle gemeinsam Zeit miteinander verbringen.« Diese Worte machten mir Lou sofort sympathisch. Ich empfand es als äußerst angenehm, wenn jemand nicht ausschließlich anstrengende Pflichtbesuche mit dem Treffen von Verwandten verband.

»Wer von den Menschen hier gehört denn noch zu eurer Familie? Ich muss gestehen, dass ich noch so gut wie gar keinen Überblick habe ...« Unsicher blickte ich mich um und dachte mir, dass Lynn und Irene mir insgeheim dankbar waren, dass ich diese Frage gestellt hatte. Obwohl ... So wie ich Irene kannte, ging sie diese Veranstaltung weitaus lockerer an.

»Also, von meinem Mann Philipp habe ich ja bereits kurz erzählt. Lou ist unser einziges Kind, weitere Geschwister hat sie nicht. Aber dort drüben stehen ihre Großeltern, meine Eltern. Sie unterhalten sich gerade mit den Trauzeugen, den engsten Freunden von Seb und Lou.« Claire deutete auf ein älteres Ehepaar, das sich angeregt mit den jungen Trauzeugen austauschte. »Mein Vater hat damals, 1955, eine kleine Parfümerie hier ganz in der Nähe gegründet. Über die Jahre hinweg ist das kleine Geschäft gewachsen, größer und bekannter geworden, auch außerhalb von Frankreich.« Wie gebannt hing ich an Claires Lippen. Nur zu gern hätte ich noch mehr über die Geschichte der Parfümerie erfahren, doch gerade in diesem Moment wurde aus einer der Ecken des Gartens nach Claire gerufen.

»Oh, ich glaube, ich sollte schnell zum Brautpaar gehen. Ich meine, sie wollten unbedingt Fotos von diesem Empfang machen ... Ich habe noch gar nicht mit dem Fotografen gesprochen, der für die Hochzeit engagiert wurde. Gewöhnt euch schon mal daran, dass diese Momente auf zahlreichen Fotos verewigt werden.« Mit geschickten Handbewegungen strich Claire ihre Haare glatt. Ich hingegen schielte nervös zu Lynn herüber. Bevor es in meinem derzeitigen Outfit dazu kam, dass ich fotografiert wurde, würde ich tatsächlich so weit gehen, mich in einem Gebüsch zu verstecken.

»Hier, auf diesem Kärtchen ist die Adresse der Parfümerie. Wir würden uns sehr freuen, sie euch in den nächsten Tagen einmal genauer zeigen zu können. Außerdem findet genau an diesem Wochenende das jährliche Jasminblüten-Fest im Dorf statt. Das wäre doch sicherlich ein toller Ausflug für euch? Einen genauen Termin können wir noch in Ruhe besprechen, ich hoffe, ihr verzeiht mir, dass ich erst mal meine Runden hier drehe. Bis später!« Mit diesen Worten überreichte Claire mir eine cremefarbene Visitenkarte mit dunkelblauer Beschriftung, ehe sie zu Trauzeugen und Brautpaar schritt, die sich bereits in Position für ein Foto gebracht hatten. Kurz versuchte ich, einige der auf der Karte abgedruckten Worte vorzulesen. Den zentral auf dem Kärtchen platzierten Namen, *Teissier* hätte ich noch so eben über die Lippen bringen können, der Rest ließ mich jedoch verzweifeln. Abrupt verstummte ich.

»Hier.« Überfordert reichte ich das Kärtchen an Irene weiter.

»Ah, natürlich! Wo, wenn nicht in Grasse, könnte eine

Parfümerie ihren Sitz haben!« Fragend sah ich zu Irene. Noch leuchtete mir nicht ein, warum das eine solche Selbstverständlichkeit sein sollte.

»Ach, Marie! Das Parfüm, der bekannte Roman. Sag nicht, du hast noch nie ...«

»Ach so, dieser Film! Ja, davon habe ich schon mal was gehört.« Tadelnd schnalzte Irene mit der Zunge. Ihrer Meinung nach hatte ich, was Literatur betraf, noch jede Menge Nachholbedarf. Mit einem vorwurfsvollen Blick gab Irene mir die Karte wieder, die ich in meiner Handtasche verstaute.

»Heute können wir jedenfalls nicht nach Grasse«, wand Lynn ein. »Und Tim habe ich für heute auch schon vertröstet. Für ein Treffen bleibt heute keine Zeit ... Nein, wir werden hier noch ein bisschen durchhalten und dann sollten wir schleunigst zusehen, dass Marie mit neuer Kleidung versorgt wird.«

»Ihr könnt nachher noch nach Nizza fahren. Eine ganz wundervolle Stadt für einen Shoppingbummel«, schlug Irene vor. Noch bevor sie ausführlicher von der vielseitigen Stadt direkt am Meer sprechen konnte, hatten sich die nächsten Personen zu uns gesellt.

»So, jetzt kann ich euch endlich ganz in Ruhe begrüßen ...«, Sebastian war mit Lou und den beiden Trauzeugen zu uns gekommen. Dementsprechend war die Fotosession entweder überaus schnell vorbei gewesen, oder es war noch nicht zum Äußersten gekommen. »Also, das hier ist die Frau, die verrückt genug ist, mich tatsächlich zu heiraten.« Zärtlich legte er seine Hand auf Lous Schulter und beide lächelten sich verliebt zu.

»Marie, Irene, wie schön euch kennenzulernen! Und

Lynn, endlich sehen wir uns mal wieder.« Mit denselben warmen Augen wie ihre Mutter betrachtete uns auch Lou. Nun, von Nahem betrachtet fielen mir allerdings Lous dunkle Augenschatten auf. War sie so aufgeregt wegen dieses Tages, dass sie kaum Schlaf bekommen hatte? Oder waren diese Anzeichen die Spuren einer anstrengenden Hochzeitsplanung? Ich selbst hatte zwar keinerlei Erfahrungen in dieser Hinsicht, doch von anderen in einer solchen Situation hatte ich mitbekommen, wie sehr diese Vorbereitungen an den Nerven zehren konnte. In diesen Augenblicken hatte ich als Kosmetikerin bei meinen Kundinnen ganze Arbeit leisten müssen, um wenigstens für ein bisschen Entspannung der Betroffenen zu sorgen. Inzwischen war ich mir auch nicht mehr komplett sicher, ob Lous blasse Haut natürlich oder ebenfalls dem Stress zuzuschreiben war.

»Ich finde es großartig, dass Sebs Familie und Freunde die lange Reise auf sich genommen haben«, setzte Lou fort. »Die meisten meiner Bekannten und Verwandten wohnen nämlich nach wie vor in Frankreich, sogar unweit von unserer Parfümerie. Für sie ist das quasi ein Heimspiel.«

»Und da wir gerade über Freunde sprechen«, hakte Sebastian nach. »Das hier ist Daniel, einer meiner ältesten Freunde.« Ein junger Mann, ebenfalls in Sebastians Alter, nickte uns zu. Nun hatte der Trauzeuge auch endlich einen Namen. Daniels Haare waren großzügig mit Gel zugekleistert und nach hinten gekämmt. Seine Augen waren so dunkel, dass sie scheinbar schwarz waren.

»Und das hier ist Florence.«

»Bonjour«, entgegnete eine zierliche blonde Frau. Offensichtlich sprach sie kein Deutsch. Das erklärte auch ihre teilweise überforderten Blicke während des Gespräches zuvor. Irene nahm die Einladung dankend an, einige Worte auf Französisch mit Florence zu wechseln.

»Also, bedient euch ausgiebig am Büffet und seid nicht schüchtern in Bezug auf die anderen Gäste. Lou, ich glaube, wir sollten unsere Begrüßungsrunde auch schon weiter fortsetzen.« Es schien, als habe Sebastian Lou mit seinen Worten aus ihren Gedanken gerissen. Sie nickte stumm, ehe sie uns wieder zulächelte.

»Vielen Dank, dass auch wir bei eurer Hochzeit dabei sein dürfen«, entgegnete ich schließlich. Eigentlich hatte ich mich schon die gesamte Zeit für diesen tollen Kurzurlaub bedanken wollen, doch die zahlreichen neuen Eindrücke und mein unglücklicher Aufzug hatten mich etwas aus dem Konzept gebracht. Insgesamt kam mir die Ankunft hier an der Côte d'Azur noch immer wie ein Traum vor.

»Wir haben zu danken. Lynns Freunde sind unsere Freunde.« Mit einem Zwinkern wandte sich Sebastian von uns ab und marschierte gemeinsam mit Lou zu einer weiteren Traube an Gästen. Leicht verloren standen Florence und Daniel noch bei uns und die allseits bekannte, unangenehme Stille war ausgebrochen.

»Und, was habt ihr heute noch so vor?«, fragte Daniel schließlich.

»Oh, wir müssen später noch unbedingt nach Nizza!«, antwortete Lynn schnell. »Vielleicht sollte ich jetzt schon ein Taxi vorbestellen, damit wir nicht unnötig Zeit verschwenden?«

»Gerade erst angekommen und schon wieder weg?«

»Ja, Maries Koffer ist nicht am Flughafen hier angekommen. Sie muss noch unbedingt für die Feiern ausgestattet werden.« Amüsiert schielte ich zu Lynn. Wenn man ihr so zuhörte, konnte man denken, dass ich nicht ganz auf der Höhe war und allein nicht gut zurechtkam.

»Verstehe, das ist natürlich blöd.« Daniel warf mir ein entschuldigendes Lächeln zu. »Aber wenn ihr möchtet, kann ich euch nachher mitnehmen. Ich muss auch noch mal nach Nizza. Egal, wie intensiv so eine Hochzeit geplant wird, irgendwas scheint immer zu fehlen.«

»Das wäre super! Ja, so machen wir es.« Lynn verabredete noch eine genaue Uhrzeit mit Daniel, ehe er und Florence sich für eine diesmal wirklich stattfindende Fotosession verabschiedeten. Erst jetzt bemerkte ich, dass Irene nicht mehr bei uns stand.

»So, jetzt sollten wir vielleicht doch dem Büffet einen Besuch abstatten.« Lynn deutete in Richtung der Terrasse.

»Huch, nun also doch auf einmal?« Zielstrebig gingen wir zu der Terrasse, auf der mehrere Tische aufgebaut waren. Hier stapelte sich eine enorme Vielfalt an Leckereien und Häppchen, die mir direkt das Wasser im Mund zusammenlaufen ließen. Noch bevor wir über das Essensangebot herfallen konnten, winkte die mit Klemmbrett bewaffnete Weddingplanerin uns zu sich. Neben ihr entdeckte ich Irene wieder. Brav folgten Lynn und ich ihrer Aufforderung, uns zu den beiden zu gesellen.

»Hallo zusammen, ich möchte mich noch einmal persönlich bei Ihnen vorstellen. Wie Sebastian eben erwähnt hat, bin ich Melanie Golding und für die Organisation der Hochzeitsfeier zuständig.«

»Sorry, wenn ich dich ... Sie unterbreche, aber kennen wir uns nicht?«, fragte Lynn.

»Ja, richtig Lynn! Ich bin damals mit Sebastian und Daniel in eine Klasse gegangen. Wie der Zufall so will, ist Sebastian bei der Suche nach einer Weddingplanerin auf mich gestoßen. Lou und er fanden es großartig, diese Aufgabe in die Hände einer nicht komplett fremden Person zu legen und tadaa: Hier sind wir heute.« Fröhlich klimperte Melanie mit ihren langen Wimpern und wenn ich ehrlich war, konnte ich nicht recht unterscheiden, ob diese Fröhlichkeit echt war oder ob sie diese in einem Charisma-Seminar erlernt hatte.

»Leider lässt mein Zeitplan momentan keine langen Plaudereien über alte Zeiten zu«, setzte Melanie fort. »Nein, stattdessen bin ich gerade dabei, allen Gruppen ihre Aufgabe für die Hochzeitsfeier zu erklären. Ich habe mir gedacht, dass sich alle überlegen, was für sie Liebe bedeutet, und ihre Ergebnisse in einem Fließtext festhalten. So können die Gruppen ihre Texte am Abend der Hochzeitsfeier vorlesen. Ist das nicht toll? Und so romantisch!« Melanie gestikulierte wild mit den Händen, sodass das Klemmbrett beinahe zu Boden fiel. Hm, anscheinend ließ ihr Beruf sie tatsächlich von innen aufblühen, oder so ähnlich. »Also, ich bin schon total gespannt auf die Texte. Leider muss ich mich vorerst schon verabschieden ... Die Pflicht ruft. Also, bis später!« Schnell hatte sich Melanie von uns abgewandt und marschierte zielstrebig auf die nächsten Gäste zu, denen sie wahrscheinlich von derselben Aufgabe erzählte.

»Was Liebe ist? Schwieriger hätte es auch nicht sein können, oder? Können wir nicht irgendwas basteln? Herzchen ausschneiden oder so?« So dankbar ich war, an dieser Hochzeit teilnehmen zu dürfen, so einschüchternd wirkte diese Aufgabe auf mich. Auch Lynns Gesichtsausdruck war wenig amüsiert.

»Das bekommen wir schon hin«, sagte Irene selbstsicher. Ja, mit ihr hatten wir zum Glück eine Person in unserer Gruppe, die Erfahrungen in diesem Bereich gesammelt hatte.

»Gut gesättigt lässt es sich besser denken. Lynn und ich wollten uns gerade am Büffet bedienen, möchtest du auch mitkommen?«, fragte ich Irene.

Diese hingegen deutete auf einen Teller, der auf einem der kleinen Stehtische stand. »Danke, noch bin ich versorgt. Diese Teigröllchen sind vortrefflich, nur zu empfehlen!«

Mit diesem Wissen statteten Lynn und ich uns mit Tellern aus. Das Büffet war so bunt und üppig, dass ich gar nicht wusste, mich welcher Köstlichkeit ich beginnen sollte. Mein Ziel war es, nicht zu viel Essen auf einmal auf den Teller zu häufen, was bei dieser Auswahl gar nicht so leicht erschien.

»Ich weiß gar nicht, warum du noch immer so angespannt bist«, sagte ich zu Lynn und versuchte, ihr gut zuzureden. »Bisher waren doch alle überaus nett und haben uns mit offenen Armen empfangen. Gut, deine Mutter war vielleicht ein bisschen gestresst. Aber das ist doch auch verständlich ... Und glaub ja nicht, dass mir die Blicke von Daniel entgangen sind.«

Lynn rollte mit den Augen. »Ich kenne Daniel, seit wir kleine Kinder sind. Früher hat er so gut wie bei uns gewohnt. Wahrscheinlich ist er bloß erstaunt darüber, dass ich mittlerweile eine erwachsene Frau bin ...« Energisch pikste Lynn kleine Käsewürfel auf. Es fehlte nur noch, dass sich kleine Rauchwölkchen über ihrem Kopf bildeten.

»Soso, eine Jugendliebe also. Meinst du nicht, dass es da noch mehr gibt, das du mir erzählen könntest?«, bohrte ich nach.

»So ein Quatsch. Er hat mit meinem Bruder zusammen

dieses Business-Gedöns studiert und sie sind anschließend nach London gegangen. Mehr gibt es über ihn nicht zu erzählen.« Ich wollte Lynns Dünnhäutigkeit nicht weiter strapazieren, als ich es ohnehin schon getan hatte, und ließ ihre Ausführung vorerst unkommentiert. Stattdessen genossen wir schweigend unser Essen und beobachteten die unterschiedlichen Gäste aus sicherer Entfernung.

Der Sektempfang hatte sich inzwischen aufgelöst. Ein Großteil der Gäste war auf die Zimmer verschwunden, um sich auszuruhen. So auch Irene. Lynn und ich hingegen warteten auf dem vollgeparkten Vorplatz des Châteaus auf Daniel, der uns netterweise nach Nizza mitnahm. In der Zwischenzeit hatte ich mich telefonisch bei der Fluglinie nach genaueren Informationen über meinen verschwundenen Koffer erkundigt. Es sah so aus, als sei dieser versehentlich in einer Maschine nach Palma de Mallorca gelandet. Man versuche alles, ihn mir so schnell wie möglich zukommen zu lassen. Doch allzu große Hoffnungen machte ich mir nicht. Wahrscheinlich würde ich ihn erst wiederhaben, wenn wir längst zurück zu Hause auf dem Gut waren.

Mittlerweile war auch Yves Leopold auf dem Parkplatz aufgetaucht. Nervös ging er vor einem der Autos auf- und ab und murmelte etwas wie »diese verdammten Mietwagen«.

»Da seid ihr ja schon! Bereit für die Abfahrt?« Daniel trug eine dunkelbraune Sonnenbrille und lächelte mich und Lynn an.

»Ja, los geht's«, antwortete Lynn. Zielstrebig gingen sie auf sein Auto zu. Meine Aufmerksamkeit allerdings richtete sich wieder auf den Fotografen, der inzwischen sehr unglücklich und zornig aussah. Immer wieder ging er auf dasselbe Auto zu, öffnete die Fahrertür, ging vom Auto weg und wiederholte diesen Prozess. Wäre sein Kopf nicht kahl, hätte er sich womöglich die Haare gerauft, da seine Miene den Eindruck erweckte, als habe er soeben in eine Zitrone gebissen. Ich konnte nicht anders. Bevor ich Lynn und Daniel folgte, musste ich ihn zuerst fragen, ob er auf der Suche nach etwas war oder ihn andere Probleme beschäftigten. Brauchte er Hilfe?

»Entschuldigen Sie ...?«

»Ja?« Hektisch wandte er sich zu mir.

»Ich habe Sie ein wenig beobachtet und ...«

»Dieses Auto!« Verzweifelt fuhr er sich mit den Fingern über den Kopf. »Dieser verdammte Mietwagen! Ich hätte mir den nicht andrehen lassen sollen! Und dann war er auch noch so teuer! Unmöglich! Unmöglich so was! Jetzt verbringe ich meine kurze Pause mit diesem ... diesem... Mist!« Genervt schüttelte er den Kopf.

»Was funktioniert denn nicht?«, fragte ich weiter. Inzwischen waren auch Lynn und Daniel zu uns gestoßen.

»Sehen Sie das?« Mit einer ruckartigen Bewegung riss Yves Leopold den Autoschlüssel in die Luft. Ich nickte stumm und war mittlerweile leicht eingeschüchtert von seiner aufbrausenden Art.

»Früher hatte man noch normale Zündschlüssel! Eben ganz normale Schlüssel für ein Auto. Man hat es normal bedient, normal die Zündung eingeschaltet, aber vor allem hat man es normal abgeschlossen! Und jetzt, sehen Sie sich das hier an! Das ist eine Zumutung!« Den Schlüssel hielt er mir jetzt direkt unter die Nase. Da er so dicht vor meinem Gesicht baumelte, schielte ich leicht, um den Gegenstand besser betrachten zu können. Genau genommen handelte es sich um ein graues Rechteck.

»Das ist kein Autoschlüssel, das ist eine Frechheit!«, ergänzte der Fotograf, der sich ganz in Rage geredet hatte. »Und das Schlimmste ist, dass sich das Auto mit diesem nutzlosen Ding nicht abschließen lässt! Diese ach-so-tollen technischen Neuerungen! Das ist der reinste Unfug! Und was bringt mir ein Auto, das sich nicht abschließen lässt? Heh?«

»Ähm, gehen Sie deshalb die ganze Zeit über vor dem Auto auf und ab?« Daniel schaltete sich jetzt ebenfalls in das Gespräch ein.

»Ja doch! Ich schließe ab und ... dann prüfe ich nach, ob das mit diesem Teil geklappt hat ... und dann lässt sich die Tür einfach wieder öffnen! Einfach so! Dabei habe ich doch abgeschlossen ... So langsam verliere ich hier den Verstand!«

»Nun ...« Daniel hielt sich schützend eine Hand vor den Mund und ich bemerkte, dass er angestrengt versuche, ein Lachen zu unterdrücken. »Das liegt wohl daran, dass Sie den Schlüssel bei sich tragen. So funktioniert das bei diesen Systemen ... Die registrieren, dass der Schlüssel in der Nähe ist und entsperren sich dann ...« Nach Daniels Erklärung starrte Yves Leopold einige Momente mit leerem Blick auf das Auto. Nachdenklich kratze er sich am Kopf und betrachtete abwechselnd den Schlüssel in seiner Hand und das Gefährt. Die Informationen schienen sich allmählich zu einem schlüssigen Ganzen bei ihm zusammenzufügen.

»Also ... hatte das alles die ganze Zeit seine Richtigkeit und ich habe da etwas ... Also ich ... Nun, was soll man da sagen? Das ...«, stammelte er vor sich hin.

»Sie brauchen sich also wegen des Wagens keine Sorgen

zu machen. Wenn Sie doch noch mal einen Test machen wollen, sollten Sie nur daran denken, dass der Schlüssel dafür außer Reichweite sein muss ...«, fügte Daniel hinzu. Der Mann schenkte uns ein letztes Nicken und verließ den Parkplatz anschließend mit hängenden Schultern.

Als wir im Auto saßen und gemeinsam nach Nizza fuhren, sorgte das soeben Erlebte für eine lockere Stimmung bei uns. Auch Lynn schien ihre enorme Verkrampftheit zumindest teilweise abgelegt zu haben.

Nach der kurzen Fahrt hatte Daniel auf einem zentral gelegenen Platz geparkt und sich für sein Vorhaben verabschiedet. Lynn und ich standen nun mitten in der Innenstadt von Nizza. Konzentriert tippte Lynn auf ihrem Handy herum und ich sah mich um, um vorerst die Eindrücke der Umgebung auf mich wirken zu lassen.

»Ok, was gibt dein Budget her?«, fragte Lynn.

»Nun, da diese komplette Erneuerung meiner Garderobe nicht geplant war ... Vielleicht gibt es hier Second-Hand-Läden?«

Erneut kassierte ich einen verzweifelten Blick von Lynn. »Meine Familie legt einfach viel Wert auf diese Äußerlichkeiten ...«

»Hm, vorhin hätte ich das nicht unbedingt so eingeschätzt.«

»Ich würde zunächst vorschlagen, dass wir hier entlang gehen.« Lynn wechselte das Thema. »Dort würde es zum Place de Massena gehen und da sind vor allem die Luxus-Marken zu finden. Also gehen wir nicht dort hin, sondern etwas weiter weg vom Hafen, in diese Richtung«. Mit dem ausgestreckten Arm deutete Lynn den Weg und setzte sich sogleich in Bewegung. Wenn es nach mir gegangen wäre, hätten wir Nizza langsam schlendernd erkundet. Lynn hingegen legte einen ordentlichen Schritt vor und wie so häufig hatte ich etwas Mühe, mit ihr mitzuhalten. Die Wärme der Sonnenstrahlen sorgte zusätzlich dafür, dass ich langsam, aber sicher zu schwitzen begann. Somit war es mir nur recht, dass wir ein Kaufhaus oder Ähnliches betraten, da ich dort auf eine gut funktionierende Klimaanlage und kühlere Luft hoffte.

»Probieren wir es hier«, schlug Lynn vor und zeigte auf ein Geschäft. Es war nicht allzu gut besucht, die meisten Menschen unternahmen bei solch einem Wetter höchstwahrscheinlich Aktivitäten rund um das Wasser. Lynn zückte eine Liste. Offensichtlich hatte sie feinsäuberlich notiert, welche Kleidungsstücke ich unbedingt brauchte, damit wir ja nichts vergaßen. Im Geschäft nahm Lynn mit flinken Handgriffen die unterschiedlichsten Kleidungsstücke von den Bügeln und Auslegetischen. Nur wenige Minuten später trat ich mit einem Berg von Waren, die es anzuprobieren galt, in eine der Kabinen. Während ich mich umzog, kam mir der Gedanken, dass ich noch nicht allzu viel über Lynns Familie erfahren hatte. Und das, obwohl wir quasi seit einem Jahr zusammenwohnten.

»Sag mal, was machen deine Eltern eigentlich beruflich?«, fragte ich, während ich versuchte, mich in eine der Hosen zu quetschen.

»Mein Vater ist Jurist. Er versinkt förmlich in seiner Arbeit und scheint das echt gerne zu tun. Meine Mutter hat damals ein Instrument studiert, Klavier. Aber seit sie mit meinem Vater verheiratet ist, organisiert sie die Familie und wohnt irgendwelchen Vereinen und Clubs bei.«

»Und wie war das eigentlich vorher? Also bevor du von

zu Hause weggegangen bist, um auf dem Schiff zu arbeiten?«

»Was genau meinst du?«, fragte Lynn.

»Na ja, gab es vielleicht ein spezielles Erlebnis oder so, das dich dazu gebracht hat ... wie soll ich es formulieren ... Reißaus zu nehmen?«

Einen Moment lang herrschte Stille. Ich schob den Vorhang der Umkleidekabine beiseite und blickte zu Lynn, die mich kritisch musterte. Ich trat aus der Kabine und verrenkte mich in den irrwitzigsten Positionen vor dem Spiegel. Urplötzlich entschied ich, dass, wer auch immer für diese erbärmliche Beleuchtung in diesem kabuff-artigen Durchgang namens Anprobe verantwortlich war, bestraft gehörte. Niemals sah mein Hintern so aus! Auch nicht in einer weißen Hose.

»Ich schätze, ich wollte irgendwann einfach mein eigenes Ding machen«, antwortete Lynn schließlich. »Hier, probier das mal.« Sie reichte mir ein weiteres Outfit, bestehend aus weißem Ober- und Unterteil. Widerwillig zog ich mich in die Kabine zurück und gab mir alle Mühe, mich nicht von schlechter Laune oder Selbstzweifeln übermannen zu lassen. Ich war an der Côte d'Azur, gemeinsam mit meinen besten Freundinnen. Das Wetter war großartig, alles war perfekt. Auch, wenn ich bei miserabler Beleuchtung mehr oder weniger dazu gezwungen wurde, meine weiblichen Rundungen in weiße Kleidung zu stopfen. Französische weiße Kleidung wohlbemerkt. Die war definitiv anders geschnitten als das, was ich gewohnt war.

»Ich mein ja nur, weil du so zerknirscht bist, seit es um diese Reise geht. Ich dachte, dass da etwas Größeres oder Bestimmtes ... zwischen dir und deiner Familie ist?«

Gleichzeitig entfuhr Lynn und mir ein lautes Seufzen. Mir, weil es mir schon jetzt recht gewesen wäre, mich in einen übergroßen, weißen Kartoffelsack zu hüllen. Noch einen schönen Schuh dazu und fertig. Energisch schob ich den Vorhang beiseite, sodass die Ringe, an denen der Vorhang befestigt war, über die Metallstange quietschten. Vehement schüttelte Lynn den Kopf.

»Dachte ich mir«, stimmte ich ihr zu und verschwand erneut in der Kabine.

»Meine Mutter hätte sich einfach etwas anderes für mich gewünscht ... Manchmal glaube ich, es wäre egal gewesen, was ich tue, solange es nur nicht das gewesen wäre, wofür ich mich entschieden habe.«

»Und dein Vater? Dein Bruder?«

»Seb hat immer zu mir gehalten, auch, wenn es mal schwierig war. Aber irgendwann hat er eben in England studiert und sein eigenes Leben geführt. Was ja auch gut ist. Und genauso wollte auch ich mein eigenes Leben führen. Mein Vater ... er war einfach nicht so viel da. Wegen der Arbeit und so. Und mit meiner Mutter ist mir irgendwann die Decke auf den Kopf gefallen. Da kam die Arbeit auf dem Schiff wie gerufen. Ich hatte das Gefühl, ich konnte ...« Lynn stoppte abrupt.

»Du konntest was?«

»Ach, nicht so wichtig«, winkte sie ab. »Ich hab die Entscheidung eben getroffen und es war gut so. Aber für immer ein sechs Quadratmeter großes Zimmer und kein fester Wohnsitz? Na ja und dann haben wir beide uns getroffen und ... alles hat sich zusammengefügt.« Lynns Augen glitzerten im Schein der miserablen Deckenbeleuchtung und ich wusste, dass sich ein kleines Tränchen der Rührung darin befand.

»Oh, komm mal her.« Ich streckte die Arme aus, um meine Freundin ordentlich zu knuddeln.

»Fast fühle ich mich so, als würde ich dich gleich heiraten ... Und dann noch diese weißen Klamotten.« Wir lachten laut auf und ich freute mich, dass Lynn so langsam wieder aufblühte. So wirkte sie viel gelöster auf mich als während der letzten 24 Stunden.

Nach diesem Gespräch fokussierten wir uns wieder auf die Kleidersuche. Bereits in wenigen Stunden fand das Dinner statt, sodass sich allmählich ein gewisser Zeitdruck breitmachte.

Schließlich hatten wir es tatsächlich geschafft, mich für die anstehenden Feierlichkeiten und Freizeitaktivitäten einzukleiden, ohne, dass ich einen Kleinkredit aufnehmen musste. Mit zahlreichen Tragetaschen beladen eilten wir zurück zu dem Parkplatz, auf dem wir uns vorhin von Daniel getrennt hatten. Lynn hatte ihn soeben per Handy kontaktiert und ihm mitgeteilt, dass wir in wenigen Minuten bei ihm wären, um gemeinsam zurück nach Mougins zu fahren. Schon von Weitem erkannte ich Daniel, wie er an dem Auto lehnend eine Zigarette rauchte. Gleichzeitig blätterte er in einem kleinen Büchlein, das er in der linken Hand hielt. Womöglich überprüfte er ein letztes Mal, ob er auch an alles für die Hochzeit gedacht hatte.

»Hey, da sind wir!«, begrüßte Lynn ihn. »Sorry, dass das so lange gedauert hat ...«

»Kein Ding«, antwortete Daniel knapp und ließ das Notizbuch in der Innentasche seines Sommerjacketts verschwinden. Rasch entsorgte er seine Zigarette in einem dafür vorgesehenen Abfalleimer, bevor er ohne große Umschweife auf dem Fahrersitz Platz nahm. Bevor er den Motor startete, fragte er uns, ob wir auch alles bekommen hatten, was wir brauchten. Sein Lächeln, das er uns dabei schenkte, wirkte irgendwie aufgesetzt und ich hatte das Gefühl, dass er innerlich nervös war. Hatte er die Befürchtung, dass wir zu spät in Mougins ankamen?

Während der Fahrt zurück zum Château herrschte eine merkwürdige Atmosphäre im Auto. Niemand sagte ein Wort, nur aus dem Radio plärrten Lieder oder die Stimmen der Moderatoren. Daniels Fingerknöchel traten weiß hervor, so fest war sein Griff um das Lenkrad. Was auch immer er in Nizza erledigt oder erlebt hatte, es schien ihn nicht gerade positiv zu stimmen.

Völlig unerwartet öffneten sich meine Augen. Wo war ich? Das war nicht das Gut ... Ach ja, das Château. Mit meinen Händen rieb ich mir über das Gesicht und spürte deutlich den dünnen Schweißfilm auf meiner Haut. Warme, stickige Luft erfüllte das kleine Gartenhaus. Ein Ventilator würde hier gute Arbeit leisten. Vielleicht sollte ich das Personal danach fragen? Hach, immer diese Extrawünsche. Womöglich waren es gar nicht die Temperaturen, die mir zu schaffen machten. Vielleicht war es ...

Nach dem Sektempfang hatte ich mich für ein Nickerchen hingelegt und schlecht geträumt. Einen dieser Träume, in denen alles so anstrengend und schrecklich durcheinander war. Lebten die Erinnerungen neu in mir auf? Ruckartig richtete ich mich auf und saß kerzengerade auf dem Bett. Ich schob das Bettzeug beiseite und ging geradewegs ins Badezimmer, um mir fünf Minuten Zeit zu nehmen, nicht mehr allzu zerzaust auszusehen.

Nach einem letzten kritischen Blick in den Spiegel verließ ich das Gartenhaus und schlenderte über die Wege des Châteaus. Das Gelände war wirklich weitläufig. Die Farben und Gerüche der Pflanzen führten mich wieder vollkommen ins Hier und Jetzt. Sie verdrängten die Bilder in meinem Kopf, die mich während des leichten Schlafs heimgesucht hatten. Die meisten Menschen in meinem Alter hatte große

Angst vor dem Vergessen. Ich auch. Doch es gab Tage, an denen wünschte ich mir, bestimmte Erlebnisse endlich hinter mir lassen zu können. Tage wie heute. War das anmaßend?

»Autsch!« Ein Zwicken in meinem linken Fuß beendete meine Grübeleien. Ich blickte hinunter und sah in die interessierten, beinahe herausfordernd wirkenden Augen der Gans, die hier auf dem Château ihr zu Hause hatte.

»Du Frechdachs!« Langsam bückte ich mich und war froh darüber, mithilfe meines Gehstocks die Balance halten zu können. Die Gans quakte laut, drehte mir ihr Hinterteil zu, wackelte mit dem Bürzel und watschelte ihres Weges. Der Griff um meinen Gehstock wurde fester, als ich mich wieder aufrichtete.

In näherer Entfernung waren Musik und die Stimmen von Menschen zu hören. Kam das etwa vom Pool, an dem wir vorhin auf dem Weg zum Sektempfang vorbeigekommen waren? Ich marschierte weiter und bemerkte schnell, dass ich mit meiner Vermutung richtig lag. Am Pool tummelten sich die Gäste der anderen Gesellschaft, die zeitgleich mit uns auf dem Château untergebracht waren. Zielstrebig näherte ich mich dem Treiben. Ein bisschen auf Französisch plaudern und Zerstreuung suchen? Das hörte sich in meinen Ohren nach einer fantastischen Idee an. Oh, und für das leibliche Wohl wurde auch gesorgt! Auf einem der Tische wurde eine Variation an Käsesorten, Knabbereien und Getränken angeboten. Ohne große Umwege nahm ich mir einen Teller, den ich mit den Leckereien befüllte. Französischer Käse, herrlich! Mit dem recht üppig beladenen Teller in der Hand suchte ich mir einen Sitzplatz im Schatten. Diese Ablenkung war genau das, was ich gebraucht hatte. Ich registrierte die Blicke der anderen Gäste. Wahrscheinlich fragten sie sich, ob sie einer älteren Dame wie mir helfen sollten. Doch ich hatte bereits mit meiner Fracht sicher geparkt, lächelte die Gäste freundlich an und nickte ihnen zu.

»Was für eine fantastische Idee, sehr gemütlich ist das hier«, sagte ich an einen jungen Franzosen mit schulterlangen, dunklen Haaren gewandt. Nette Leute! Sehr nette Leute mit einer schönen Veranstaltung.

Ich beobachtete die wenigen weißen Wolken am Himmel, die in gemächlichem Tempo vorüberzogen. Die zukünftige Braut, die wir vorhin kennengelernt hatten, würde in einem weißen Brautkleid bestimmt aussehen wie gemalt, ähnlich wie die zarten Wolken dort oben. Zumindest ging ich davon aus, dass sie ein klassisches weißes Kleid tragen würde. Vielleicht konnte ich mit Marie und Lynn noch Wetten darüber abschließen, wie lang die Schleppe des Kleides sein würde und ob die Braut einen Schleier trug oder nicht. Hm, das war eigentlich eine ganz gute Idee. Ich sollte nur aufpassen, dass Lynns Mutter nicht unbedingt davon Wind bekam. So, wie ich sie bisher einschätze, würde sie diesen Spaß als äußerst unangebracht einordnen.

Damals, als ich mit Henry in den Cotswolds gelebt hatte, wohnte eine Nachbarin gegenüber von uns, an die mich Lynns Mutter sehr erinnerte. Ständig wurde das Ordnungsamt wegen irgendwelcher angeblichen Widrigkeiten kontaktiert, und zwar so häufig, dass die Beamten es sich irgendwann ersparten, nach jedem Anruf persönlich vorbeizukommen. Permanent gab es Streits wegen der Hecken angrenzender Häuser, egal ob es die Höhe, die Breite oder die Farbe betraf. Ich musste kichern, als ich daran dachte, wie Henry mit Absicht den Vorgarten unter dem Motto künstlerische Freiheit neu gestaltet hatte. So musste besagte Frau Nachbarin jeden Tag den Blick auf ein mittleres Chaos ertragen.

Ach Henry ... Du warst ein guter Ehemann. War ich auch eine gute Ehefrau? Unangenehme Hitze durchströmte meinen Körper bei diesen Gedanken und ich spürte, wie sich erneut kleine Schweißtröpfchen auf meinem Gesicht ausbreiteten. Vorsichtig richtete ich mich in dem gemütlichen Stuhl auf und tupfte mit einer Serviette über meine Haut. Ich sollte nicht zu viel nachdenken und in Sentimentalitäten verfallen. In der Gegenwart gab es genug, mit dem ich mich auseinandersetzen konnte.

Ich blinzelte ein paar Mal hintereinander, um meinen Blick für das Geschehen direkt vor meiner Nase wieder zu schärfen. Die Anwesenden saßen in kleinen Grüppchen zusammen und plauderten auf Französisch. Ab und zu registrierte ich, wie die eine oder andere zu mir herüberschielte.

Da, auf einmal sah ich ein mir bekanntes Gesicht. Daniel, der Trauzeuge, hielt sich sein Handy ans Ohr und sprach mit angestrengtem Gesichtsausdruck. Vielleicht wurde er aber auch nur von der Sonne geblendet, sodass er die Augen zusammenkniff. Mit seiner freien Hand hielt er ein kleines schwarzes Notizbuch fest umklammert. Nachdem er einige Meter am Pool entlang spaziert war, kam er in meine Richtung und stellte sich im Schutze des Blätterdachs einiger Bäume in den Schatten. Ich justierte mein Hörgerät. Da er gar nicht so weit weg war, konnte ich seine Worte ganz gut verstehen.

»Nach Plan gelaufen? Wie soll so etwas nach Plan verlaufen? ... Was hätte ich denn machen sollen? ... Natürlich ist das nicht einfach. Aber was wäre die Alternative?«

Kurz darauf beendete Daniel das Gespräch und steckte sein Telefon zurück in die Hosentasche. Er seufzte deutlich hörbar, ehe er den Poolbereich wieder verließ. Seltsam. Worum es bei diesem Gespräch wohl gegangen war? Ich wusste, dass ich so gut wie gar keine Informationen hatte und dass es nur ein wenig Fantasie bedurfte, um die abenteuerlichsten Szenarien aus diesen Wortfetzen zu spinnen. Was zugegebenermaßen alles andere als vernünftig war und für jede Menge Gerüchte sorgen würde. Also sollte ich dieses Erlebnis vorerst für mich behalten. Doch etwas, und ich konnte nicht genau festlegen, was, sagte mir, dass hier etwas im Busch war.

Kapitel 11
Marie

Zurück auf dem Château war die erste Person, die ich auf dem Parkplatz sah, Lynns Mutter. Mit einem Fächer in der Hand lief sie wie ein aufgeschrecktes Huhn von links nach rechts.

»Da seid ihr ja! Wo wart ihr denn die ganze Zeit?« Abschätzig begutachtete sie die Taschen in meinen Händen. Doch statt eine Antwort auf ihre Frage abzuwarten, redete sie sogleich weiter. »Das Abendessen beginnt gleich und ... Oh, Daniel! Du solltest längst umgezogen sein! Schnell, husch, husch!« Mit einer auffordernden Geste bedeutete Leonora Daniel, bloß nicht noch länger zu warten. Mit großen Schritten entfernte er sich vom Parkplatz.

»Und nun zu euch ...«, fuhr Lynns Mutter fort. Die Tonlage ihrer Stimme war alles andere als freundlich. »Mir ist vom Personal mitgeteilt worden, dass eure Gräfin andere Gäste belästigt.« Bei dem Wort Gräfin formte Leonora mit den Fingern Gänsefüßchen in der Luft. »Sie hat sich wohl erdreistet, sich der Gesellschaft am Pool anzuschließen. Jemand möge sie unverzüglich dort wegholen. Diese Blöße werde ich mir nicht geben, da kümmert ihr euch drum!«

Genervt rollte Lynn mit den Augen. »Also erstens ist sie nicht unsere Gräfin, sondern Irene ... Und zweitens belästigt sie keine Gäste, sondern ...«

»Lynn, ich möchte diese ganzen Ausreden nicht hören. Regelt das und seht zu, dass ihr spätestens in zwanzig Minuten wieder hier auf dem Parkplatz seid!« Nach dieser Ansage fühlte ich mich wie ein Teenager, der zu lange auf einer Party geblieben war und heimlich Alkohol getrunken hatte. Instinktiv zog ich den Kopf zwischen meine Schultern, als Lynn und ich uns davonmachten und zum Pool gingen. Lynn hingegen murmelte unverständliche Schimpftiraden vor sich hin.

Am Pool angekommen erkannte ich Irene schon von Weitem, die es sich auf einem der Plätze sichtlich gut gehen ließ.

»Warte kurz hier, ich hole sie schnell«, sagte Lynn an mich gewandt und verschwand in Irenes Richtung.

Ich unterdrückte ein Gähnen, während ich mich in Lynns und meinem Zimmer im Gartenhaus in die neu erstandenen weißen Klamotten warf. Allmählich machte der lange Tag sich bei mir bemerkbar. Immerhin stand uns jetzt nur noch ein gemeinsames Dinner – also sitzen und essen – bevor. Dafür, und für einige Gespräche, würde meine Energie noch ausreichen.

Zu dritt machten wir uns auf den Weg zum Haupthaus des Châteaus. Dort angekommen wirbelte Lynns Mutter – schon wieder oder immer noch? – gestresst herum.

»Ja, das war natürlich alles anders geplant und jetzt artet auch noch der Abend in solch ein Chaos aus! Nun müssen Daniel und Sebastian alle nach oben chauffieren, einen Fußmarsch über diese unheimlich steilen Serpentinen können wir vor allem den älteren Gästen nicht zumuten.« Lynns Mutter wandte sich von der Frau ab, auf die sie soeben wild gestikulierend eingeredet hatte. Natürlich waren auch die beiden komplett in Weiß gehüllt. So konnte wenigstens leicht unterschieden werden, welche Gäste des Châteaus zu welcher Feiergruppe gehörten. Nicht, dass noch eine *Verwechselung*, so wie die heute Nachmittag von Irene, passierte.

»Ältere Gäste? Wen meint sie damit?«, fragte Irene mich flüsternd und ich grinste in mich hinein. Im nächsten Moment richtete sich Lynns Mutter auch schon an uns.

»Da seid ihr ja! Ihr müsst noch kurz warten, Daniel und Sebastian fahren gerade zwei Gruppen nach oben. Hätten wir wenigstens den Oldtimer-Bus gehabt, hätten wir alle gemeinsam in einem Schwung hochfahren können. Aber daraus wurde ja nichts! Dieses Durcheinander macht mich ganz wahnsinnig! Und unsere ursprüngliche Location hier am Pool ist von diesen ... diesen ... Ignoranten besetzt!« Lynns Mutter kramte in ihrer Handtasche und holte einen kleinen länglichen Gegenstand hervor, der ähnlich wie ein Lippenpflegestift aussah.

»Und dazu meine Migräne!« Mit dem Stift betupfte sie Stellen in ihrem Nacken und an ihren Schläfen.

»Kopfschmerzstift«, raunte Lynn mir zu. »Nur, dass ausnahmsweise mal nicht ich der Grund bin.«

»Aber ich muss hier die Stellung halten, weil Frau Golding sich in Mougins um die Koordination des Dinners kümmert«, fügte Lynns Mutter hinzu.

»Ich finde bisher alles ganz wundervoll, Frau Herzog. Und oben in Mougins zu feiern, das hört sich doch überaus erhaben an! Im wahrsten Sinne des Wortes.« Es war deutlich, dass Irene versuchte, mit diesen Bemerkungen wenigstens ein bisschen Lynns Mutter zu beruhigen. »Und was die anderen Gäste angeht ... Die sind auch in Ordnung, sehr großzügig!« Sie bedachte mich und Lynn mit einem Zwinkern und ich musste mich zusammenreißen, nicht wild mit dem Kopf zu schütteln.

Erneut suchte Lynns Mutter nach etwas in ihrer Handtasche und holte nun einen zweiten Gegenstand, ihren Fächer hervor. »Die ganz Planung für nichts und wieder nichts! Seit wir hier sind, muss ich ständig improvisieren und versuchen, die Situation zu retten!«

Unter den Reifen zweier Autos knirschte laut der Kies des Vorplatzes. Wie angekündigt mussten das Daniel und Sebastian sein, die am heutigen Abend Taxifahrer spielten.

»Endlich! Die nächste Gruppe kann einsteigen! Lynn, Irene und ...«

»Marie«, ergänzte ich.

»Ja, genau. Steigt ihr bei Daniel ein, dann kann Sebastian die andere Truppe mitnehmen.«

Zuvorkommend öffnete Daniel die Türen des Wagens. Während Irene und ich im Fond Platz nahmen, machte Lynn es sich auf dem Beifahrersitz bequem. Ohne weitere Verzögerungen begann unsere Fahrt zum Dorf Mougins. In manchen Momenten konnte ich im Rückspiegel Daniels Augen beobachten und mir entging nicht, dass er in den Bruchteilen von Sekunden, in denen er seine Aufmerksamkeit nicht auf die Straße richtete, zu Lynn herüberschielte.

»Also, da ich mich ein bisschen fühle, als würde ich eine kleine Stadtrundfahrt geben, kann ich mit euch einige Details über das Bergdorf Mougins teilen«, sagte Daniel. Er wirkte ausgelassener als vorhin, als er uns aus Nizza zurückgefahren hatte.

»Sehr gerne, wir sind ganz Ohr«, entgegnete Irene. »Ich bilde mir ein, bereits etwas über die Geschichte und Kultur der Côte d'Azur zu wissen, aber diese beiden Kulturbanausen«, bei diesen Worten deutete Irene zu Lynn und mir, »können gar nicht genug Landeskunde vertragen.«

Daniel ließ diese Einordnung unkommentiert und begann mit seinen Ausführungen. »Mougins ist eines der sogenannten *villages perchés,* vielleicht sogar eines der Schönsten. Die Besonderheit dieser Dörfer ist, dass sie in den Höhen von Berggipfeln gebaut wurden. Ihre Errichtung begann im Mittelalter und diese spezielle Form wurde gewählt, um die Orte beispielsweise vor Angriffen zu schützen.« Interessiert sah ich aus dem Fenster und erkannte, wie sich die hügelige Landschaft vor uns erstreckte.

»Macht ja auch Sinn, wer so weit oben wohnt, hat einen guten Überblick und kann rechtzeitig erkennen, ob Feinde im Anmarsch sind«, setzte Daniel fort. »Gleichzeitig waren die Dörfer für diejenigen, die einem vielleicht nicht wohlgesonnen waren, schwieriger zu erreichen. Bezeichnend für die *villages perchés* sind deswegen auch dicke Schutzwälle, die sie umgeben. Die kleinen Städte an sich bestehen aus schmalen Gassen, meist aus Kopfsteinpflaster, vielen Treppen und Torbögen. Trotzdem ist es gar nicht so selbstverständlich, dass einige dieser villages noch erhalten sind. Etliche konnten sich nach den Agrarreformen im 19. Jahrhundert wegen Armut und Landflucht nicht halten. Doch heutzutage konnten manche Orte, wie auch Mougins, wieder neu belebt werden. Künstler, Handwerker oder andere Gewerbe haben sich hier teilweise niedergelassen und sind beliebte Ausflugsziele für Touristen. Und das wiederum ist gut für uns, da wir so einen Platz und ein Restaurant für unsere White Night finden konnten. Ach ja, bevor ich es vergesse: Picasso hat seine letzten Jahre in Mougins, in der Nähe der Chapelle de Notre-Dame-de-Vie verbracht.«

Mit diesen Beschreibungen und der fantastischen Aussicht aus dem Autofenster ging die Fahrt zum Bergdorf Mougins schnell vorüber. Oben angekommen erkannte ich anhand der weiß gekleideten Menschen, die sich um eine lange Tafel aus Holztischen sammelten, sofort, wo das Dinner stattfinden würde.

»Noch eine letzte Runde, dann sind wir endlich vollzählig«, rief uns Daniel über die Schulter hinterher, als wir aus dem Wagen stiegen. Schnurstracks wendete er das Auto und verschwand für die vorerst letzte Fahrt.

Irene strich die fließenden Stoffe ihrer Tunika und ihrer Hose glatt. »Da kommt man sich ja beinahe vor wie auf einem Ärztekongress«, sagte sie und wuschelte in ihren Haaren herum. »Wobei ich sagen muss, dass ich mit meinem Teint und meinen Haaren eher fühle wie ein Geist. Der Geist der vergangenen Frisurentrends.« Lynn und ich verfielen nach dieser Äußerung schlagartig in Gelächter. Das erste Mal seit Tagen war, wenigstens für diesen kurzen Augenblick, jede Anspannung aus Lynns Gesicht gewichen. Mir fiel ein richtiger Stein vom Herzen, meine Freundin so locker und fröhlich zu sehen. Wir traten auf die Tafel zu und Johann, Lynns Vater, näherte sich uns.

»Guten Abend die Damen! Ich hoffe, ihr hattet eine angenehme Fahrt ...«

»Damen?«, hinterfragte Irene sofort. »Die beiden sind quasi erst aus dem Backfisch-Alter heraus und ich eine Dame? So habe ich meine Großmutter vielleicht genannt ...«

Lynn und ich unterdrückten ein weiteres Kichern und warfen uns vielsagende Blicke zu. Wahrscheinlich freute Lynn sich diebisch, dass Irene jedes Mittel recht war, etwas gegen eine auch nur annähernd steife Atmosphäre zu unternehmen.

»Nun, wenn ich direkt nachhaken darf: Welche Bezeichnung würden Sie bevorzugen? Gnädigste? Fräulein?«

»Pah!«, entgegnete Irene energisch. »Fräulein ist nun wirklich nicht mehr zeitgemäß und meines Erachtens auch etwas herabstufend. Gnädigste ist an sich schon ein merkwürdiges Wort, wenn man es sich mal auf der Zunge zergehen lässt ... Wie wäre es mit ... Na, da sind ja meine drei Stilikonen!«, keck zwinkerte sie Johann zu. Dieser sah inzwischen endgültig verwirrt aus und rückte verlegen seine Fliege zurecht. Natürlich war Irenes Aussage ebenfalls eine Anspielung auf meinen verlorenen Koffer und die damit verbundenen Probleme. Jetzt äußerte sie also zusätzlich noch ganz unbefangen Insiderwitze.

»Ja, ich werde es mir merken. Vielen Dank für diese interessante Anmerkung. Ihr könnt ja noch kurz weiter mit den anderen Gästen plaudern. Allzu lange sollte es nicht mehr dauern, bis wir mit dem Essen beginnen können.« Johann wandte sich weiteren Gästen zu. Genau in diesem Moment kam eine Kellnerin samt Tablett an uns vorbei und bedeutete uns, bei den darauf stehenden Getränken zuzugreifen. Ich fragte mich, ob dieser Aperitif von vornherein geplant oder extra von Lynns Mutter organisiert worden war, um die ihr unangenehme Wartezeit zu überbrücken. Mit den Getränken ausgestattet, schlenderten wir zu dem festlich gedeckten Tisch, an dem das Dinner jeden Moment beginnen würde. Am linken Ende der Tafel stand Lou mit ihren Eltern.

»Was für ein wunderschöner Ort das hier ist«, sagte ich und Irene und Lynn stimmten mir eifrig nickend zu.

»Vielleicht ist es sogar um einiges netter als auf dem Château neben irgendeinem Pool, der unter Umständen gar unangenehmen Chlorgeruch verströmt«, fügte Irene hinzu.

Lous Eltern lachten auf, nur sie selbst wirkte eher zurückhaltend. War sie mit ihren Gedanken wieder ganz woanders?

»Am Ende kommt wahrscheinlich alles genau so, wie es sein soll«, stimmte Philipp der Aussage von Irene zu.

»Hattet ihr denn noch einen schönen Nachmittag?«, fragte Claire.

»Ja, Marie und ich waren noch in Nizza«, erzählte Lynn.

»Oh, tatsächlich? Dann hattet ihr ja wirklich einen vollen ersten Tag hier ...«

»Das stimmt, aber ich bin gerne viel unterwegs. Und Marie ... muss eben mithalten.« Lynn bedachte mich mit einem Schulterzucken. Erneut spürte ich eine Müdigkeit in mir und es fühlte sich so an, als sei die Erdanziehungskraft soeben stärker geworden.

»Und hier in der Umgebung kann man so viele schöne Dinge unternehmen. Schade, dass ihr nur ein paar Tage hier seid ...« Claire setzte die Ausführungen nicht weiter fort, da soeben die Autos samt der letzten Gäste vorfuhren. Nun waren auch Lynns Mutter, Florence, Yves Leopold, Lous Großeltern sowie Daniel und Sebastian mit von der Partie. Immer noch mit ihrem Fächer bewaffnet, stürmte Lynns Mutter auf uns zu.

»Ich hoffe, ihr musstet nicht allzu lange auf uns warten! Das war ja eine ganz schöne Fahrerei!«

»Seb und Daniel sind doch gefahren, nicht du ...«, sagte Lynn zerknirscht. In ihrem Blick lag klares Unverständnis.

»Ja, aber irgendwer musste das alles auch organisieren«,

gab Lynns Mutter spitzzüngig zurück. Die dicke Luft zwischen Mutter und Tochter war förmlich zum Greifen.

»Ja ja, ganz wichtig«, zischte Lynn leise, sodass nur ich es hörte. Jedenfalls hoffte ich das.

»Herr Leopold, ich hatte Sie ganz aus den Augen verloren! Ich dachte, sie wären schon längst hier oben, um alle in dieser fantastischen Atmosphäre abzulichten! Nun kommen Sie, kommen Sie!« Wild herumfuchtelnd trat Leonora auf Yves Leopold zu. Der Fotograf hatte, ähnlich wie heute Mittag, mehrere Kameras um die Schultern hängen, wobei eines der Exemplare jeden Moment herunterzurutschen und krachend zu Boden zu fallen drohte. Erschöpft tupfte Yves Leopold mit einem Taschentuch über sein Gesicht.

»Frau Herzog, verstehen Sie doch ... Das wird kein trauriger Katalog-Shoot, wo jeder einen bestimmten Platz und eine unnatürliche Pose einnimmt. Ich fotografiere das Leben, die Augenblicke, die sonst niemand wahrnimmt, die verborgenen Freuden. Das hier ist nicht die Vorhölle der Stockfotografie!«

Nach diesen deutlichen Worten rollte Leonora mit den Augen. »Ich möchte Sie nicht in Schwierigkeiten bringen, also sorgen Sie dafür, dass Sie am Ende des Tages ordentliche Bilder präsentieren ... Schließlich ...« Noch bevor Lynns Mutter eine weitere Drohung aussprechen konnte, nahm Johann sie beiseite und lenkte sie mit einem anderen Thema ab.

»Mir gefällt dieser Künstler«, sagte Irene und meinte damit den Fotografen. »Tolle Einstellung, gute Ansichten.«

»Ja, gekünstelte Fotos mit gefälschten Lächeln gibt es doch genug«, fügte Lynn hinzu. »Sein Ansatz hört sich echt klasse an.« Yves Leopold hatte sich inzwischen etwas abseits unserer großen Gruppe begeben und werkelte an seinen Kameras herum. Wenn man ihn so beobachtete, erinnerte er beinahe an ein neugieriges kleines Kind, das nicht recht wusste, was genau es in der Hand hielt und was es damit tun sollte. Wieder einmal wurde mir bewusst, wie schnell man andere Menschen anhand äußerlicher Eindrücke falsch einschätzen konnte.

Leonora ließ Yves Leopold vorerst links liegen und übernahm das Kommando. »Na kommt, nehmt alle Platz! Wir wollen das Essen nicht noch weiter hinauszögern!«, verkündete sie an die große Runde gewandt. Brav traten alle näher an die Tafel heran. Ich erkannte, dass es heute Abend eine festgelegte Sitzordnung gab, wie die kleinen Tischkärtchen verrieten. Das Kärtchen mit meinem Namen stand zwischen dem von Irene und Lynn. Lou saß an dem einen Kopfende der langen Tafel gegenüber von uns, Sebastian in einiger Entfernung am anderen Ende. Vielleicht sollte diese Sitzordnung dafür sorgen, dass die festen Grüppchen sich mehr und mehr auflösten, sodass ein Austausch mit anderen Gästen ermöglicht wurde. Doch immerhin – Irene, Lynn und ich wurden innerhalb dieser Aktion nicht voneinander getrennt. Sebastian erhob sein Glas und setzte ähnlich wie heute Mittag zu ein paar Worten an. Wenn das so weiterging, würde er noch zu einem waschechten Redekönig mutieren.

»Nun, da alle Platz genommen haben und bestimmt schon ganz neugierig auf das köstliche Essen sind, möchte ich keine ausschweifende Rede halten. Genießt das Essen und den Abend! Prost!« Alle Anwesenden prosteten mit ihren Gläsern in die Luft. Für einen kurzen Augenblick begutachtete ich die Menükarte auf dem Tisch. Vom genauen Studieren der Gerichte ließ ich jedoch schnell wieder ab, da die vielen französischen Begriffe mich eher verwirrten, als dass sie mir etwas mitteilten. Stattdessen wandte ich mich wieder der Konversation mit den anderen zu.

»Diese Tischkärtchen mit unseren Namen drauf sehen wirklich außergewöhnlich aus! Was für ein liebevolles Detail.« Ich nahm die cremefarbene Pappkarte in die Hand, auf der in geschwungenen Buchstaben mein Name zu lesen war. Die Schriftart erinnerte mich an die, die auch auf der Hochzeitseinladung zu finden war.

»Darum hat sich Melanie gekümmert. Diese Art von Arbeit kann man bei vielen verschiedenen Kleinkünstlern in Auftrag geben.« Lynns Mutter wirkte nahezu gelangweilt und nippte an ihrem Aperitif.

»Kleinkünstlern?«, fragte ich stutzig. Das hörte sich nun tatsächlich etwas herabstufend an.

»Mit diesen Künstlern habe ich auch hin und wieder zu tun«, ergänzte Claire. »Viele der Flakons und Fläschchen unserer Parfümerie sind mit Verzierungen und Schriften dieser Handarbeit versehen. Kalligrafie nennt sich das. Ich bin jedes Mal wieder erstaunt, wie präzise und detailreich diese Arbeiten sind! Durch sie wird die Authentizität unserer Produkte perfekt in Szene gesetzt.« Claires Augen begannen bei diesen Ausführungen zu leuchten. Ich merkte sofort, wie sehr sie die Arbeit für die Parfümerie erfüllen musste.

»Ihre Parfümerie möchte ich auch noch unbedingt besuchen! Ich denke, morgen wäre eine schöne Gelegenheit ...« Auffordernd schielte Irene zu Lynn und mir. Das war ein deutlicher Wink mit dem Zaunpfahl. Somit war das Freizeitprogramm für den morgigen Tag beschlossen.

Aus dem Restaurant nur wenige Meter von unseren Plätzen entfernt begannen nun mehrere Kellner den ersten Gang des Dinners zu servieren. Skeptisch blickte ich auf den Teller, der nun vor mir stand. Insgesamt sah ich sehr viel Teller und leider sehr wenig Essen. Eine unausgewogene Teller-Essens-Balance. Verdammt. Ich hatte wirklich mächtig Kohldampf und die Befürchtung, dass dieser kleine Happs nur für noch mehr Hunger bei mir sorgen würde. Erst jetzt bemerkte ich, dass einer der Kellner etwas zu mir gesagt hatte und mich fragend anschaute.

»Er fragt, ob alles in Ordnung ist«, übersetzte Irene.

»Oui, oui, oui!«, sagte ich schnell und vielleicht auch etwas zu überschwänglich. Doch das Letzte, was ich wollte, war, dass ich undankbar oder gar kritisch wirkte. »Hm, Baguette?«, ergänzte ich und untermalte meinen kläglichen Versuch der Verständigung mit einer ausladenden Geste, die die Form des Brotes darstellen sollte. Dabei stieß ich unglücklich gegen meinen Aperitif. Das Glas kippte augenblicklich um und sein Inhalt ergoss sich im Nu auf den Tisch und kleckerte und tropfte über dessen Kanten. So ein Mist! Die weißen Klamotten hatten ja lange gehalten ... Lynn und Irene standen mir mit Servietten tupfend und wischend zur Seite. Die gesamte Situation war mir mehr als unangenehm. So wollte ich auf keinen Fall ins Zentrum der Aufmerksamkeit rücken. Wenigstens nickte der Kellner und erwiderte auch irgendwas mit Baguette. Also standen die Chancen nicht schlecht, dass ich mein Ziel erreicht hatte. Der Blick, den mir Lynns Mutter zuwarf, verkörperte ein solch schweres Urteil über mein Versehen, dass mir trotz der milden Temperaturen das erste Mal seit unserer Ankunft ein eiskalter Schauer über den Rücken lief. Aus Unsicherheit lächelte ich dumm und schob mir verlegen eine Haarsträhne hinter die Ohren. Bei dieser Bewegung bemerkte ich sogleich die nächste Katastrophe. In all der Hektik vorhin hatte ich vergessen, das Preisschild von meinem Oberteil zu entfernen. Nun baumelte mir das rechteckige Pappschild entgegen, auf dem der orangefarbene Aufkleber mit dem Hinweis 8,99€ nur so leuchtete. Das durfte doch nicht wahr sein ... Unnatürlich klemmte ich die Arme an meinen Oberkörper, um die Unannehmlichkeit zu verdecken. Jetzt hatte ich zwar weniger Bewegungsspielraum und es sah unter Umständen ulkig aus, wie ich mein Besteck benutzte. Dafür konnte ich aber auch keine Gläser mehr umwerfen. Ich war mit auf diese Reise gekommen, um Lynn zu unterstützen, nicht um sie zu blamieren. Ich nahm mir vor, die Ruhe zu bewahren und mich in einem unbeobachteten Moment um dieses Malheur zu kümmern.

Mittlerweile war der Aperitif vollständig in Servietten und Tischdecke eingearbeitet, sodass dem Verzehr des ersten Ganges vorerst nichts mehr im Wege stand.

»Marie, was machen Sie eigentlich beruflich?«, fragte Lous Vater Philipp. Vielleicht wollte er bloß sichergehen, ob man mich überhaupt irgendwo arbeiten ließ. Doch ich war froh, die Aufmerksamkeit wieder auf etwas anderes lenken zu können.

»Ich bin Kosmetikerin«, antwortete ich. »Seit ungefähr einem Jahr habe ich mein eigenes Studio auf dem Gut von Irene.«

»Ein Gut? Das hört sich fabelhaft an!«

»Das stimmt«, bestätigte Irene. »Rosenfels ist wundervoll. Aber es gibt auch viel zu verwalten und bedenken. Allein die Auflagen für das Sommerfest und den Adventsmarkt! Aber ich könnte mir keine schönere Aufgabe vorstellen. Und ich bin immer in bester Gesellschaft.« Irene bedachte Lynn und mich mit einem liebevollen Blick.

»Das heißt, du bist auch auf dem Gut, Lynn? Ist die Kanzlei denn auch direkt vor Ort?«, fragte Claire. Ich legte meine Stirn in Falten, da sich mir nicht erschloss, warum Claire eine Kanzlei ansprach. Spielte sie auf ein Gespräch an, bei dem ich nicht dabei gewesen war, sodass mir wichtige Informationen fehlten? Sofort machte Lynns Mutter einen hellwachen und aufgeregten Eindruck.

»Irene, wollen Sie uns nicht mehr spannende Geschichten über ihr Dasein als Gräfin erzählen?« Offensichtlich wollte sie das Gespräch auf ein anderes Thema lenken. Irene blieb vorerst stumm und sah fragend zu Claire.

»Ich bin nur etwas verwirrt, wegen Lynns Arbeit als Rechtsgehilfin. Ist denn ein Gut ein geeigneter Standort für eine Kanzlei? Für viele Kunden wäre das doch sicherlich recht schwierig zu erreichen«, äußerte Claire und ich meinte, ein immer größer werdendes Fragezeichen in ihrem Gesicht erkennen zu können.

»Meine was?«, jetzt meldete sich auch Lynn zu Wort und ließ mit einem unüberhörbaren Klirren ihre Gabel auf den Teller fallen. Ihre Stimme war laut, sodass sich auch Gäste in weiterer Entfernung zu uns umdrehten. »Jetzt bin ich aber auch verwirrt«, ergänzte sie und verschränkte zornig die Arme. Auffordernd sah sie zu ihrer Mutter. Eine gefühlte Ewigkeit herrschte unangenehme Stille an diesem Teil des Tisches.

»Du hast gesagt ... Du hast erzählt, ich wäre ...?«, setzte Lynn schließlich mehrmals an. »Du hast gesagt, ich würde in einer Kanzlei arbeiten? Du hast gelogen?«, fragte sie. »Du hast gelogen! Weil ich ... weil ... Ach, was habe ich eigentlich erwartet!« Lautstark schob Lynn ihren Stuhl nach hinten und richtete sich energisch auf. Einige Gläser auf dem Tisch wackelten aufgrund der Erschütterung. Die Serviette pfefferte sie auf den Tisch, während sie unverständlich in sich hineinmurmelte.

»Lynn ...«, setzte ich an, doch meine Freundin war nicht zu bremsen. Ohne sich noch mal umzudrehen, verließ sie den Ort des Geschehens und eilte in eine kleine Gasse von Mougins. Schnell erhob auch ich mich, um ihr zu folgen. Gerade kam der Kellner von eben mit einem Brotkorb auf dem Tablett aus der Tür des Restaurants. Hastig griff ich nach dem Brot und rief ihm über die Schulter *merci* zu. Mit leerem Magen konnte ich nicht denken. Und ich musste jetzt für meine Freundin da sein.

Mit vollem Mund kauend hastete ich durch die Gässchen von Mougins und hielt Ausschau nach Lynn. Die schummrige Beleuchtung der Lampen an den Häuserfassaden und Straßenlaternen tauchte die Umgebung in romantische Zartheit. Diese Atmosphäre war das genaue Gegenteil des Zorns, der soeben am Essenstisch bei Lynn entfacht war. Das Baguette war unglaublich fluffig und ich genoss, wie mein Hungergefühl allmählich weniger wurde. Nach Lynn suchend streifte ich durch verschiedene enge Straßen. Hier in Mougins schien es zahlreiche kleine Restaurants zu geben. Überall saßen Menschen um Tische herum, lachten, tranken Wein, lasen Speisekarten oder genossen die exquisiten Gerichte auf ihren Tellern. Nur ich stolperte halb verloren durch die Straßen und fühlte mich wie ein aufgeschmissenes Kind, das in einem fremden Einkaufszentrum nach seiner Mutter suchte.

Endlich, am Rande des Dorfes, erblickte ich Lynn, die an einem Geländer lehnte. Von diesem Standpunkt aus hatte man eine eindrucksvolle Aussicht auf die tiefer gelegenen Täler und Landschaften. Die letzten Strahlen der Abendsonne tauchten die Szenerie in natürliche Farbverläufe. Unter anderen Umständen hätte ich diesen Anblick einfach nur genossen.

»Lynn, da bist du ja!«, begrüßte ich meine Freundin. Mit

verkrampftem Gesichtsausdruck starrte sie den Hang hinab.

»Wir sind noch nicht einmal 24 Stunden hier und schon ...«, sie verstummte und schlug mit der Hand gegen das metallene Geländer. »Ah, verdammt! Das tat weh!« Schmerzverzerrt verzog sie das Gesicht.

»Na komm her«, behutsam nahm ich Lynns Hand. »Vielleicht solltest du lieber gegen etwas nicht ganz so Hartes schlagen. Zum Beispiel französischen Weichkäse ...« Wie auf Kommando begann mein Magen laut zu knurren. Anscheinend hatte das Weißbrot lediglich meinen Appetit angeregt.

Lynn grinste. »Tut mir leid, dass ich dich ums Essen gebracht habe ...«

»Ach, das werde ich schon überstehen«, winkte ich ab. »Ich habe Reserven ... Und das war auch echt ne ... Scheiß-Aktion von deiner Mutter. Aber möchtest du nicht vielleicht mit ihr darüber sprechen?« Komisch, in meinem Kopf hatte sich dieser Satz ungezwungen und empathisch angehört. Doch jetzt, wo er ausgesprochen war, fühlte ich mich wie eine überfürsorgliche Lehrerin, die krampfhaft versuchte, Zugang zu einem ihrer sogenannten Problemkinder zu finden.

Ungläubig riss Lynn ihre ohnehin schon großen Augen auf, wodurch ich das Gefühl bekam, sie könnten ihr jeden Moment aus dem Gesicht fallen. »Äh, Marie, ich weiß gar nicht, ob dir aufgefallen ist, wie meine Mutter insgesamt so drauf ist? Mit ihr reden? Eine sinnvollere Beschäftigung wäre wohl eher mit einem Sieb Wasser aus einer Badewanne zu schöpfen ...«

»Ich war durchaus dabei. Eine grobe Vorstellung von euren Schwierigkeiten habe ich ... Oder ich kann es mir vorstellen. Aber vielleicht könnt ihr das durch viele Gespräche irgendwie ... aufarbeiten?«

Lynn kehrte mir den Rücken zu und ging ein paar Schritte über den Platz. Langsam folgte ich ihr. Schließlich griff sie in einen der großen Blumenkästen, nahm eine Handvoll Steine heraus und schleuderte sie mit voller Wucht den Hang hinab. Bei den Bundesjugendspielen hatte Lynn mit Sicherheit immer besser abgeschnitten als ich, das war mir spätestens nach dieser Wurf-Vorstellung klar.

»Da gibt's nichts aufzuarbeiten, ich hab damit abgeschlossen!«, presste sie hervor.

»Seh ich.«

»Mann, Marie! Ich hab dich als Freundin mitgenommen, nicht als Selbsthilfe-Ratgeber!«

Sie hatte recht. Ungefragt Ratschläge an den Kopf geworfen zu bekommen konnte einem wirklich den letzten Nerv rauben. Egal, wie gut diese gemeint waren.

»Ok, tut mir leid«, lenkte ich ein. »Allerdings heißt das in logischer Konsequenz auch, dass wir jetzt zu den anderen zurückgehen, uns an unseren Platz setzen und gesittet warten, bis nach und nach diese winzigen Portionen serviert werden ...«

»Ja, und lächeln, als wäre nie etwas geschehen«, fügte Lynn gequält hinzu. Ich nickte stumm. »Genau. Das mit der Kanzlei war ein Missverständnis und wird als solches betrachtet oder nie wieder erwähnt.« Mit einem Arm um Lynns Schulter gingen wir zurück zu den anderen.

***

Der Rest des Dinners war ohne weitere Zwischenfälle verlaufen. Lynn und ihre Mutter hatten die restliche Zeit über kaum ein Wort gesagt, dafür war Irene umso mehr in Plauderlaune. So auch jetzt, als wir wieder von Daniel zurück zum Château chauffiert wurden.

»Lou, die Braut, scheint so nervös zu sein! Ist euch das auch aufgefallen? Manchmal denke ich, das arme Ding, eine so große Hochzeit ist gar nichts für sie. Na ja, mir gefällt es jedenfalls! Pfefferminzbonbon?« Mit funkelnden Augen hielt Irene ihre Schatulle samt Menthol-Pastillen in die Luft.

»Vielleicht hat meine Mutter sie auch schon ganz mürbe gemacht?«, mutmaßte Lynn und schnappte sich ein Bonbon aus der Dose.

»Menschen, die Hektik verbreiten, sind auf einer Hochzeit natürlich eher kontraproduktiv«, stimmte Irene zu. »Aber die Organisation und Planung ist doch in guten Händen bei dieser ... äh, dieser ...«

»Melanie. Melanie Golding«, half Daniel weiter.

»Ja, genau! Das ist doch fantastisch, dass es dafür eine Beauftragte gibt.« Zufrieden lächelte Irene in sich hinein. »Was meint ihr, wollen wir gleich noch diese Aufgabe für die Hochzeitsfeier vorbereiten?«

»Nö«, antwortete Lynn, noch bevor ich überhaupt meinen Mund öffnen konnte. »Heute war ein langer Tag und morgen ... haben wir genug Zeit.«

Daniel hielt den Wagen direkt vor dem Eingang zum Haupthaus des Châteaus an.

»Ich möchte mich so schnell wie möglich schlafen legen, damit dieser Tag bloß endet!«, verkündete Lynn, während sie aus dem Wagen stieg. Auf dem direktesten Weg marschierte sie durch die Empfangshalle des Châteaus. Irene und ich hingegen hatten es nicht ganz so eilig.

»Die Sache eben zwischen ihr und ihrer Mutter ...«, sagte ich an Daniel gewandt. »Wahrscheinlich hast du alles, so wie die anderen auch, mitbekommen?«

Daniel nickte stumm und verzog das Gesicht. »Diese Auseinandersetzungen kenne ich noch gut von früher«, erklärte er.

»Ja? Aber warum können Lynn und ihre Mutter einfach nicht zueinanderfinden?« Vorerst antwortete Daniel gar nichts. Es wirkte, als suche er in Gedanken nach den richtigen Worten.

»Ich würde gerne ausführlicher mit dir plaudern, Marie. Aber ich sollte die anderen Gäste nicht allzu lange warten lassen oder Seb die Arbeit machen lassen. Ich mache mich jetzt lieber wieder auf den Weg. Wir reden wann anders, ja?« Mit diesen Worten nahm Daniel auf dem Fahrersitz Platz. »Also dann, habt noch einen schönen Abend!« Langsam rollte das Auto über die Wege auf die Einfahrt des Châteaus zu.

»Irgendwas ist komisch«, sagte Irene, die noch neben mir stand. »Irgendetwas stimmt nicht.«

Schweigend gingen wir gemeinsam zum Gartenhaus.

Kapitel 13
Lynn

Ich lag zwar im Bett, doch an Schlaf war gar nicht zu denken. Vorhin wollte ich einfach nur weg von allen, allein sein, nichts hören und niemanden sehen. Doch auch damit schien es mir nicht sonderlich gut zu gehen. Stattdessen kreisten meine Gedanken um den heutigen Tag, ja, sie schrien mich beinahe an, so laut trieben sie in meinem Kopf ihr Unwesen. Das Auftreten meiner Mutter, die Tatsache, dass mein Vater sich nicht dazu aufgefordert fühlte, etwas zu der Situation zu sagen ... Ich seufzte und wechselte zum gefühlt zweihundertsten Mal in den letzten 30 Minuten meine Liegeposition. Auf der anderen Seite des Raumes lag Marie in ihrem Bett und ihrem Schnarchen nach zu urteilen befand sie sich längst im Land der Träume. Wobei ihr Schnarchen nicht sehr laut oder unangenehm war, vielmehr könnte man denken, dass sich unter der Bettdecke ein kleines niedliches Schweinchen versteckte. Diese Vorstellung erheiterte mich etwas, aber nur kurz. Sofort dachte ich wieder an meine Mutter. Zwei Tage. Zwei Tage waren wir noch hier. Auf den ersten Blick mochte sich das nach einem überschaubaren Zeitfenster anhören, doch auf den zweiten hatte ich ungute Befürchtungen, was noch alles passieren konnte. Energisch strampelte ich meine Bettdecke zur Seite und stand auf. Wenn ich noch länger krampfhaft versuchte einzuschlafen, wurde ich noch verrückt. So leise wie möglich kramte ich einen Pullover aus meinem Koffer und zog diesen über. Sicherheitshalber tauschte ich auch meine Pyjamahose gegen ein Paar Jeans ein. Nur für alle Fälle, falls meine Mutter absurde nächtliche Kontrollgänge absolvierte. Ehe ich das Gartenhäuschen verließ, schlüpfte ich an der Eingangstür in meine Schuhe. Ein kleiner Spaziergang würde mir guttun. Frische Luft half immer.

Als ich ins Freie trat, kam mir deutlich wärmere Luft entgegen, als ich erwartet hatte.

Im Meer schwimmen. Hoffentlich war morgen noch genug Zeit für einen kurzen Abstecher an den Strand. Das Château wirkte zu dieser Uhrzeit so ruhig, als habe es sich ebenfalls vorübergehend zur Ruhe gelegt. Der Tumult, der während der Ankunft und des Sektempfangs herrschte, war verklungen. Doch bald schon konnte meiner Mutter wieder wie ein unaufhaltsamer Tornado diese Idylle zunichtemachen.

Meine Schritte wurden schneller und Hitze stieg mir ins Gesicht. Was hatte meine Mutter sich bloß bei dieser idiotischen Lügengeschichte gedacht?

Eine helle Stimme lenkte meine Aufmerksamkeit wieder auf das Geschehen um mich herum. Huch, beim Haupthaus war noch jemand unterwegs? Neugierig schritt ich auf das Gebäude zu und hoffte, dass ich hier nicht auf meine Mutter treffen würde. Wahrscheinlich hatte sie nur wieder etwas zu bemängeln. Die Nacht war zu dunkel, das Personal zu französisch, die Hochzeit zu sehr ... eine Hochzeit?

»Oui. Oui. Adieu.« Vor dem Eingang zum Haupthaus sah ich Lou auf einer der Treppenstufen sitzen, die sich ihr Handy ans Ohr hielt. Langsam ließ sie es heruntersinken, als sie mich erblickte. Ihre Augen waren gerötet, so, als habe sie gerade geweint.

»Hallo Lynn. Ich habe dich gar nicht bemerkt«, sagte sie mit zittriger Stimme.

»Ist alles ok?«, fragte ich. Allmählich sorgte ich mich ernsthaft um die künftige Braut meines Bruders.

»Ja! Ja, ich habe nur die Zeit vergessen ...«, antwortete Lou schnell und erhob sich. »Es ist schon spät und ich sollte längst im Bett sein. Ich wünsche dir eine gute Nacht, Lynn!« Mit flinken Bewegungen gab Lou mir Küsschen auf die Wange und ließ mich verwundert zurück. Was beschäftigte sie so sehr?

»So sieht es also aus, wenn Lynn Herzog vorhat, früh ins Bett zu gehen. Willkommen unter den Nachtschwärmern.« Ich drehte mich um und erkannte Daniel, der sich gerade eine Zigarette anzündete. »Wer kann bei dieser Hitze schon vernünftig schlafen?« Er nahm ein paar Zigarettenzüge und blickte in den sternenübersäten Himmel. »Nimm's mir nicht übel, Lynn. Ich weiß, Menschen ändern sich und so. Aber so schweigsam habe ich dich nun wirklich nicht in Erinnerung.« Nachdenklich zog Daniel seine Augenbrauen zusammen.

»Da ist man schon an der Côte d'Azur und es steht kein einziger Strandausflug auf dem Programm«, beschwerte ich mich, ohne weiter auf seine Äußerung einzugehen.

»Frechheit«, stimmte er mir knapp zu. »Lust auf 'ne Schnapsidee? Also wegen des Fahrdienstes habe ich weder Schnaps noch irgendeinen anderen Alkohol getrunken ...«

»Aber?«

Auffordernd hielt Daniel seine Autoschlüssel in die Luft. »Ganz in der Nähe ist eine schöne Bucht gelegen. Also, wenn du ...«

»Ok, los geht's!« Ich ließ Daniel gar nicht erst ausreden, sondern wollte den nächtlichen Ausflug sofort starten.

»Hier, nimm schon mal den Schlüssel, ich bin sofort bei dir.« Sein Lächeln verriet mir, dass mein großer Tatendrang ihn amüsierte. Wenige Minuten später erreichte auch Daniel mit einem Stapel Handtüchern unter dem Arm das Auto und wir fuhren Los.

Es dauerte nicht lange, bis Daniel den Wagen parkte. Sofort riss ich die Tür auf und sprintete einen schmalen Sandweg bergab, bis ich die Bucht erreicht hatte. Ohne nachzudenken, streifte ich sowohl Pullover als auch Hose von meinem Körper. Unaufhaltsam rannte ich in das Wasser, ließ mich von den Wellen streicheln, bis ich schließlich kopfüber in das Meer eintauchte. Unter Wasser gab es für mich kein Halten mehr. Ich schrie und strampelte in dem Wissen, dass das Meer meinen Ausbruch für sich behalten würde. Vielleicht sah es von außen so aus, als würde eine Wahnsinnige hier in den Fluten ihr Unwesen treiben. Doch es kümmerte mich nicht. Ich wollte mich nicht zusammenreißen, nicht die Hände brav in meinen Schoß legen und alles mit mir machen lassen. Eine weitere Welle rollte über mich und ich konnte mich nicht entscheiden, ob sie mich schubste oder umarmte. Doch anders als so oft in meinem Leben hatte ich das Gefühl, dass das Meer mir zuhörte und mich genau so nahm, wie ich war. Es versuchte nicht ständig, meine Fehler und Makel auszubessern oder diese zu vertuschen.

Als ich zurück zum Strand ging, war ich völlig fertig. Ich spürte meine Muskeln deutlich, aber auch der Stress, den ich wenigstens vorübergehend abschütteln konnte, schien erneut wie ein Sack Zement auf meinen Schultern zu liegen. Doch immerhin hatte ich etwas Kraft getankt, um dieses Gepäck weiter schleppen zu können. Fürsorglich reichte Daniel mir eines der Handtücher. Ich bedankte mich, kuschelte mich in den flauschigen Stoff und setze mich neben ihn in den von Kieseln durchzogenen Sand.

»Das war `ne gute Idee«, sagte ich schließlich.

»Ich hab auch so meine guten Momente«, entgegnete Daniel. »Hey, was vorhin zwischen dir und deiner Mutter passiert ist ... gehört das nicht zu jeder anständigen Hochzeit dazu? Dass Familienmitglieder sich gegenseitig auf die Nerven gehen, vielleicht auch Mordpläne schmieden und am Ende einfach nur froh sind, wenn alles vorbei ist?«

Ich lachte bei Daniels Beschreibung. »Das ist ja ne merkwürdige Vorstellung ... Aber wahrscheinlich ist da etwas dran. Mit dem Unterschied, dass das zwischen mir und meiner Mutter ...« Ich beendete meine Ausführungen nicht, doch in Daniels Blick erkannte ich, dass er mich auch so verstand. Natürlich, er hatte so gut wie alle Dramen damals live miterlebt. Vor Erleichterung, mich nicht erklären zu müssen, atmete ich hörbar aus. Ich griff nach meiner Hose und holte aus der Tasche mein Handy hervor. Vor lauter Aufregung hatte ich beinahe vergessen, den Termin mit Tim für ein Treffen abzustimmen. Hoffentlich erreichte meine Nachricht ihn nicht zu spät. Doch aus eigener Erfahrung wusste ich, wie lange das Schiffspersonal meistens auf den Beinen war.

Passt es dir morgen? Vielleicht ein gemeinsames Frühstück?, tippte ich. Tim antwortete kurze Zeit später:

Hört sich super an, ich habe morgen einen Tag frei.

Mit diesen Aussichten auf den morgigen Tag konnte ich

mich ein wenig entspannen.

Daniel und ich blieben noch eine Weile in der kleinen Bucht und die einzigen Geschichten, denen wir Gehör schenkten, waren die der brechenden Wellen.

Kapitel 14
Marie

»Steh auf, steh auf, steh auf!« Wie ein Presslufthammer auf einer Baustelle den Boden bearbeitete, schlugen die Worte auf mich ein. Dieser Eindruck wurde durch ein unaufhörliches Rütteln an meinen Schultern verstärkt. Ich zwang mich, meine Augen zu öffnen. Es dauerte ein wenig, bis ich das Gesicht, das sich dicht vor meinem befand, scharf stellen konnte. Lynn wirkte energiegeladen auf mich ein und hampelte für meinen Geschmack viel zu nah an mir herum. Insbesondere, da ich noch keinen Kaffee getrunken hatte oder eine kleine ruhige Minute nur für mich hatte genießen können.

»Ok, ich bin ja wach ...«, murmelte ich, rieb mir die Augen und gähnte herzhaft.

»Na ja, wie man's nimmt«, entgegnete Lynn. »Ich glaube, selbst im Schlaf bin ich wacher als du jetzt.«

»Da ist was dran. Aber warum die Aufregung? Hab ich etwas verpasst? Müssen wir zu einer königlichen Audienz, werden wir vom Papst gesegnet ...« Ich richtete mich im Bett auf und beobachtete, wie Lynn in meinen neu erstandenen Klamotten herumwühlte.

»Hier, das kannst du anziehen.« Bestimmt hielt sie mir die Kleidungsstücke hin.

»Vielleicht doch nicht ganz so royal«, sagte ich und hatte noch immer keinen blassen Schimmer, was Lynn vorhatte.

»So, Marie, jetzt komm aber mal aus den Federn! Das Taxi ist schon in 10 Minuten da und der Tisch für's Frühstück ist reserviert ...«

»10 Minuten?« Panisch sprang ich aus dem Bett. »Aber ich hatte noch keinen Kaffee und ... Wo fahren wir hin und warum so früh?« Während die offenen Fragen aus mir heraussprudelten, wechselte ich meine Kleidung.

»Wir fahren nach Cannes. Wir hatten doch mit Tim besprochen, ihn dort zu treffen, wenn sich eine Gelegenheit bietet. Und ich dachte, je früher, desto besser. Dann ...«, Lynn stockte. Auf einmal wurde mir klar, warum sie eine solch unchristliche Zeit ausgewählt hatte.

»Du willst dich heimlich für's Frühstück ausklinken! Damit du nicht deiner Mutter oder sonst irgendwem in die Arme läufst!«

Gleichgültig zuckte Lynn mit den Schultern. »Und wenn schon. So können wir wenigstens in Ruhe mit Tim plaudern und haben danach noch genug Zeit für Grasse.«

»Hauptsache nicht hier bei der werten Familie sein ...« Neckisch streckte ich Lynn die Zunge raus.

»Wie auch immer, Irene ist schon zum Parkplatz vorgegangen und ich werde jetzt auch dort hingehen. Die Welt wartet nur noch auf den kleinen Siebenschläfer Marie ...« Mit diesen Worten verließ Lynn das Zimmer. Ich nutzte die letzten verbleibenden fünf Minuten, um mich wenigstens halbwegs für den Tag frisch zu machen.

Nach so etwas wie einer Stippvisite im Badezimmer und einem Sprint zum Parkplatz des Châteaus kamen wir nach einer kurzen Taxifahrt in Cannes an. Noch war auf den Straßen nicht allzu viel los und im Vergleich zu anderen Tageszeiten waren die Temperaturen noch recht angenehm. Dafür hatte sich das frühe beziehungsweise abrupte Aufstehen gelohnt. Es war jedoch nur eine Frage von Stunden, bis eine beinahe drückende Hitze überhandnehmen würde.

Mit ihrem Handy in der Hand lotste Lynn uns zu dem Bistro, in dem sie uns einen Tisch für das Frühstück reserviert hatte. Dort angekommen, griff ich zielstrebig nach der Speisekarte, die auf dem runden Tisch ausgelegt war. Irene, die neben mir saß, rückte ihre Lesebrille zurecht und kniff angestrengt die Augen zusammen.

»Was steht da? Diese Schrift ist winzig, ich kann gar nichts erkennen«, sagte sie frustriert.

»Öff? Pain? Keine Ahnung, welche dieser Buchstaben man ausspricht und welche nicht«, sagte ich und blätterte frustriert durch die Karte.

»Was? Das habe ich ja noch nie gehört. Marie, was soll das sein? Französisch mit Sicherheit nicht.« Wenn diese Umstände dafür sorgten, dass ich kein vernünftiges Frühstück bekam, konnte der Tag ja heiter werden.

»Guten Morgen allerseits!« Erst im letzten Augenblick bemerkte ich, wie sich ein fröhlich strahlender Tim Petersen zu uns an den Tisch gesellte. Der klägliche Versuch, die Speisekarte zu entziffern, hatte meine volle Konzentration benötigt. Nun wiederum war ich von Tim abgelenkt. Ungefähr ein Jahr war es her, dass ich ihn zum letzten Mal gesehen hatte. Er trug, anders als sonst auf dem Schiff üblich, keine Arbeitsuniform, sondern lockere Freizeitkleidung. Obwohl er seit geraumer Zeit an Orten mit paradiesischen Wetterbedingungen arbeitete, war seine Haut recht blass. Beim Abnehmen seiner Sonnenbrille erkannte ich Tims leicht gerötete Augen und schloss daraus, dass er müde war.

Trotzdem strahlte er eine gewisse Lockerheit und Zufriedenheit aus.

Lynn sprang von ihrem Sitzplatz auf und umarmte Tim stürmisch. Die beiden hatten mehrere Jahre auf demselben Schiff gearbeitet und kannten sich dementsprechend gut.

»Wundervoll, dass Sie jetzt da sind«, unterbrach Irene die vertraute Szene. »Wir haben da dieses Problem, dass die Schrift auf der Speisekarte viel zu klein ist, Marie mir aber nur Kokolores vorliest ... Also, wenn Sie so nett wären.«

Amüsiert betrachtete Tim Irene, die mal wieder kein Blatt vor den Mund nahm und ohne Umschweife zu den wichtigen Themen überging.

»Bei einer solchen Form des Frühstücksdesasters helfe ich nur allzu gerne aus.« Umgehend setzte Tim sich hin und nahm das Menü zur Hand. Nach kurzen Überlegungen und Absprachen teilte Irene der Kellnerin unsere Bestellung mit und wir konnten uns auf die Gespräche konzentrieren. Glücklicherweise wurde der Kaffee schnell serviert. Ansonsten wäre die Rechnung von zu viel Interaktion und zu wenig Kaffee für mich allmählich nicht mehr aufgegangen. Genüsslich trank ich die ersten Schlucke des warmen Getränks und hörte den anderen zu.

»Und, wie ist die Arbeit auf dem Schiff? Frei von irgendwelchen Zwischenfällen?«, fraget Irene. Sie spielte auf eine ganz bestimmte Kreuzfahrt an, während der das gesamte Schiff unter rücksichtslosen Kriminellen zu leiden hatte.

»Ja, Gott sei Dank! Das damals war zum Glück nur ein Einzelfall. Ach, und bevor ich es vergesse: Ich soll euch von Frau Ostrowski grüßen.«

»Oh, wie nett. Arbeitet sie immer noch auf der Route der Britischen Inseln?«, fragte ich nach. Als ich auf eben diesem Schiff gearbeitet hatte, war Frau Ostrowski meine Chefin gewesen. Sie hatte mir den Alltag an Bord nicht leicht gemacht, doch am Ende waren wir beinahe warm miteinander geworden. Lauwarm vielleicht.

»Nein, sie hat sich dazu entschieden, zurück zu ihrer Familie zu gehen und nicht mehr an Bord zu arbeiten. Es war für sie auf Dauer nicht das Richtige, so weit weg von ihren Liebsten zu sein.« Nachdenklich rührte Tim in seinem Kaffee und spielte mit dem Zuckerstreuer herum. »Apropos Familie: Wie läuft es hier bei der großen Hochzeit?« Aufmerksam sah Tim zu Lynn.

»Meine Mutter dreht ein bisschen durch und es ist alles sehr exquisit. Also alles wie erwartet«, erwiderte sie. Das Wort *exquisit* betonte sie schrill und schrie es beinahe. Tim runzelte die Stirn und trank einen Schluck Kaffee. Offenbar dachte er sich seinen Teil zu Lynns Ausführungen. Wie genau wusste er über die Beziehung zu ihren Eltern Bescheid?

Als das üppige Frühstück serviert war und wir uns die Köstlichkeiten schmecken ließen, erzählten Lynn, Irene und ich von unserer Arbeit und unserem Alltag auf dem Gut. Tim wiederum berichtete von den letzten Reiserouten, die er als Personalchef auf dem Schiff miterlebt hatte. Seine Schilderungen schienen eine Art Sehnsucht bei Lynn zu wecken.

»Ich weiß, es ist ein anderes Schiff als das, auf dem ich gearbeitet habe ... aber ... würdest du uns vielleicht eine kleine Führung geben? Ich war jetzt schon über ein Jahr nicht mehr auf einem Schiff.« Lynns Strahlen verkündete pure Vorfreude. Wer konnte ihr so schon einen Wunsch ausschlagen?

»Zugegeben, ich hatte mich eigentlich auf einen freien Tag an Land gefreut ... Aber ein kurzer Abstecher kann ja nicht schaden.«

»Ich werde allerdings nicht mitkommen, sondern hier in der Umgebung bleiben«, verkündete Irene. Als wir das Frühstück beendet hatten, verabredeten wir eine Uhrzeit und einen Treffpunkt. Lynn, Tim und ich machten uns auf den Weg Richtung Jachthafen, während Irene noch am Tisch sitzen blieb.

Das junge Gemüse zog von dannen, doch ich verharrte in dem lauschigen Bistro. Ich winkte die Kellnerin heran und bestellte einen Wein. Gut, es war noch recht früh, aber man musste die Feste eben feiern, wie sie fielen. Außerdem redete ich mir ein, dass man das in Frankreich eben so machte. Ich ließ meinen Blick schweifen und kam zu dem Schluss, dass dieser Ort früher einmal mehr Charme und Eleganz besessen hatte. Früher ... Da kamen sie wieder, diese Gedanken und Erinnerungen, die mir so alt erschienen, dass es verwunderlich war, dass ich sie nicht in Schwarz-Weiß vor meinem geistigen Auge sah.

Vielleicht war das ein Zeichen, dass ich schon zu lange hier saß. Ohne zu zögern, deponierte ich etwas Bargeld für den Wein auf dem Tisch – das Frühstück war bereits bezahlt – griff nach dem Glas und schlenderte über die Promenade. Kunst und Künstliches lagen eng beieinander. Die Grenzen zwischen beiden Worten verliefen fließend. Wer zeigen wollte, wer er war, musste an Orten wie Cannes nur das nötige Kleingeld springen lassen. Zum Beispiel, um den Strand oder gar eine der Liegen zu benutzen. Doch eigentlich war der Strand gar nicht echt, sondern einst künstlich aufgeschüttet worden. Und was bekam man für sein Geld? Wie die Sardinen lagen sonnenbegeisterte Strandbesucher auf Handtüchern dicht an dicht. An dem einen Strandabschnitt waren sogar so viele Sonnenschirme aufgespannt, dass ich ihretwegen nicht ein einziges Sandkorn erblicken konnte, da sie mir komplett die Sicht versperrten. Kopfschüttelnd nippte ich an meinem Getränk. Ach Henry, sei froh, dass du das nicht sehen musst.

Wie elegant wir uns doch gefühlt hatten! Waren wir es auch? Oder war es mehr Schein als Sein? Mehr als einmal hatte man mir gesagt, dass ich große Ähnlichkeit mit Grace Kelly habe. Damals. Jetzt könnte ich eher als die pummelige Version von Iris Apfel durchgehen, nur, dass mein Kleidungsstil nicht ganz so extravagant sein mochte.

Je weiter ich durch die Straßen schlenderte, desto mehr hatte ich das Gefühl, auf jedem Zentimeter vergeblich nach dieser verblassten Mondänität der Stadt suchen zu müssen. Neben mir heulte der Motor eines Sportwagens laut auf. War dasselbe Auto nicht eben schon an mir vorbeigefahren? Der Fahrer – oder die Fahrerin, das konnte ich so schnell nicht erkennen – hatte es sich wohl zum Hobby gemacht, immer denselben Weg der belebten Straße auf und ab zu fahren. Sehen und gesehen werden. Vielleicht war das damals auch eines meiner Motive. Es machte schon Spaß, Komplimente geschenkt zu bekommen und von Verehrern umgarnt, von Konkurrentinnen beneidet zu werden. Wahrscheinlich galt dies auch für den Fahrer des Autos.

Vielleicht hatte sich hier auch doch nicht so viel verändert, nur die Zeit war eine andere geworden. Und ich war um einiges älter geworden, längst nicht mehr auf dem neuesten Stand. Was ich mir natürlich nicht anmerken ließ, doch die leise Befürchtung, dass irgendwann auffallen würde, dass mein Verfallsdatum überschritten war, die war immer da. Manchmal wünschte ich mir, ich könnte regelmäßig neue Updates bekommen, solche wie die, die ich stets auf meinem iPad installierte. Ja, das wäre doch sicherlich eine kluge und hilfreiche Idee! Wieder war da dieses ungute Gefühl, als hinge mir ein schweres Gewicht im Nacken. Nur ein kleiner Ausrutscher und das war's mit der Selbstbestimmtheit! War da vielleicht etwas, das ich vergessen hatte? Ach, Unsinn. So weit würde ich es nicht kommen lassen.

Ich setzte meinen Weg fort und sah neugierig in die Schaufenster der Geschäfte. Die Puppen trugen teilweise sehr grelle und glitzernde Shirts mit dem Aufdruck *Queen*. Na ja, man konnte ja immerhin noch träumen. Als ich an einer Ecke ankam, an der zwei Straßen aufeinandertrafen, wurde ich auf ein Schild aufmerksam. *Le Homard*. Dieses Lokal gab es noch immer? Es hatte all die Veränderungen, all den Wandel überlebt, ähnlich wie ich? Nur dass ich nicht die ganzen Jahre über an ein und derselben Stelle verharrt hatte.

Wie Ketchup, der sich über den gesamten Teller ergoss, nachdem man die Tube unermüdlich geschüttelt hatte, strömten die Erinnerungen auf mich ein. Nun waren sie noch lebendiger, noch wilder. Sie wirbelten um mich herum und ich fühlte mich wie eine kleine gebrechliche alte Frau.

»Geht weg!«, rief ich und fuchtelte vor meinem Gesicht herum, als wollte ich Fliegen verscheuchen. Dabei rutschte mir das Glas aus den Händen und fiel klirrend zu Boden. Passanten wurden auf den Tumult aufmerksam. Wie sollte ich ihnen klarmachen, dass alles in Ordnung war? War alles in Ordnung? Schwindel übermannte mich und ich suchte nach einer Hausfassade, um mich abzustützen. Der Gehstock allein reichte nicht mehr aus. Ich spürte, wie sich kleine Schweißperlen auf meiner Stirn bildeten. Verräterisch.

Doch ich konnte das Aufbegehren meines Körpers nicht im Zaum halten. Plötzlich spürte ich eine Hand an meinem Ellenbogen.

»Gehen Sie weg!«, verscheuchte ich die fremde Person. Ja, auf Deutsch, damit es bloß unfreundlich klang und niemand auf die Idee kam, Mitleid mit mir zu bekommen. Ich brauchte nur einen kurzen Moment, um mich zu sammeln. Vielleicht war der Wein mir nicht sonderlich gut bekommen. Vielleicht hatte die Hitze größere Auswirkungen auf mich, als ich vermutet hatte. Vielleicht hatte ich die Macht der Vergangenheit unterschätzt.

Kapitel 16
Marie

Wie auf Kissen schwebten wir über das in der Sonne glitzernde Meer. Ein kleines Boot hatte Tim, Lynn und mich vom Jachthafen in Cannes zum Kreuzfahrtschiff gebracht. Da es in Cannes nur diesen kleinen Hafen gab, konnten die großen Schiffe nicht direkt am Festland anlegen, sondern lagen im Mittelmeer auf Reede, wie Tim erklärt hatte. So gab es, wenn das Wetter es erlaubte, Fahrdienste zum Festland mit der Hilfe dieser Boote.

Tim hatte uns einige Zeit auf dem Schiff herumgeführt, doch es wurde schnell deutlich, dass Lynn vor allem in Nostalgie schwelgen wollte. Beinahe hatte ich Angst, sie würde gleich bei der Besatzung anheuern, nur um den Konflikten mit ihrer Mutter aus dem Weg gehen zu können. Ein Blick auf die Uhr verriet uns schließlich, dass es an der Zeit war, zu Irene zu stoßen und den Ausflug nach Grasse zu starten. Wir hatten Tim angeboten, sich uns anzuschließen, was ihn sichtlich gefreut hatte. Nun sausten wir denselben Weg zurück, Meter für Meter über das seichte Meer. Verträumt inhalierte ich die salzige Luft und genoss die frische Brise, die meine Haare durcheinanderwirbelte.

An Land angekommen eilten wir ohne Umwege zu dem vereinbarten Treffpunkt, der sich gleich in der Nähe eines Taxistandes befand.

»Wahrscheinlich ist das alles etwas chaotischer, als du es

dir vorgestellt hast!«, rief ich Tim über die Schulter zu, als wir die viel befahrene Hauptstraße überquerten.

»Schon ... Aber ehrlich gesagt wundert es mich nicht«, antwortete er und hob die Augenbrauen. War das etwa eine Anspielung auf Lynns und meine Vergangenheit? Das war doch Quatsch, wir konnten auch anders als das pure Chaos sein. Nur war das manchmal wirklich schwierig zu glauben.

Am Treffpunkt angekommen war ich zunächst etwas verwundert. Anders als erwartet gab es keine Spur von Irene. Dabei waren wir bereits einige Minuten zu spät. Oh nein, suchte sie etwa bereits woanders nach uns und wir hatten uns verpasst? Hektisch drehte ich mich in alle Richtungen und versuchte Irene ausfindig zu machen.

»Vielleicht hat sie nicht auf die Zeit geachtet, sitzt irgendwo und trinkt gemütlich etwas«, schlug Lynn vor.

»Nein, die Zeit vergessen, das passt doch gar nicht zu ihr!«, wandte ich ein. Sofort überkam mich ein schlechtes Gewissen. Vielleicht hätten wir sie nicht allein lassen sollen? Obwohl Irene bestens allein zurechtkam. Aber man wusste ja nie ... Vielleicht ist sie überfallen worden? Nein, eher hätte sie jemanden überfallen. Während meine Gedanken sich überschlugen, legte Tim sanft die Hand auf meine Schulter.

»Mach dir keine Sorgen. Sie wird bestimmt gleich ... Warte, ist sie das nicht da hinten?« Er deutete auf eine Seitenstraße, aus der gerade eine ältere Dame mit Gehstock einbog.

»Ja!«, rief ich erleichtert und machte mich auf den Weg zu ihr.

»Tut mir leid, dass ich etwas spät dran bin«, rief Irene mir bereits aus einiger Entfernung entgegen. »Gerade in meinem Alter sollte man den rechten Umgang mit der Zeit beherrschen. Aber ich war irgendwie abgelenkt von diesen schillernden Menschen, die sich hier rumtreiben. Na ja, jetzt bin ich ja da. Es kann also weitergehen.«

»Bist du sicher, dass es dir gut geht?« Besorgt betrachtete ich Irene. Ihre Augen waren leicht gerötet und sie wirkte verschwitzt. Zugegeben war dies kein Wunder bei den Temperaturen. Doch sie hatte etwas an sich, das sie längst nicht so tiefenentspannt wirken ließ, wie ich sie normalerweise kannte.

»Es ist nur sehr warm«, bestätigte sie meine Vermutung. »Sucht ein schönes Taxi mit Klimaanlage aus.«

Wenig später saßen wir gemeinsam in einem Taxi nach Grasse. Irene durfte auf dem Beifahrersitz Platz nehmen, während Lynn, Tim und ich uns auf die Rückbank des Wagens gequetscht hatten. Da Lynn ein kurzes Sommerkleid trug, saß ich auf dem *Schleudersitz*, wie meine Mutter diesen Platz im Auto stets nannte, in der Mitte. Konzentriert bemühte ich mich, einen festen Punkt in der Ferne der Landschaft zu fokussieren, während wir uns durch die eng gewundenen Serpentinen schlängelten. Gleichzeitig wollte ich vermeiden, in den engen Kurven auf Tims Schoß zu rutschen.

Als wir endlich unser Ziel erreichten, fühlte ich mich seltsam verspannt. Vielleicht hätte ich in der Zwischenzeit nicht das Atmen vergessen sollen. Doch der Ausblick auf das malerische Städtchen ließ mich sofort alle vermeintlichen Unannehmlichkeiten vergessen.

Auf den Straßen herrschte mächtig Tumult. Verkleidete Menschen eines Straßenumzugs tanzten zu Musik, die aus weiterer Entfernung zu uns schallte. Alles um uns herum war bunt, laut und fröhlich.

»Das ist jetzt also dieses Jasminblüten-Fest ...«, stellte Irene nüchtern fest. Offensichtlich hatte sie die Zeit im Taxi nutzen können, um Kraft zu tanken, und war nun wieder ganz die Alte. »Ein bisschen laute Musik, ein bisschen Flitter und Tüll und schon nennt man es ein Fest.«

»Na, bei der Begeisterung ist es wohl von Vorteil, dass wir nicht allein für die Feier hierhergekommen sind«, stellte Lynn fest. Nun erzählte sie auch Tim, dass Lou, die Verlobte ihres Bruders, zu der Parfümeursfamilie des Dorfes gehörte. So setzten wir unseren Weg durch die schmalen, mit Kopfsteinpflaster ausgelegten Gassen fort und hielten an der ein oder anderen Stelle an, um die Szenerie zu beobachten. Ich erschrak, als über mir ein Zischen ertönte und ich wie aus dem Nichts einen feinen Nebel auf meiner Haut spürte. Neugierig blickte ich nach oben.

»Das nenne ich mal eine gute Idee«, sagte ich und meinte damit die zahlreichen Schläuche, die sich von Hausfassade zu Hausfassade über unseren Köpfen wanden. In regelmäßigen Abständen wurden aus ihnen ganz fein geringe Mengen Wasser versprüht, die für eine angenehme Abkühlung sorgten.

»Das stimmt, aber ich glaube, das ist schlecht für die Frisur«, entgegnete Irene und fuhr sich durch die Haare.

»Bei dem Klima frage ich mich allgemein, wie man eine ordentliche Frisur zustande bekommen soll ...«, äußerte ich.

»Ich finde, dass es da nichts zu beklagen gibt«, sagte Tim. »Bei niemandem von euch. Und bei mir auch nicht«, fügte er schnell hinzu.

»Das liegt wahrscheinlich daran, dass ich heute Morgen

ganz viel Zeit und Mühe in mein äußeres Erscheinungsbild gesteckt habe ...«, erwiderte ich und tauschte vielsagende Blicke mit Lynn aus.

»Der frühe Vogel ...«, entgegnete diese schulterzuckend und so blieb es unser Geheimnis, wie der Morgen tatsächlich verlaufen war.

Mittlerweile hatten wir die Parfümerie erreicht. Der Name Teissier prangte auf einem großen Schild unübersehbar an einem der Gebäude. Vor dessen Hauswand war ein auffälliger Stand aufgebaut. Glänzende Tücher aus grünen und blauen Stoffen waren um Holzstreben gewickelt und über das kleine Dach gespannt. Anhänger in Silber und Gold funkelten im strahlenden Sonnenlicht um die Wette. Ich erkannte Sterne und Monde, manche Figuren konnte ich nicht eindeutig zuordnen. Im Inneren des Standes saß gebückt eine Frau mit wallendem, dunkelbraunen Haar. Sie trug ein Haarband, das so ähnlich aussah wie der Stoff, der ihren Stand verzierte. Ihre Augen waren stark geschminkt und erinnerten an eine Mischung aus Cleopatra und Twiggy. An ihren Fingern klimperten zahlreiche Ringe. Ihr französischer Singsang war eindeutig an uns gerichtet und ich schaute fragend zu Irene.

»Herrje, sie möchte uns aus der Hand lesen ... Dabei frage ich mich, wäre das bei mir nicht so, als würde sie in meinem Tagebuch stöbern? Es gibt ja deutlich mehr in meiner Vergangenheit als in meiner Zukunft ...« Bei dieser Äußerung rollte Lynn mit den Augen.

»Ach Irene, diese Anspielung darauf, dass es mir dir bald zu Ende geht, ist schon älter als du selbst. Wahrscheinlich wirst du uns alle noch überleben.« Ein übereinstimmendes Prusten erfüllte die Runde.

»Ich wäre allerdings schon interessiert«, gab ich schließlich zu. Ohne weiter nachzudenken, reichte ich der spirituel-
len Dame meine Hand. Begeistert fuhr sie mit ihren Fingern
über meine Handinnenflächen und nuschelte dabei unverständliche Wortfetzen vor sich hin. Vielleicht war es nur
Einbildung, doch ich hatte das Gefühl, in diesem Moment
ein elektrisches Zischen in meinem Körper zu spüren. So,
als stünde ich unter Strom.

»Du hast einige Hürden in deinem Leben überwunden.
Eine Art Test bestanden, ein Abenteuer«, übersetzte Irene
für mich.

»Das kann man wohl so sagen«, stimmte Lynn hinzu.

»Ja, aber wer hat das nicht? Manchmal ist es selbst eine
Hürde, morgens aus dem Bett zu kommen«, wandte Tim
ein. Bei uns vieren herrschten also definitiv unterschiedliche
Meinungen, was das Thema des Handlesens betraf. Egal,
ich wollte noch mehr wissen.

»Du hast ein großes Herz, Familie ist dir sehr wichtig.
Manchmal bringt deine Ehrlichkeit dich in Schwierigkeiten«, fuhr Irene fort.

»Ja, auch das stimmt total! Aber was sagt sie zu meiner
Zukunft?«

»Familie, du wünschst dir eine eigene. Es macht dich
traurig, noch nicht so weit zu sein. Aber ist es wirklich dein
eigener Wunsch? Du musst wieder lernen zu vertrauen. Und
manchmal ist es gar nicht so leicht, zwischen Fernweh und
Heimweh zu unterscheiden. Sie spürt deine innere Zerris-
senheit. Ihr Rat lautet, dich deinen Problemen zu stellen.
Wenn du sie genau betrachtest, sind sie gar nicht mehr so
groß, wie du gedacht hattest. Der Schlüssel ist, zu dir selbst
zu finden.« Schnell zog ich meine Hand weg. So intim hatte

ich mir das doch nicht vorgestellt. Und dass sie gleich auf dieses Thema mit der eigenen Familie eingegangen war. Unangenehm. Ich spürte, wie die Röte in mein Gesicht stieg. Die mysteriöse Dame hatte offensichtlich sofort meinen wunden Punkt gefunden. Obwohl ... Sagte sie solche Sachen über alle Frauen in meinem Alter, die keinen Ehering trugen und ohne Kinder unterwegs waren?

»Hm, so oder so ähnlich hätte das auch auf einer Müslipackung stehen können«, sagte Irene schließlich monoton. Auch Tim und Lynn lächelten, sodass ich mich etwas entspannen konnte. Wobei ich in Lynns Gesichtsausdruck auch etwas Nachdenkliches zu sehen meinte. Wahrscheinlich war es das Beste, nicht zu viel in die Worte der Dame hineinzuinterpretieren. Oder sich gar Sorgen um die Zukunft zu machen.

»Ich übernehme das für dich, Marie.« Irene kramte in ihrem Geldbeutel und fischte Bargeld heraus. Als sie das Geld überreichen wollte, hielt die Wahrsagerin für einen kurzen Augenblick ihre Hand fest und sagte etwas, das sich nach mehr anhörte als einem klassischen *merci*. Irenes Augen weiteten sich und mir war, als werde ihr Teint von dem ein auf den anderen Moment aschfahl. Was hatte die Frau nur gesagt?

»Kommt, lasst uns schnell von hier weg. Sie möchte uns zu mehr Gesprächen überreden und meine Erfahrung sagt mir, dass man sich gar nicht erst darauf einlassen sollte.« Schnellen Schrittes begaben wir uns zu dem Eingang der Parfümerie.

»Seid ihr sicher, dass ich einfach so mitkommen kann? Schließlich bin ich nicht zur Hochzeit eingeladen oder ...«.

»Du gehörst mit zur Familie!«, unterbrach Lynn Tims

Zweifel. »Jedenfalls zu meiner ... und wenn ich herzlich eingeladen bin ... Das wird schon niemanden stören!«

Entschlossen betrat Lynn das Gebäude und wir folgten ihr. Auf Regalen und in Vitrinen waren zahlreiche Flakons, Parfümfläschchen und Duftproben ausgestellt. Sie alle besaßen ein liebevolles, verschnörkeltes Design und ich erkannte sofort die handschriftlich verzierten Etiketten, von denen Claire gestern erzählt hatte. Von unserem ursprünglichen Vorhaben abgelenkt, nahm ich eines der Fläschchen in die Hand und begutachtete genau die vielen Details. Anschließend hielt ich den Flakon dicht an meine Nase und inhalierte das Aroma, das mir entgegenströmte.

»Oh, das gefällt mir aber gut! Riech mal!« Auffordernd hielt ich Tim das Fläschchen hin. Auch er schnupperte, verzog kurz das Gesicht, bis er sich schließlich ruckartig von mir abwandte und in seine Armbeuge nieste.

»Doch nicht dein Fall?«, fragte ich mit leichter Enttäuschung in meiner Stimme.

»Nein ...« Für einen kurzen Augenblick hatte ich die Befürchtung, dass Tims Niesen gar nicht mehr aufhören würde.

»Nein, ich reagiere nur ein bisschen auf ... Gerüche«, sagte er und wirkte, als habe er sich wieder etwas gefangen. »Um die Duty-Free Abteilung bei uns auf dem Schiff mache ich meistens einen großen Bogen.«

»Ups. Dann bist du hier doch gut aufgehoben. Das scheint ein echt toller freier Tag für dich zu sein.« Mitleidig betrachtete ich Tim.

»Mach dir darüber keine Gedanken«, antwortete er. »Ich freue mich einfach, Zeit mit euch zu verbringen und mal was anderes als das Schiff von innen zu sehen.«

Neben den zahlreichen Flakons befanden sich an den Wänden und Vitrinen Informationsschilder, die unter anderem von der Geschichte der Parfümerie in Grasse berichteten.

»Oh, wusstest du, dass die Parfümherstellung in Grasse bereits seit 400 Jahren ein zentraler Bereich ist?«, fragte ich Tim, der daraufhin den Kopf schüttelte. Da ich ihn nicht versehentlich durch einen Niesanfall, ausgelöst von Duftproben, die ich ihm unter die Nase hielt, umbringen wollte, las ich laut vor, was auf dem Schild geschrieben stand. Glücklicherweise waren die Texte in mehreren Sprachen, unter anderem auf Deutsch, abgebildet.

Im 16. Jahrhundert galt Grasse als Gerberstadt. Italienische Einwanderer begannen zu dieser Zeit Lederhandschuhe mit Düften zu parfümieren. Diese Mode wurde von der einflussreichen Katharina von Medici vorgelebt. So geschah es, dass Pflanzen wie Lavendel, Rosen, Narzissen und Jasmin überwiegend in der Umgebung der Stadt angepflanzt wurden. Heutzutage ist das Importieren von Blüten weitaus kostengünstiger, weshalb in Grasse größtenteils Düfte kreiert werden, statt die jeweiligen Komponenten direkt vor Ort zu züchten.

»Hm, wie schade. Das nimmt dem Ganzen etwas die Romantik, findest du nicht?« Grübelnd sah ich zu Tim.

»Teilweise schon«, stimmte er mir zu. »Aber hier auf dieser Tafel steht, wie aufwendig das Erarbeiten dieser Düfte ist.« Nun las Tim die festgehaltenen Informationen vor.

Um Düfte zu gewinnen, wird beispielsweise eine Dampfdestillation angewendet. Eine sehr teure und zeitintensive Art, die Düfte von zarten Blüten wie Veilchen oder Jasmin zu gewinnen, ist die sogenannte Enfleurage. Blüten und Fet-

te werden geschichtet, an denen die Duftstoffe haften blei-
ben. Um eine grobe Vorstellung über die verwendeten Men-
gen zu bekommen: Für einen Liter ätherisches Jasminöl
sind beinahe 1.000 Kilogram Jasminblüten erforderlich.

1.000 Kilogramm Blüten? Dieses Bild überforderte meine Vorstellungskraft. Fasziniert von der Welt der Düfte
bummelten Tim und ich weiter durch den Ausstellungs-
raum, ehe sich Lynn an uns wandte.

»Es gibt da ein Problem ...«, unterbrach sie meine ver-
träumten Gedanken. »Irene und ich ... also eher Irene, hat
gerade mit dem Personal gesprochen. Lou und ihre Familie
sind hier, aber es ist wohl etwas vorgefallen.«

Entgeistert sah ich zu Lynn. »Was ist denn passiert, etwas wegen der Hochzeit?«

»Man konnte uns nicht sagen, worum genau es ging.«

»Vielleicht ist es also besser, wenn wir zurück zum
Château fahren?«, schlussfolgerte ich und mir entging nicht,
dass Lynn bei diesen Worten nervös auf ihre Lippen biss.

»Ja, das mag sein«, lenkte sie ein, hörte sich aber keines-
wegs überzeugt an.

»Oder wir gehen einfach nachsehen, wo Holland in Not
ist«, schaltete sich Irene in die Unterhaltung ein. »Kommt
mit.« Zielstrebig ging Irene auf einen Durchgang zu, an dessen Seite ein Schild stand, auf dem das Wort *privé* abge-
druckt war. Zwar war ich nicht die Sprachexpertin, doch sah
dieses Wort nur allzu sehr nach *privat* für mich aus. Irene allerdings war komplett unbeeindruckt und trotz Gehstock
schon halb durch den Gang durch. Egal, ob wir ihr folgen
oder sie aufhalten wollten, nachgehen mussten wir ihr so
oder so.

Die Tür eines der Büros war nur angelehnt. Schon vom Gang aus war ein lautes Schluchzen zu hören, unterbrochen von knappen Wortfetzen. Mir war die Situation mehr als unangenehm, doch Irene war bereits im Begriff, die nur angelehnte Tür mit ihrem Gehstock aufzustupsen.

»Hey, ich kehre lieber um und warte draußen auf euch ...«, flüsterte Tim mir zu und ich nickte stumm in seine Richtung. Kurz überlegte ich, ihm zu folgen. Immer diese Entscheidungen. Doch ich hörte, wie Irene ein Gespräch mit den Anwesenden begann. So brachte meine Neugierde mich dazu, als Letzte das Büro zu betreten.

An einem dunkelbraunen Schreibtisch saß Lou. Sie war in sich zusammengesackt und hielt ihre Hände vor das tränenüberströmte Gesicht. Sie kam mir noch blasser vor als gestern und ihre Haut wirkte fast, als könnte das Sonnenlicht durch sie hindurchscheinen. Erst jetzt bemerkte ich die besorgten Mienen von Lous Eltern, die ebenfalls im Raum waren. Claire nestelte an ihren Armbändern herum und Philipp drehte nachdenklich seine Brille zwischen seinen Fingern.

»Oh mein Gott, was ist nur passiert?«, hörte ich mich sagen. Mal wieder ließ ich mein Herz das aussprechen, was ich fühlte, ohne vorher genauer abzuwägen, was genau ich sagen sollte. Oder ob es überhaupt angebracht war, etwas zu äußern.

»Es ist furchtbar«, wimmerte Lou. Wie erstarrt standen Lynn und ich im Raum. Vielleicht hatte sie, genau wie ich, den Eindruck, gerade eine Grenze überschritten zu haben. Wir kannten Lou und ihre Eltern so gut wie gar nicht und wie aus dem Nichts tauchten wir in ihrer privaten Umgebung auf. In einem Moment, in dem sie sichtlich verletzt oder erschüttert waren. Im Augenwinkel erkannte ich, dass Irene den Raum mit ihren Augen abscannte. Ich wusste, dass sie nach Hinweisen suchte, die Aufschluss darüber gaben, was genau vorgefallen war. Ja, so war sie. Kaum gab es nur den leisesten Anschein, dass eine Situation nicht ganz korrekt war, witterte Irene ein Verbrechen. Und dieses Verbrechen wollte sie anschließend aufklären.

»Dieser Zettel dort«, Irene deutete auf ein zerknittertes Stück Papier, das auf dem Schreibtisch lag, »hat es etwas damit auf sich?«

Langsam hob Lou ihren Kopf. »Ja. Sind Sie ... Sind Sie etwa eine ... Detektivin?«

Ein Lächeln umspielte Irenes Lippen, als sie Lous Worte hörte. »Na ja, nicht direkt. Aber gibt es dafür überhaupt so etwas wie eine Ausbildung? Ich habe vieles gesehen und schon so manches ... rätselhafte Ereignis aufgeklärt, wenn ich das so sagen darf. Außerdem war mein Mann beim MI6.« Mir schien, als käme Irene gerade so richtig in Fahrt. Sie liebte es, anderen Menschen nachzuspüren, wenn sie eine Ungereimtheit bei ihrem Verhalten oder ihren Taten vermutete. Doch das hier war anders. Hier ging es nicht um Irenes Interessen, sondern um viel mehr, um eine Hochzeit – und Lou war vollkommen aufgelöst.

»Wenn ich mir das einmal ansehen darf ...«, sagte Irene

und schon schnappte sie sich das Papier. Schnell überflog sie die Zeilen und nun erkannte ich, dass einzelne Worte und Buchstaben aus Zeitungen und Zeitschriften ausgeschnitten und neu zusammengesetzt worden waren. Wie in einer Fernsehsendung. Das konnte doch nicht wahr sein.

»Ah ja, Sie werden also erpresst! Keine Hochzeit, sonst wird es ein übles Ende geben! Wollt ihr die Familie gefährden? Und dann in Großbuchstaben: KEINE POLIZEI.« Nachdem Irenes Worte verklungen waren, begann Lous Schluchzen erneut.

»Das kann doch nur ein schlechter Scherz sein, meinen Sie nicht?«, jetzt meldete Philipp sich zu Wort.

»Philipp! Wir sollten nicht leichtfertig damit umgehen. So etwas macht doch niemand nur aus Spaß!« Claire war von ihrem Stuhl aufgesprungen und tigerte nervös durch das Zimmer.

»Ich würde das auch nicht unbedingt als einen Spaß verstehen ...«, stimmte Irene zu.

»Dann müssen wir die Polizei alarmieren?«, fragte Claire abwägend. Verständlicherweise schien die Situation sie zu verunsichern.

»Komm her, Schatz«, liebevoll nahm Philipp seine Frau in die Arme. »Ich denke, das würde die Situation nur noch weiter verschlimmern ... Wir sollten einen kühlen Kopf bewahren.«

»Genau das denke ich auch!«, stimmte Irene zu. »Zuerst sollten wir uns einen Überblick verschaffen, wer für eine solche Dreistigkeit in Frage kommen könnte. Haben Sie, Lou, oder jemand anderes von Ihnen, irgendwelche Feinde? Neider, nervige Nachbarn, jemand, der ihnen nicht wohlgesonnen ist?« Kurz herrschte Stille. Lou und ihre Eltern schienen angestrengt über Irenes Frage nachzudenken.

»Nicht, dass ich wüsste«, antwortete Lou mit zittriger Stimme. »Wir haben gerade zur Hochzeit viele Glückwünsche bekommen. Alle haben sich über die Einladung zur Feier gefreut ... Ich kann ... Und ich will mir einfach nicht vorstellen ... jemand, den ich kenne ...« Lous Worte verschwanden in ihren Tränen.

»Vielleicht handelt es sich auch um eine unbekannte Person, die auf die Hochzeit aufmerksam geworden ist und diese Gelegenheit für sich nutzen möchte ...«, schlussfolgerte Irene. Wir sollten auf alle Fälle die Augen offenhalten.

»Aber was genau machen wir jetzt? Sind wir in Gefahr?«, fragte Claire.

»Wir könnten zurück zum Château fahren und Sie lassen sich vorher nichts weiter anmerken. Weiß Familie Herzog denn über den Vorfall Bescheid?«

»Unmöglich!«, jetzt war Lous Stimme lauter. »Ich kann doch nicht einfach so tun, als sei nichts gewesen. Seht mich doch an!« Lou hatte recht. Auch ich konnte mir beim besten Willen nicht vorstellen, wie man als Betroffene in solch einer Situation Ruhe bewahren sollte.

»Vielleicht ist der Brief ja auch an die falsche Person gegangen?«, meldete Lynn sich zu Wort. »Meine Mutter hat bestimmt viele Feinde. Vielleicht war das Schreiben ursprünglich für sie bestimmt.« Ungläubig betrachteten die Teissiers Lynn. Es schien ihnen mehr als fernzuliegen, dass eine Tochter eine solche Aussage über ihre eigene Mutter fällt.

»Nein, das denke ich nicht.« Lou schüttelte den Kopf. »Ich habe leider schon seit ein paar Tagen merkwürdige Notizen empfangen. Sie haben mich verunsichert und manchmal habe ich mich auch beobachtet gefühlt. Gestern Abend, als du mich gesehen hast, Lynn, habe ich mit einer Freundin telefoniert. Sie kann nicht bei der Hochzeit dabei sein, also dachte ich, es würde mir helfen, wenn wenigstens eine Person von diesen komischen Nachrichten weiß. Die vorherigen haben mich schon durcheinandergebracht, aber keine von ihnen war so deutlich wie der Brief, den ich heute nach dem Frühstück auf meinem Zimmer fand.«

»Aha, noch weitere Botschaften? Interessant, das sind Beweisstücke, die wir unbedingt durchgehen sollten.« Irene tippte mit ihrem Stock auf den Fußboden, was ihren Aussagen noch mehr Bestimmtheit verlieh. Sie war ganz und gar in ihrem Element.

»Aber ich muss auch Seb davon erzählen! Ich hätte das schon längst machen sollen, wir haben keine Geheimnisse voreinander. Ich weiß auch nicht, warum ich es nicht getan habe.«

Claire strich ihrer Tochter beruhigend über die Schulter. »Du hast nichts falsch gemacht, meine Maus. Und er wird es sicher verstehen. Wir fahren jetzt als Erstes gemeinsam zurück zum Château und besprechen das in aller Ruhe. Es wird sich eine Lösung finden, glaub mir.« Diese Worte schienen, zumindest äußerlich, beruhigend auf Lou einzuwirken. Wahrscheinlich war es tatsächlich das Beste, alle Betroffenen zunächst über die Umstände aufzuklären. Konnte die Hochzeit so überhaupt stattfinden?

Wir hatten die Parfümerie verlassen und ich sah Tim am Rande der Straße auf einer Bank im Schatten sitzen. In näherer Entfernung war noch immer der Tumult des Festes zu hören, der gar nicht zu unserer aktuellen Situation passte.

Lou und ihre Eltern waren bereits in ihrem eigenen Auto zum Château vorgefahren. Lynn versuchte, uns ein Taxi zu organisieren, während ich Tim über das soeben Erfahrene aufklärte.

»Das hört sich schlimm an.« Nachdenklich zog er seine Augenbrauen zusammen und verschränkte die Arme. »Was für ein Idiot macht nur so etwas? Und dann auch noch zu einer Hochzeit? Ihr werdet doch die Polizei informieren, oder?«

Ich beantwortete Tims Frage mit einem Schulterzucken. »Das wissen wir noch nicht. Auf der Notiz ...«

»Marie, du willst mir doch nicht ernsthaft sagen, dass ... Warte. Ich hab da so die Befürchtung, dass eventuell die Idee im Raum steht, dass ihr drei auf eigene Faust ermittelt.« Tim packte mich an den Schultern. Sein Griff war gleichzeitig fest und weich, wenn so etwas überhaupt möglich war. So, als hielt er mich, sanft, aber beständig. »Du weißt, dass das gefährlich werden kann. Ich muss dich nicht daran erinnern ...« Tim spielte auf eine Situation an, die er vor ungefähr einem Jahr auf dem Kreuzfahrtschiff erlebt hatte. Ich wusste, dass er recht hatte. Aber ich wusste auch, wie stur Irene sein konnte und dass ich bereits das ein oder andere Mal machtlos gegenüber ihrem Dickkopf gewesen war. Betreten schaute ich zu Boden und malte mit dem Fuß kleine Kreise in den Sand auf dem Kopfsteinpflaster.

»Das Taxi ist da!«, rief Lynn uns von der Seite zu. Erst mal würden wir zurück zum Château fahren und dort entscheiden, wie es weiterging. Das letzte Wort hatten Lou und ihre Familie.

»Tut mir echt leid, dass du so einen miesen freien Tag hast«, murmelte ich ihm Gehen zu Tim.

»Na ja, jedenfalls wird es mit euch nie langweilig«, antwortete er und lächelte schief.

Kapitel 18
Lynn

Nachdem wir am Château ankamen, stieg Tim mit aus und fuhr nicht sofort nach Cannes weiter. Er hatte noch mehrere Stunden Zeit und wollte uns, so gut es eben ging, zur Seite stehen. Außerdem war er neugierig, wie das Château aussah, in dem die vielen Hochzeitsgäste untergebracht waren. Ich hingegen hatte eher den Verdacht, dass er noch ein bisschen Zeit mit Marie verbringen wollte. Doch anstatt weiter über die beiden nachzudenken, betrat ich das Haupthaus des Châteaus. Zwei Stufen auf einmal nehmend lief ich die Treppen hinauf zu dem Stockwerk, in dem Seb, Lou und meine Eltern untergebracht waren. Mit dem Zeigefinger klopfte ich an die Tür und betrat anschließend das Zimmer. Zuerst fiel mein Blick auf meine Mutter. Sie hatte die Hände in die Hüften gestemmt und ihre Lippen kräuselten sich. Oft hatte ich diesen Blick schon gesehen und immer erinnerte mich ihr Mund an zerknülltes Bastelpapier.

»Die Hochzeit absagen? Auf keinen Fall! Auf gar keinen Fall!«, sagte meine Mutter vehement. Alles klar, über die wichtigsten Punkte war also schon gesprochen worden.

Verunsichert sah ich zu meinem Bruder, der sich verkrampft mit den Händen durch die Haare fuhr. »Wie sollen wir denn unter diesen Umständen eine schöne Feier haben?«, fragte er.

»Das ist doch alles papperlapapp, jemand hat sich einen

dummen Scherz überlegt. Ich würde dem gar nicht so viel Beachtung schenken, sondern mich um die wirklich wichtigen Dinge kümmern. Zum Beispiel den Oldtimer-Bus. Konnte inzwischen ein Neuer gemietet werden, der noch rechtzeitig abgeholt werden kann?« So, als sei nichts vorgefallen, wechselte meine Mutter das Thema. Niemand der im Raum Anwesenden antwortete ihr, woraus ich schloss, dass sie mit ihrer Meinung so ziemlich alleine war.

»Meinst du nicht, Leonora, dass wir zur Sicherheit lieber ...«, begann Claire ihren Satz, doch meine Mutter ließ sie gar nicht erst aussprechen.

»Nein, Claire. Nein. Die Antwort lautet Nein. Diese Hochzeit wurde so lange geplant, der ganze Aufwand, einen Termin zu finden, an dem alle Gäste Zeit haben ... Nein. Das werde ich nicht alles noch mal mitmachen. Nein.« Wie ein trotziges Kind verschränkte sie ihre Arme, schob ihren Unterkiefer leicht nach vorn und starrte aus dem Fenster. »Es ist nichts passiert und es wird auch nichts passieren. Glaubst du, ich schicke hier alle nach Hause. So nach dem Motto sorry, die größte Hochzeit des Jahres wird spontan verschoben, nett, dass Sie alle da waren?«, fügte sie mit schriller Stimme hinzu.

Deutlich hörbar atmete Seb aus. »Vielleicht hast du recht ... Es wäre schon merkwürdig, alles aus heiterem Himmel abzusagen. Wir können die Situation weiter beobachten ...«

»Wir werden heute Abend ein grandioses Dinner haben und morgen Mittag seid ihr schon verheiratet. In der Zwischenzeit werden sich diese Scherzbolde zu erkennen geben und wir werden über diese Lappalie lachen. Ende gut, alles gut.« Als ich noch klein war, dachte ich immer, nur ich hätte so große Schwierigkeiten damit, meine Mutter mit Argumenten von einer anderen Meinung zu überzeugen. Doch in diesem Moment wurde mir deutlich bewusst, dass dem nicht so war. Stattdessen ließen alle Beteiligten leicht ihre Köpfe hängen und schauten Richtung Fußboden. Niemand sagte ein Wort und diese Stille war für meine Mutter mehr Zustimmung als genug.

»Da das nun geklärt ist, werde ich mit dem Fotografen noch die weiteren Settings für Aufnahmen besprechen. Heute soll es einen fantastischen Sonnenuntergang geben, also esst beim Dinner noch nicht zu viel. Das wäre doch schade ums Bild. Und für morgen werde ich auch noch die verschiedenen Stationen mit ihm durchgehen ... Also, ihr entschuldigt mich.« Mit diesen Worten verließ meine Mutter den Raum. Ein zuckendes Lächeln machte sich auf ihrem Gesicht breit. Es wirkte eher, als würden ihre verkrampften Muskeln sich verselbstständigen, als dass sie sich eigenständig für diese Mimik entschieden hatte.

»Oh Lynn, da bist du ja. Ich habe gar nicht bemerkt, wie du das Zimmer betreten hast ...«, mit leiser Stimme wandte mein Bruder sich an mich.

»Wenn irgendetwas ist oder ihr Hilfe benötigt, meldet euch einfach bei mir«, sagte ich und räusperte mich verlegen. Die Atmosphäre hier hatte etwas Erdrückendes, also beschloss ich, mich vorerst wieder nach draußen zu Irene und Marie zu begeben. Die Hochzeit würde stattfinden und mehr, als alle Beteiligten so gut es ging zu unterstützen, konnte im Moment nicht getan werden.

»Also, falls jemand etwas braucht ...« Ich deutete auf das Gelände des Châteaus und wandte mich zum Gehen ab.

Ausführlich erzählte ich allen von dem Gespräch, dem ich

soeben beigewohnt hatte. »Also, lange Rede, kurzer Sinn: Die Hochzeit und alle geplanten Feierlichkeiten werden ganz normal stattfinden.«

»Die arme Lou«, sagte Marie. »Unter solchen Umständen zu heiraten ... Aber vielleicht hat deine Mutter recht und es haben sich wirklich nur ein paar Idioten einen schlechten Scherz erlaubt.«

»Da wäre ich mir nicht so sicher«, äußerte Irene. »Von den Gästen, die ich bisher beobachtet habe, würde ich niemanden zu solch einer Tat fähig halten. Allerdings ...«, Irene räusperte sich und sprach mit gedämpfter Stimme weiter. »Allerdings ist mir gestern am Pool etwas aufgefallen, dass unter den neuen Umständen in einem ganz anderen Licht erscheint. Als ich auf der Liege lag und das üppige Essensangebot der anderen Truppe genoss, ging Daniel, kurz bevor ihr mich abgeholt habt, telefonierend an mir vorbei. Er sagte etwas wie, jetzt sei es zu spät, die Sache noch umzukehren. Er habe alles so gemacht wie geplant. Könnte das etwa heißen ...?« Fragend sah Irene in die Runde.

»Das hört sich wirklich nicht gut an«, stimmte Marie ihr zu. »Dir ist doch gestern auch aufgefallen, wie blass und nervös er wirkte, als er beim Parkplatz in Nizza auf uns gewartet hat, oder Lynn?« Erwartungsvoll betrachteten meine Freundinnen mich.

Für keinen kurzen Augenblick war ich komplett sprachlos. Wie konnten sie nur so weit gehen? Warum war Irene so dreist und hatte Daniel während des Telefonierens belauscht? Und dann diese Schlüsse daraus ziehen, damit sie gleich den Erstbesten für diesen komischen Drohbrief verantwortlich machen konnten? Sie kannten Daniel gerade mal ein paar wenige Stunden und schon fällten sie ein solches Urteil über ihn? Ich hatte es so satt, dass Menschen andere in Schubladen steckten, ohne dass sie diese richtig kannten. Menschen gehörten nicht in Schubladen. Ich hatte gedacht, meine Freundinnen seien anders. Enttäuschung brach über mich herein.

»Das ist ja mal wieder typisch!«, sagte ich schnippisch. »Kaum ist etwas in euren Augen nicht ganz richtig, wird ein komischer Kriminalfall daraus gemacht. Und dann scheut ihr noch nicht einmal davor zurück, über Personen zu urteilen, die ihr gar nicht kennt!«

»Lynn, bitte beruhige dich.« Marie legte ihre Hand auf meine Schulter, doch ich drehte mich von ihr weg. »Natürlich kennst du Daniel viel besser als wir. Wir machen uns doch auch nur Gedanken über diese ganzen Vorfälle. Und seit der Geschichte auf dem Schiff ...« Marie beendete ihren Satz nicht, doch wir alle wussten genau, wovon sie sprach. Auch Tims Gesicht sprach Bände und mich überkam das Gefühl, dass er nun umso lieber hierbleiben wollte, bis sich alles aufgeklärt hatte.

»Aber du musst doch nicht schlechte Erfahrungen von früher auf neue Situationen beziehen. Ich jedenfalls finde es ziemlich unverschämt, was ihr Daniel da durch die Blume vorwerft. Seit wir hier sind, kümmert er sich doch um alles! Spielt Chauffeur für meine Mutter, betreut die Gäste, ist für mich da ...« Ups. Eigentlich hatte ich nicht beabsichtigt, allen von Daniels und meinem nächtlichen Ausflug an den Strand zu erzählen.

»Er ist für dich da? Wie meinst du das?«, fragte Marie sofort.

»Ach, nicht so wichtig. Ihr wisst ja, das hier ist nicht sonderlich leicht für mich. Daniel versteht mich, er kennt noch das ganze Drama mit meiner Mutter von früher ...«

»Ich verstehe dich auch!«, warf Marie nun ein und ich meinte, einen leicht beleidigten Ton in ihrer Stimme zu hören. »Aber wenn es dir ein besseres Gefühl gibt«, setzte Marie fort, »kann ich dir versprechen, dass meine besondere Fähigkeit nicht zum Einsatz kommt.« Marie meinte damit die Tatsache, dass sie das Können besaß, Lippen zu lesen. Wenn sie die Münder der betreffenden Personen gut erkennen konnte und sich ausreichend konzentrierte, war das schon ziemlich verblüffend.

»Und ich könnte versprechen, dass mein Gehstock nicht wie damals zum Einsatz kommt«, ergänzte Irene. Ja, auch der war in der Tat besonders. Ich wusste, dass meine Freundinnen mich beruhigen wollten. Aber vor allem Irene kaufte ich nicht ab, dass sie sich aus dieser Angelegenheit ganz und gar heraushalten wollte. Viel mehr kamen mir diese Vorschläge wie eine Light-Version der Ermittlung vor.

»Aber du kannst Daniel ja trotzdem im Auge behalten und schauen, ob dir etwas auffällt. Für den Moment. Das sollte doch nicht schaden«, schlug Irene an mich gewandt vor.

»Also jetzt reicht es aber! Das ist wirklich unverschämt. Ich werde jetzt ... irgendwo hingehen und ... Wir sehen uns dann heute Abend irgendwann.« Abrupt kehrte ich den dreien meinen Rücken zu und verschwand über die Sandwege des Châteaus.

Gerade hatte ich mich von meinen Freundinnen entfernt, da bereute ich diesen Schritt beinahe. Das Château erschien mir wie ein Gefängnis, es gab nicht wirklich etwas zu tun und ständig bestand die Gefahr, jemandem in die Arme zu laufen, mit dem ich gerade auf Kriegsfuß stand. Was derzeit auf so gut wie alle zurtaf. Ja, die Angespanntheit gegenüber Irene und Marie würde sich noch legen, doch vorerst fand ich, dass diese gut über ihre voreiligen Schlüsse nachdenken konnten. Ein klitzekleines schlechtes Gewissen würde ihnen schon nicht schaden. Die Frage war nur, wohin ich in der Zwischenzeit gehen sollte? Ich konnte mich doch schlecht ins Gartenhaus zu ihnen setzen, damit wir uns bis zum Abendessen anschwiegen.

Ein lautes *Quak* riss mich aus meinen Gedanken. Um mich herum watschelte die aufmerksame Wachgans, so, als habe ich bei einem ihrer Kontrollgänge ihren Weg gekreuzt.

»Du hast es gut«, nuschelte ich kaum hörbar. »Du bist immer mittendrin, aber wenn es dir zu bunt wird, kannst du auch schnell abhauen und wieder dein eigenes Ding machen.« Ich bückte mich zu dem Tier herunter, streckte meine Hand aus und war kurz davor, das weich glänzende Gefieder der Gans zu berühren. Doch so weit ließ sie es nicht kommen. Schnell drehte sie sich in eine andere Richtung, beäugte skeptisch einen Steinhaufen und watschelte schließlich von dannen. »Genau das meine ich«, sagte ich leise und erhob mich wieder.

»Na, findest du hier vielleicht doch neue Freunde?« Hinter mir ertönte eine Stimme und mit ihr war das klickende Geräusch eines Feuerzeugs zu hören, das gerade benutzt wurde.

»Ich weiß nicht, ob das nicht eher auf Einseitigkeit beruht«, antwortete ich und sah zu Daniel.

»Ich wollte ja eigentlich aufhören ... Also mit dem Rauchen.« Schuldbewusst deutete er auf die Schachtel Zigaretten in seinen Händen. »Aber du kannst mir sagen, was du willst. Stressige Zeiten sind dafür nicht die beste aller Möglichkeiten.«

»Du hast es also auch bereits erfahren? Was hältst du von dem Brief?«

Nachdenklich blickte Daniel in den Himmel. »Ich weiß nicht, was ich darüber denken soll. Aber deswegen eine Hochzeit absagen? Vielleicht ist es schon richtig, alles wie geplant stattfinden zu lassen.«

»Das ist ja sowieso nicht die Frage. Meine Mutter hat entschieden. Amen.«

Daniel grinste, wodurch kleine Grübchen an seinen Wangen erschienen. »Immerhin ist deine Mutter entscheidungsfreudig. So müssen wir anderen uns weniger Gedanken machen.«

»Ja, vielleicht«, hauchte ich entnervt, auch wenn ich eigentlich anderer Meinung war. Möglicherweise nahm Daniel dieses ganze Drama nicht allzu ernst und konnte daher entspannter mit der Situation umgehen. Bis auf die Zigaretten.

»Wo sind eigentlich deine Freundinnen?«, fragte er.

»Ach die ... Ja, die haben sich noch mal hingelegt oder so«, flunkerte ich. Wahrscheinlich war es vorerst das Beste, wenn ich Daniel nicht davon erzählte, welch irrsinnige Theorie meine Freundinnen noch vor wenigen Minuten geäußert hatten. »Irene ist ja nicht mehr die Jüngste und Marie schläft einfach gerne. Ich glaube, die Hitze laugt sie ganz schön aus.«

»Und du bist auf der Suche nach etwas Ablenkung?«

»Hast du etwa wieder eine Schnapsidee parat?«

»Nicht direkt. Aber bis zum Abendessen ist noch etwas Zeit und nicht sehr weit entfernt ist ein netter Ort direkt an einem Strand gelegen. Also, wenn du Lust hast?«

Da musste Daniel nicht zwei Mal fragen. Schon bei der Erwähnung des Badeorts nickte ich eifrig und war mit einem Fuß in Richtung Parkplatz des Châteaus unterwegs.

»Na dann los!«

Lynn war verduftet und Irene hatte sich für einen Mittagsschlaf verabschiedet. Was ich ihr nicht abkaufte. Stattdessen vermutete ich, dass sie frei nach Sherlock Holmes ihre Lupe hervorgeholt hatte, um auf dem Château nach weiteren Spuren zu suchen, die den Drohbrief erklären konnten.

»Ich glaube, immer wenn ich mit den beiden unterwegs bin, brauche ich erst mal Urlaub vom Urlaub«, sagte ich zu Tim, der mir als einziger von unserer kleinen Gruppe noch Gesellschaft leistete. »Oh, das klang jetzt vielleicht fieser, als es gemeint war ... Ich denke nur, irgendwie ziehen wir das Chaos auf eine Art magisch an.«

Er schmunzelte bei meinen Worten. »Wie gesagt, langweilig wird es nicht.«

»Also, wie viel Zeit hast du noch?«

»Ein bisschen kann ich mir hier noch die Zeit vertreiben. Das Schiff soll um 18 Uhr ablegen, ich möchte aber rechtzeitig wieder vor Ort sein.«

»Wir könnten über das Château schlendern und uns dann an den Pool legen. Zumindest solange die andere Gesellschaft dort nichts geplant hat ...«

»Das klingt gut.«

Während wir über die Wege spazierten, erzählte ich Tim vom gestrigen Tag, an dem Irene sich frech zu den anderen gesellt und am Büffet bedient hatte.

»Irgendwie hat es doch auch seine Vorteile, wenn man in einem gewissen Alter ist«, sagte er und blinzelte wegen des blendenden Sonnenlichts. »Man hat so viel erlebt, dass man sich nicht recht darum schert, was andere über einen denken könnten. Worte wie unangenehm oder peinlich existieren nur außerhalb der eigenen Person.« Ich dachte kurz über das Gesagte von Tim nach und überlegte, ob das, was er meinte, auch auf andere ältere Menschen zutraf, die ich kannte. Womöglich hatte er mit seiner Vermutung gar nicht so unrecht. Also, wenn man mit einem sehr langen Leben beschenkt wurde, sollte das Alter etwas sein, worauf man sich freute? Vorausgesetzt, dass man geistig und körperlich fit war.

Ich hatte gerade meine Gedanken sortiert, da kam uns Melanie Golding entgegen. Unter ihrem Arm hatte sie, wie auch gestern, eine dicke Mappe geklemmt. Offensichtlich alles wichtige Dokumente für die noch ausstehenden Programmpunkte.

»Hallo ihr zwei, genießt ihr schön das Wetter?« Kurz nachdem sie uns begrüßt hatte, machte sie einen erschrockenen Gesichtsausdruck. »Oh Gott. Wer sind Sie? Habe ich Sie in der Planung etwa vergessen?« Verzweifelt öffnete sie die Mappe und blätterte durch die darin verstauten Zettel.

»Keine Sorge, Melanie. Das ist Tim, er ist ein ... Freund von Lynn und mir«, klärte ich die Situation auf. »Er ist nur kurz zu Besuch.«

»Oh, na da fällt mir aber ein Stein vom Herzen, ihr glaubt ja gar nicht ...«, abrupt verstummte sie.

Verständnisvoll nickte ich. »Schon gut. Wir wollten Sie auch gar nicht aufhalten. Also noch viel Erfolg mit der weiteren Planung. Bis jetzt hat es mir jedenfalls hervorragend gefallen.« Wieder plapperte ich einfach so vor mich hin. Ich hatte das Gefühl, Melanie den Rücken stärken zu müssen, damit sie sich während des teilweise aufkeimenden Chaos und Dramas nicht komplett alleine fühlte.

Mühevoll rang sie sich zu einem Lächeln durch. »Danke, das freut mich. Aber es ist ja auch mein Job. Konnten Sie und ihre Freundinnen denn schon die Aufgabe bearbeiten?«

Jetzt hatte sie mich kalt erwischt. »Ähm. Jaaa? Also in einem gewissen Umfang, ja. Wir feilen noch etwas daran.« Urplötzlich fühlte ich mich in meine Schulzeit zurückversetzt und kam mir vor, als würde ich meinen Lehrern vorgaukeln, gewissenhaft meine Hausaufgaben erledigt zu haben. In wie vielen Collegeblocks hatte ich gefühlte Ewigkeiten herumgeblättert, weil ich nach irgendwelchen Aufsätzen oder gelösten Mathegleichungen suchte, die es nie gegeben hatte.

»Das hört sich doch toll an. Oje, da ist dieses ... Tier schon wieder!« Leise raschelnd schob sich zunächst der Schnabel, anschließend der Kopf und der lange Hals der Gans aus einem Gebüsch zu unseren Füßen.

»Na, da sind wir wohl belauscht worden«, sagte ich und beugte mich der Gans entgegen. Melanie hingegen wich ein Stück zurück und schob die Mappe schützend vor sich.

»Mir ist das Vieh nicht geheuer! Erst bemerkt man seine Anwesenheit nicht und dann, ganz plötzlich, schnappt es nach einem! Also, ich werde dann mal verschwinden. Wir sehen uns!« Rasch eilte Melanie von dannen.

»Eine Gans?«, fragte Tim und betrachtete sie interessiert.

»Ja, sie ist eine richtige Wachgans. Und wie man sieht, hat sie hier alles bestens unter Kontrolle.« So, als würde sie mir zustimmen, gab die Gans einen Laut von sich, ehe sie sich wieder ins Gebüsch zurückzog und ihre Aufgabe als Beschützerin des Châteaus wieder aufnahm.

»Faszinierend, was es so alles gibt«, stellte Tim fest. »Auf dem Schiff wäre das natürlich unmöglich. Aber ich stelle es mir sehr unterhaltsam vor.«

»Auf einem Schiff ist man wirklich in einer eigenen Welt, das dachte ich damals auch schnell.«

»Ja ... Tja ... Von welcher Aufgabe hat Melanie eben eigentlich gesprochen?«

»Oh, das. Wir sollen in Gruppen aufschreiben, was Liebe für uns ist. Das wird dann morgen auf der Hochzeitsparty von allen vorgetragen.«

»Und ihr habt noch nicht einmal angefangen?«

War ich eine so schlechte Lügnerin? Schmollend presste ich die Lippen aufeinander. »War das etwa so deutlich?« Tim lachte auf. Dabei verstärkten sich die kleinen Fältchen seitlich von seinen Augen. Aber es ließ ihn gar nicht alt aussehen, nein, ganz im Gegenteil. Stattdessen sah er so richtig locker und ausgelassen aus.

»Muss ich dich an die Situation erinnern, als du ...«

»Nein, schon verstanden. Lügen gehört nicht zu meinen Stärken.« Erst jetzt dachte ich darüber nach, ob meine Lehrer von damals mich genauso hatten lesen können. Wussten sie stets, dass ich in den allermeisten Fällen nur nach Ausreden gesucht hatte? Hatte ich mit meinen Lehrern gespielt oder sie mit mir?

»Wie dem auch sei ...«, unterbrach Tim meine Erinnerungen an eine längst vergangene Zeit. »Du hast gesagt, wir könnten uns noch an den Pool legen? Darauf hätte ich jetzt Lust.«

Nach einem kurzen Fußmarsch machten wir es uns auf den Liegen am Pool bequem. Von der anderen Gesellschaft war niemand zu sehen und ich genoss den kurzen Moment der Ruhe. Bis jetzt war alles ziemlich turbulent verlaufen. Hoffentlich warteten keine weiteren Katastrophen mehr auf uns alle. Vor allem Seb und Lou wünschte ich das.

»Diese Aufgabe, die ihr bearbeiten sollt«, setzte Tim an. »Hast du denn schon eine Idee? Was ist Liebe für dich?«

Tims Frage überrumpelte mich, also sagte ich zunächst gar nichts. Ich atmete laut aus und richtete meinen Blick in den Himmel. So, als könne mir dieser dabei helfen, eine simple Antwort auf diese komplizierte Frage zu finden.

»Essen«, war das Erste, was ich sagte. Dabei entging mir nicht Tims skeptischer Gesichtsausdruck. »Was ich meine ... ist, glaube ich, eine Art Fürsorge und Beisammensein. In meiner Familie bedeutet es zu gewissen Anlässen viel, dass alle gemeinsam an einem Tisch sitzen und es sich bei ordentlichem Essen gut gehen lassen. Es geht um eine sehr herzliche und warme Atmosphäre und insbesondere meine Mutter legt viel Wert auf diese Treffen.«

»Das hört sich wirklich schön an«, entgegnete Tim. »Ich weiß genau, was du meinst. Essen verbindet. Egal, ob man neue Kulturen kennenlernt, ein festgelegtes Ritual hat oder ganz bestimmte Erinnerungen damit verbindet.«

»Warum essen Deutsche nur um die Weihnachtszeit und den Jahreswechsel Raclette? Ich liebe Raclette, das ist eine Mischung aus Indoor-Grillen und Tag der offenen Ofentür.«

»Weil niemand Lust hat, dieses sperrige Ding andauernd sauber zu machen. Das ist eine Aufgabe aus der Hölle.«

»Oh, da spricht jemand aus Erfahrung? Habe ich hier gerade ein Trauma aufgedeckt?«

Tim lachte. »So ungefähr. Die Zubereitung mancher Gerichte ist eben so aufwendig, dass sie nur ganz selten zum Einsatz kommen. Oder eben die Nachbereitung. Aber wenn sie regelmäßiger zum Einsatz kämen, wären sie auch nicht mehr so besonders.« Damit hatte Tim recht. Manche Dinge waren dafür bestimmt, besonders zu bleiben.

»Hach, schon so spät?« Mit zusammengezogenen Augenbrauen betrachtete Tim das Zifferblatt seiner Uhr. »Ich werde schnell ein Taxi rufen, dann bin ich rechtzeitig wieder in Cannes.« Um das Telefonat zu führen, erhob Tim sich von seinem Platz auf der Liege und ging ein paar Meter in den angrenzenden Garten. Ich nutzte dieses Zeitfenster, um für einen kurzen Moment meine Augen zu schließen, die Gedanken treiben zu lassen und mich nicht mit irgendetwas in meiner Außenwelt zu beschäftigen.

»Bonjour.«

Verdammt. Das war ein extrem kurzer Augenblick des Seelenfriedens. Als ich meine Augen öffnete, musste ich mit Erschrecken feststellen, dass ein fremder Mann mir ungeheuer nah auf die Pelle gerückt war. Instinktiv rutschte ich an den Rand der Liege. Auch wenn ich als Kosmetikerin arbeitete, bedeutete dies nicht, dass ich in meiner Freizeit um jeden Preis Körperkontakt mit Unbekannten aufnehmen musste. Erst jetzt, mit etwas mehr Sicherheitsabstand, erkannte ich das Gesicht des fremden Mannes genauer. Ich setzte eine entschuldigende Miene auf und brabbelte irgendetwas mit *jö nö* vor mich hin. Diese Sprachbarriere hielt den Franzosen nicht davon ab, weiter auf mich einzureden. Vielleicht erzählte er mir gerade, wie er sich für eine Tierschutzorganisation einsetzte und dass diese noch die ein oder andere Spende brauchte. Ja, vielleicht machte er gerade Werbung für ein gutes Projekt. Oder er war Wissenschaftler, vielleicht Soziologe oder Psychologe und erhob empirische Daten zu dem Thema, wie Menschen sich verhielten, wenn man sie mit einem Gespräch in einer fremden Sprache konfrontierte. Oder erkannte ich da etwa einen interessierten Schimmer in seinen Augen? Konnte es möglich sein, dass dieser Franzose mir Avancen machte? Nervös schielte ich zu Tim herüber, um herauszufinden, ob dieser sein Gespräch inzwischen beendet hatte. Tatsächlich steckte er sein Handy just in diesem Moment zurück in seine Hosentasche und ging auf uns zu.

»Belästigt dieser Mann dich etwa?«, fragte er und sein Tonfall hatte eine Strenge angenommen, die ich das letzte Mal als Mitarbeiterin auf der MS Esperanza zu hören bekommen hatte.

»Ich weiß es nicht«, antwortete ich. »Ich versteh doch kein Wort. Vielleicht möchte er mir auch nur irgendetwas mitteilen.« Wie ein wildes Tier, das sein Revier verteidigen wollte, baute Tim sich vor dem Franzosen auf und redete mit einer Mischung aus Französisch, Englisch und Deutsch auf ihn ein. Der Franzose sah gar nicht amüsiert aus, baute sich ebenfalls auf und wehrte sich allem Anschein nach gegen Tims Äußerungen.

In jedem anderen Moment hätte ich diese Szene unterhaltsam gefunden, vielleicht sogar genossen. Doch genau hier und genau jetzt konnte ich auf alles, was mich nur annähernd in die Bredouille bringen konnte, verzichten. Auch ich erhob mich von der Liege, nahm jedoch keine Kampfposition ein, sondern versuchte, als friedliche Vermittlerin die Situation zu entschärfen.

»Heyyy, ganz ruuuuhig«, sagte ich lang gezogen und erinnerte mich dabei an Lynn, wie sie beruhigend auf ängstliche Pferde einredete. Zur bildlichen Untermalung formte ich mit den Fingern beider Hände Peace-Zeichen und wedelte damit durch die Luft. Was sollte das bloß darstellen, einen Pantomime-Kurs für Konfliktlotsen? Doch egal wie dumm ich mir gerade vorkam, es schien bei der Erreichung meines Ziels zu helfen. Tim nahm eine etwas entspanntere Haltung ein und der Franzose wich einige Schritte zurück, ehe er ein *adieu* an mich richtete und den Platz am Pool verließ.

»Das sah ganz schön aufdringlich aus, wenn du mich fragst«, zischte Tim schließlich.

»Es kommt nicht oft vor, dass sich Unbekannte halb auf meinen Schoß setzen«, gab ich zu. »Aber wie sagt man doch so schön: Andere Länder, andere Sitten. Wenn Außenstehende Norddeutsche als unfreundlich und unemotional beschreiben, können wir das doch auch kaum nachvollziehen.«

Tim nickte zustimmend. »Ja, da hast du recht. Ich mein ja nur, wenn dir irgendjemand blöd kommt ...«

»Dann rufe ich Irene oder borge mir ihren Gehstock.«

»Genau.« Endlich war Tims Gesichtsausdruck wieder um einiges weicher. »Apropos gehen ...«

»Dein Taxi ist gleich da?«

»Ja, so ist es. Ich würde gerne noch etwas bleiben. Mich davon überzeugen, wie diese Hochzeit enden wird ... Natürlich hoffe ich nur das Beste.«

Ich begleitete Tim zum Parkplatz des Châteaus, wo sein Taxi ihn abholen würde.

»Tja, aber dein Schiff braucht dich. Und das ist doch

auch gut so.«

»Schätze schon.« Verträumt blickte Tim in die Ferne. Ich konnte nicht einordnen, ob er etwas müde oder erschlagen von diesem aufregenden Tag war, oder ob es da noch etwas anderes gab, worüber er nachdachte.

Kapitel 20
Lynn

Unser Ziel war Juan-les-Pins, ein beschaulicher Ort, der fließend in Antibes überging. Schon während der Fahrt bestaunte ich die prachtvollen Villen und die kräftigen Pinien, die hier in Unmengen zu finden waren. Je weiter wir in das Städtchen gelangten, desto mehr Urlauber tummelten sich in den Straßen und an den Promenaden. Einige erweckten den Eindruck, als hätten sie lediglich ein Shirt oder ein Kleid über ihren Bikini geworfen und wären so, mit noch nassen Badesachen, zu den kleinen Läden spaziert, auf der Suche nach einem erfrischenden Eis oder einer kleinen Mahlzeit. Andere trugen schicke Hüte, große Sonnenbrillen oder ein beliebiges Souvenir-Shirt aus einer anderen Metropole und machten gerade einen Stadtbummel. Wieder andere hatten in den letzten Tagen womöglich zu viel des Guten das schöne Wetter genutzt, sodass ihre roten Waden und Rücken wie Warnschilder auf den Gehwegen wirkten.

»Hast du dich auch ausreichend eingecremt?«, fragte ich Daniel, als ein besonders strahlender Teint direkt neben unserem Auto vorbeiging.

»Das sieht wirklich schmerzhaft aus«, entgegnete er und verzog dabei leidend das Gesicht. »So, da wären wir auch schon.« Nach kurzer Suche hatten wir einen Parkplatz gefunden, sodass dem gemütlichen Bummel an der Strandpromenade nichts mehr im Wege stand.

»Möchtest du dir etwas Bestimmtes ansehen? Oder hast du Hunger?«, fragte Daniel.

»Gegen ein leckeres Eis hätte ich nichts einzuwenden«, antwortete ich. Nach einem kurzen Spaziergang waren wir beide mit Waffeln und zwei Kugeln Eis versorgt, die für meinen Geschmack auch etwas größer hätten ausfallen können. Doch ich wollte mich an diesem Tag nicht noch mehr beschweren. Auf einer Holzbank direkt am Stand machten wir es uns gemütlich, blickten auf das Meer und genossen in Ruhe das Eis.

»Wie war es denn heute in Grasse?«, fragte Daniel. »Also, vor der Geschichte mit dem Brief, als die Welt noch in Ordnung war.«

»Zuerst waren wir in Cannes zum Frühstücken«, klärte ich Daniel auf. »Dort haben wir uns mit Tim getroffen, der uns noch mit zu dem Schiff genommen hat, auf dem er gerade arbeitet. Habe ich dir eigentlich schon von Tim erzählt?« Daniel schüttelte den Kopf. Anschließend erzählte ich ihm von Tims und meiner gemeinsamen Zeit auf der MS Esperanza.

»Hört sich echt spannend an, die Arbeit auf dem Schiff«, sagte Daniel schließlich. »Aber auch schwierig. Keine Privatsphäre, kein fester Wohnsitz ... Hm, höre ich mich gerade an wie mein Vater? Ist es schon so weit, bin ich auf einmal alt?« Daniel und ich lachten laut auf.

»Du hast recht, die Zeit fliegt«, stimmte ich ihm zu. »Mein Bruder ist bald verheiratet ... Oh Gott, vielleicht werde ich ja bald Tante? Ich weiß nicht, ob ich dafür bereit bin.« Meine Worte ließen Daniel noch lauter lachen.

»Wenn es so ist, wirst du nichts dagegen tun können. Aber wenn es dich tröstet: Du wirst immer ein paar Jahre jünger sein als dein Bruder und ich. Daran wird sich nie etwas ändern.« Das untere Ende der Eiswaffel brach Daniel in kleine Stücke und warf es zu einigen Vögeln, die sich um uns scharrten. Hektisch flogen sie zu den Krümeln und bekamen sich im Streit um das wertvolle Futter in die Haare beziehungsweise Federn.

»Und bei dir, was ist bei dir so passiert?«, fragte ich Daniel. »Das letzte Mal, dass wir uns gesehen haben, ist ja schon recht lange her.« Eine Art Schatten legte sich über Daniels Gesicht. Auch wenn ich es mir nicht gerade gerne eingestand, musste ich zugeben, dass Marie und Irene recht hatten. Es schien, als trage Daniel etwas in sich, das ihn wie eine dunkle Masse bedrückte. Schnell schob ich die Gedanken beiseite, dass Daniel wirklich etwas mit dem merkwürdigen Brief zu tun haben könnte.

»Ja, stimmt. Auch meine Zeit verfliegt«, antwortete er. »Ich werde älter, stelle mir morgens nach dem Aufstehen Fragen, über die ich mir vor fünf Jahren noch keine Gedanken gemacht habe ...«

»Rente? Krankengymnastik?«

»Ey!« Sanft stupste Daniel in meine Seite. »So schlimm ist es noch nicht ganz. Ich meine eher so was wie: Wer bin ich? Wer möchte ich sein?«

»Oh wow, das hört sich wirklich anstrengend an. Vielleicht hab ich mir diese Fragen nie gestellt, weil ich ... Weil meine Mutter mich eh immer in eine andere Richtung drücken wollte, egal, wer oder was ich gerade war.«

»Meinst du die pink-blauen Haare?«

Vor Schreck rutschte ich beinahe von der Bank, als Daniel diese uralte Geschichte erwähnte. Verblüffend, dass er sich daran noch erinnerte. »Das war eine Jugendsünde! Und ich würde jedem empfehlen, welche zu begehen. Außerdem habe ich dank ihr mein damaliges Ziel erreicht.«

»Hattest du nicht einen Tag nach dem Färben ein Bewerbungsgespräch oder so?«

»Ja, und ich wollte den Platz dort gar nicht haben. In einer Bankfiliale, nein danke. Wie die Personalchefin mich angestarrt hat, als ich in ihr Büro kam! Ich hatte Angst, dass sie jeden Moment vor Schreck in Ohnmacht fallen würde. Leider habe ich einen Tag nach dem Gespräch eine Absage bekommen. Und einen Riesen-Anschiss von meiner Mutter, aber das war ich ja eh gewöhnt.« Jetzt im Nachhinein konnte ich über die Geschichte schmunzeln. Doch ich wusste noch ganz genau, wie hilflos ich mich zu der Zeit gefühlt hatte, als es hieß, ich sollte zu diesem dummen Bewerbungsgespräch gehen. Ich in einer Bank ... Eher fing es in Tuvalu an zu schneien.

»Ich fand dich damals ziemlich mutig. Und dafür, dass du seine Schwester bist, fand Seb dich ziemlich cool«, entgegnete Daniel.

»Mutig? Bist du sicher? Ich mein, ihr habt damals die ein oder andere Aktion verzapft, die ich als mutig bezeichnen würde. Aber mir die Haare zu färben?«

»Ehrlich gesagt war dein Einsatz sogar mutig und intelligent. Du hast auf eine charmant-lustige Art gezeigt, dass du vielleicht nicht ganz den Vorstellungen der Bankfiliale entsprichst. Der Unsinn, den Seb und ich angestellt haben ... Der war höchstens doof und primitiv.« Daniel zuckte mit den Schultern und rollte mit den Augen. So, als sei ihm sein damaliges Ich etwas unangenehm.

»Also ist es manchmal gar nicht schlecht, wenn die Zeit vergeht und man aus gewissen Dingen herauswächst?«

»Wahrscheinlich ist es genau so«, stimmte Daniel mir zu.

»Aber gut, dass du dir das mit den Schnapsideen und spontanen Badeausflügen beibehalten hast.«

Unser Eis hatten wir inzwischen vollständig verputzt, beziehungsweise die Überreste an die örtliche Fauna verteilt, und ich hatte Lust, mich zu bewegen.

»Wollen wir ein Stück am Wasser spazieren gehen?«, fragte ich Daniel. Sofort zogen wir unsere Schuhe aus und staksten über den von der Sonne erhitzten Sand. An der Wasserkante ließen wir unsere Füße von den sanften Wellen des Meeres kühlen. Die seichten Wogen glitzerten im hellen Licht und in einiger Entfernung dümpelten Boote vor sich hin oder Wassersportler verausgabten sich beim Jetskifahren oder bei anderen Aktivitäten.

»Wenn ich am Meer bin, bin ich immer auf eine gewisse Weise glücklich«, sprudelte es aus mir heraus. »Ich weiß auch nicht, woran genau das liegt.«

»Ist ja auch nicht so wichtig«, sagte Daniel. »Hauptsache, es ist so. Dann hast du immer einen Ort, an den du gehen kannst, wenn ...« Er vervollständigte seinen Satz nicht, doch das musste er auch nicht. Ich wusste genau, was er meinte.

»Ich glaube, ich hatte so etwas lange nicht. Oder ich habe mich gar nicht damit beschäftigt oder mir die Zeit genommen«, setzte er fort.

»Gibt immer etwas zu arbeiten in eurer Wirtschafts-Dingsbums-Welt, von der ich keine Ahnung habe, oder?«

»Mhm.« Daniel nickte. Es war, als sei er für einen kurzen Augenblick in seine eigene Sphäre versunken. Worüber dachte er bloß nach? War bei der Arbeit etwas vorgefallen?

Oder war das Dasein als Trauzeuge bei Sebs Hochzeit zu einer Art Horrortrip geworden, da meine Mutter ihn mit ständigen Verbesserungswünschen auf Trab gehalten hatte? Obwohl, eigentlich war die Aufgabe der Planung und Organisation ja in den Händen von Melanie Golding. Doch wie ich meine Mutter kannte ... Langsam schlenderten Daniel und ich über den Strand, beide in unsere ganz eigenen inneren Welten versunken.

Kapitel 21
Marie

Die Zeit mit Tim war wie im Flug vergangen. Nachdem er sich auf den Weg zurück nach Cannes gemacht hatte, beschloss ich, ins Gartenhaus zurückzukehren, um mich in aller Ruhe für das heutige Dinner herauszuputzen. Heute würde ich penibel darauf achten, dass keine Preisschilder mehr an meiner Kleidung herunterbaumelten und für ungewollte Aufmerksamkeit sorgten. Als ich in unserer Unterkunft ankam, schien nur Irene hier zu sein. Die Tür zu ihrem Zimmer war geschlossen und ich ließ ihr den Freiraum, sich zurückzuziehen. Also suchte ich ohne Umwege das winzige Bad auf und bemühte mich, in dem kleinen Raum nicht andauernd gegen irgendwelche Ecken und Kanten zu stoßen. Nach ungefähr einer Dreiviertelstunde war ich bereit für den Abend und hatte noch Zeit, bis wir uns für das gemeinsame Essen im feierlichen Salon des Châteaus trafen. Da ich die Befürchtung hatte, meine Kleidung, meine Frisur oder mein Make-up durch eine falsche Bewegung zu ruinieren, setzte ich mich still wie eine Puppe auf die Chaiselongue im gemeinsamen Wohnraum. Bald öffnete sich die Tür von Irenes Zimmer und sie kam auf mich zu.

»Wirklich reizend siehst du aus, Marie. Ich bin immer wieder erstaunt, was für tolle Kleider man heutzutage für wenig Geld bekommen kann. Wobei man auch ganz fürchterliche Sachen für viel Geld bekommen kann. Auf diese

Weise gleicht sich das alles wohl wieder aus.« Auch Irene hatte sich für den Abend aufgehübscht. Sie nahm in einem Sessel mir gegenüber Platz.

»Danke, das ist nett von dir. Aber du hast dich auch ganz schön in Schale geworfen.«

Für die genaue Präsentation ihrer Abendmode erhob Irene sich kurz wieder und drehte sich wie bei einer Modenschau um ihre eigene Achse. »Das Geheimnis sind der perfekte Schnitt und sorgfältig ausgewählte Materialien. Ich fühle mich tatsächlich ein bisschen glamourös, das Einzige, was ich hier vermisse, ist eine kleine Minibar. Meinst du, wir könnten im Château irgendwo einen hilfsbereiten Kellner ...«

»Vielleicht sollten wir ganz zurückhaltend warten, bis das Dinner losgeht und für keine zusätzlichen Umstände sorgen.«

»Hm.« Irene verzog das Gesicht. Sie war alles andere als angetan von meinem Vorschlag und ich vermutete, dass allein das Wort *zurückhaltend* für Unbehagen bei ihr sorgte.

»Aber, um noch etwas anderes anzusprechen«, wechselte Irene das Thema. »Ich habe mir von Lou die zusätzlichen Notizen geben lassen, die sie bereits vor dem Drohbrief von heute Morgen erhalten hat. Keine Spuren, nichts Auffälliges oder Außergewöhnliches. Also bleibt es dabei, dass wir unserem einzigen Verdacht gegenüber Daniel nachgehen sollten.« Irene presste angestrengt ihre Lippen aufeinander. Ich kam nicht mehr dazu, auf ihre Worte einzugehen, da ich sogleich abgelenkt wurde. Mit einem lauten Ruck wurde die Eingangstür zum Gartenhaus geöffnet. Mit einer ähnlich hohen Geschwindigkeit wie eine Formel 1-Fahrerin beim Boxenstopp durchquerte Lynn den Wohnbereich. »Ich mach mich schnell fertig, bin gleich soweit!«, rief sie Irene und mir im Vorbeigehen zu.

»Bemerkenswert, dieses Temperament«, entgegnete Irene.

»Ich glaube, wegen vorhin«, sagte ich in einem ruhigen Ton. »Vielleicht sollten wir all unsere Vermutungen, wer für die Drohbriefe und Ähnliches verantwortlich sein könnte, für uns behalten. Du weißt schon, sie nicht mit noch mehr Sorgen bedrängen.« Irene nahm meine Äußerung nickend zur Kenntnis.

»Gut, ich werde vor Lynn nicht mehr ganz so bestimmt auftreten. Aber ich habe Augen im Kopf und besitze ein noch recht intaktes Gehirn, das lässt sich nicht leugnen!«

»Natürlich nicht. Ich meine nur, dass wir ihr Nervenkostüm etwas schonen sollten. Mit mir kannst du weiterhin die verrücktesten Theorien teilen.«

»Wer hat etwas von verrückt gesagt? Beobachtung und logische Schlussfolgerungen sind Gaben, die so manchem Menschen im Alltag helfen könnten. Jedenfalls würde es mein Leben erleichtern, wenn alle, die mir je begegnet sind, diese Talente besäßen.« Ich ließ Irenes Äußerung unkommentiert. Auf der einen Seite wusste ich, dass sie recht hatte. Wer seine Mitmenschen genau beobachtete, konnte viel über sie erfahren. Auf der anderen Seite konnten diese zu nichts Weiterem als Vermutungen führen, an denen nicht viel dran war. Ja, auch Gerüchte konnten einem zum Verhängnis werden, das hatte ich bereits am eigenen Leib erfahren.

Für eine Weile herrschte Stille zwischen Irene und mir. Doch diese war nicht unangenehm, sondern schien dem Moment angemessen. Ganz von selbst drifteten meine Gedanken zu Tim. Wahrscheinlich war jetzt in diesem Augenblick eine Menge los auf dem Kreuzfahrtschiff und er musste viel koordinieren. Während ich mir potenzielle Szenarien an Bord der MS Tropica ausmalte, flog die Tür von Lynns und meinem Zimmer auf. In bester Abendgarderobe trat sie zu uns. Ich war ganz perplex, wie schnell meine Freundin diese Verwandlung hinbekommen hatte.

»Du siehst fantastisch aus.«

»Ja, wirklich ganz fabelhaft«, stimmte Irene mir zu. Sich auf ihrem Gehstock abstützend erhob sie sich von dem Sessel.

»Wollen wir dann?«

Gemeinsam machten wir uns auf den Weg zum sogenannten Veranstaltungssalon des Châteaus. Dieser Festsaal war ein separates Gebäude inmitten des Gartens.

»Hey, wegen vorhin ...«, begann ich an Lynn gewandt.

»Schwamm drüber«, winkte sie ab. »Ich will hier nur wirklich nicht für noch mehr Probleme sorgen, als es ohnehin schon gibt. Und das mit Daniel ...«

»Schwamm drüber«, erwiderte ich lächelnd. Erleichtert atmete Lynn aus.

»Wo warst du eigentlich den Nachmittag über?«, fragte ich sie.

»Man wird doch noch seine Geheimnisse haben dürfen.«

Vorerst ließ ich Lynn zu dieser Frage schweigen. Doch ich musste zugeben, dass ihre Geheimniskrämerei meine Neugier nur noch mehr befeuerte. Zunächst aber traten wir der nächsten Herausforderung in Form des Black-Tie-Abends entgegen.

»Ah, was sehen meine alten Augen da? Aperitifs!« Zielstrebig schritt Irene auf die auf Stehtischen arrangierten Getränke zu.

»Guten Abend. Nehmt euch alle ein Getränk und geht in den Salon, dann können wir gleich mit dem Programm starten«, begrüßte uns Leonora, die neben der Eingangstür stand. Offensichtlich hatte sie wie gewohnt alles im Blick und wollte die Kontrolle über die Feierlichkeiten behalten.

Der Salon war festlich geschmückt. An den Wänden rankte ein Meer aus weißem Blumenschmuck. Trotz der noch tropischen Temperaturen erleuchteten Kerzen den Saal und sorgten für ein gemütlich schummriges Licht. Aus Reflex wedelte ich mir mit der Hand etwas Luft zu, da diese trotz der geöffneten Türen und Fenster sehr stickig war. Die meisten der anderen Gäste waren bereits anwesend und auch bei ihnen vermutete ich den ein oder anderen Schweißtropfen im Gesicht.

»Guten Abend, ihr drei.« Ebenfalls mit einem Aperitif in der Hand trat Daniel zu uns.

»Na sieh mal einer an. Kaum steckt man einen Mann in einen ordentlichen Anzug, macht er gleich etwas her.« Anerkennend prostete Irene Daniel zu, der verlegen lächelte. Unglaublich. Irene schaffte es, ein Kompliment so zu verpacken, dass gleichzeitig ein winziger Vorwurf mitschwang. So, als wäre Daniel normalerweise nicht mehr als ein kleiner Lausbub.

»Danke, ich ... äh ...«, stammelte Daniel vor sich hin.

»Kleider machen Leute,« ergänzte ich. »Und ich, die hier ohne Koffer ankam, war vorher ein Niemand. Doch glücklicherweise gibt es Sales und eine große Auswahl an Kleidung für jeden erdenklichen Anlass.«

»Du verdrehst hier den Sinn total«, spielerisch kniff Irene mir in die Seite und lachte auf. Auch Daniel und Lynn stiegen in das Lachen mit ein und ich war froh über diese lockere Atmosphäre. Wenigstens dafür waren meine Tollpatschigkeit und mein gelegentliches Pech gut.

»Weiß eigentlich jemand von euch, wie genau die Planung für den Abend aussieht?« Ich bemerkte, dass sich ein nicht zu ignorierendes Hungergefühl in mir breitmachte.

»Gleich wird mit einer Diashow gestartet. Da vorne hängt schon die Leinwand.« Daniel deutete auf die weiße Fläche am Ende des Saales. »Sebastian hat mir erzählt, dass es darum gehen soll, Erinnerungen und Erlebnisse miteinander zu teilen. Damit alle sich noch näherkommen.«

»Oh, das hört sich nach einer Menge Fotos an«, stellte ich nüchtern fest. Bis das Essen serviert wurde, würde wohl noch die ein oder andere Stunde vergehen.

»Nach der Diashow wird es dann noch eine Überraschung geben. Hier weiß auch ich nicht, worum es gehen könnte.«

»Hoffentlich springt nicht jemand aus einer Torte«, antwortete Irene und nahm einen Schluck ihres Aperitifs.

»Das wird es wohl definitiv nicht sein«, sagte Lynn und schüttelte den Kopf. Wir spekulierten fröhlich weiter, worum es bei dieser Überraschung gehen könnte, bis Leonora zwei Mal in die Hände klatschte, um die Aufmerksamkeit der Gäste zu erregen. Anschließend übergab sie das Wort an Lou.

»Liebe Verwandte, liebe Freunde. Bevor wir mit dem eigentlichen Dinner beginnen, möchten wir den Abend mit einer Diashow starten. Sorgfältig haben wir in Zusammenarbeit mit Melanie und unseren Familien die schönsten Fotos ausgesucht, die wir nun zeigen werden. Also, lasst uns beginnen.« Nach Lous Worten wurde ein Projektor eingeschaltet, der sich auf die Leinwand richtete. Damit die Helligkeit von draußen bei der Show nicht störte, wurden Fenster und Türen geschlossen sowie die Vorhänge zugezogen. Jetzt hatte der Saal perfekte Voraussetzungen, zu einer stickigen Großraumsauna zu werden.

»Von wegen mit unseren Familien«, raunte Lynn mir zu. »Mit mir jedenfalls nicht.« Ich hoffte inständig, dass Lynns gute Stimmung nicht abrupt wieder kippen würde. Doch meine Gebete wurden nicht erhört. Nachdem die ersten Bilder über die Leinwand liefen, registrierte ich, wie die Anspannung erneut Lynns Körper übermannte. Mit beiden Händen krallte sie sich nahezu am Glas des Aperitifs fest und senkte den Blick, sodass ihre Augen von unten böse auf die Leinwand funkelten. Sebastian und Lou erzählten abwechselnd die ein oder andere Anekdote zu den Bildern, was die Gäste sichtlich erheiterte. Alle bis auf eine.

»Ich komme mir vor, als würde ich gar nicht existieren ...«, zischte Lynn zu mir herüber. »Siehst du das? Nur Bilder, auf denen ich nicht zu sehen bin.«

»Aber Lynn. Es geht doch auch um Lou und Sebastian.«

»Ja, aber schau. Meine Mutter, mein Vater, Lous Familie, Daniel, diese Dingsbums-Freundin von Lou ... Und ... Ha! Sogar irgendein random Eisverkäufer hat es in diese Diashow geschafft, siehst du!« Erregt deutete Lynn auf die Leinwand. »Unglaublich, echt, das ist so ... Aber ich kann es nur wiederholen: Was habe ich auch erwartet?«

»Hey, steiger dich da nicht so rein.« Mitfühlend legte ich den Arm um Lynns Schulter. Ich verstand, warum sie aufgebracht war. Doch war es nicht auch sie, die sich immer mehr aus Familienangelegenheiten herausgezogen hatte? Das würde ich jetzt natürlich nicht sagen, ich war ja nicht lebensmüde. Und ich wollte für meine Freundin da sein. Gleichzeitig war es eine echte Herausforderung, die richtigen Worte zu finden. Am liebsten wollte ich irgendeinen doofen Witz erzählen, der Lynn auf andere Gedanken brachte. Doch immer, wenn ich Verwendung für einen finden konnte, fiel mir partout keiner ein.

Eine gefühlte Ewigkeit später hatten wir sämtliche Bilder von Lous und Sebastians Urlaubsreisen gesehen und waren Zeugen davon geworden, wie sie in den Jahren ihrer Beziehung unterschiedliche Events besucht hatten. Bei allen Anlässen hatten sie stets toll ausgesehen und ich fand es auf eine gewisse Art verdächtig, wenn Menschen über einen langen Zeitraum ausschließlich dieselbe Kleidergröße zu tragen schienen. Doch vielleicht existierten sie wirklich, diese Menschen, die einen wohlsortierten Kleiderschrank hatten, da sie nicht zu jedem Zeitpunkt Kleidungsstücke von XS bis XL in greifbarer Nähe brauchten. Zu meiner Freude war Lynn noch nicht implodiert und es qualmte auch kein weißer Rauch aus ihren Ohren.

»Seit dem zehnten Foto ist mein Getränk leer.« Irene richtete sich an Lynn und mich und deutete entsetzt auf ihr Glas. »Ich hätte mich besser in die jeweiligen Situationen reinfühlen können, wenn die Fotos in unterschiedliche Kategorien mit einem jeweils dazugehörigen Drink eingeordnet gewesen wären.« So als wollte er an der Unterhaltung teilhaben, grummelte mein Magen laut. »Du hast recht, kleine Snacks wären auch überaus passend gewesen, Marie. Meint ihr, ich sollte das dieser Melanie vorschlagen? Für's nächste Mal?« Auffordernd betrachtete Irene uns.

»Vielleicht könnte ich auch das ein oder andere vorschlagen ...«, murmelte Lynn genervt. Verdutzt sah Irene zu mir und ich beließ es bei einer entschuldigenden Geste. Verzweifelt suchte ich mit Blicken den Salon nach einer Ablenkung ab, die Lynn von ihrer trotzigen Laune abbringen konnte. Als ich zum Eingang sah, bemerkte ich, dass Daniel gerade von draußen in das Innere des Saales trat. Sich umschauend bewegte er sich auf uns zu.

»Aha, wo kommen Sie denn gerade her?«, fragte Irene hellwach. Ok, hiermit war das Verhör eröffnet.

»Tja, also ...«, setzte Daniel an. »Da ich sehr viel bei den Vorbereitungen mitgeholfen habe, habe ich diese Diashow schon rund 1000 Mal gesehen.« Verlegen hüstelte er. »Wie soll ich es sagen? Ich hab vielleicht draußen eine geraucht, mir kurz die Beine vertreten, geschaut, was die andere Gesellschaft so treibt ...«

»Hast du etwa auch die Bilder ausgesucht?«, fragte Lynn und verschränkte ihre Arme. Das Thema was also noch nicht erledigt.

»Nein, die habe ich von Lou und Sebastian zugeschickt bekommen. Oder von Lou und deiner Mutter? Also, irgendwer hat mir sehr, sehr viele Bilder geschickt und ich habe dann dabei geholfen, diese Präsentation vorzubereiten. Gibt es noch weitere Fragen, die ihr gerne geklärt haben möchtet?« Belustigt schaute Daniel in die Runde.

»Wann beginnt das Dinner? Ich frage für eine Freundin.« Grinsend schielte Irene zu mir herüber, da mein Magen den Anschein machte, sich immer mehr in die Gespräche einbringen zu wollen.

»Ich kann nichts dafür, mein Körper ist bestimmte Zeiten gewohnt. Manche Menschen wachen immer um dieselbe Uhrzeit auf und ich ... habe eben Hunger.« Daniel warf einen Blick auf seine Armbanduhr. »Eigentlich kann es nicht mehr allzu lange dauern. Wahrscheinlich wird jetzt die Überraschung enthüllt und dann geht es auch schon los.«

Wie aufs Stichwort richtete Leonora das Wort an alle Anwesenden. »Liebe Gäste, wie schön, dass wir diese Reise durch die gemeinsamen Erlebnisse von Sebastian, Lou und unseren Familien mit ihnen teilen konnten. Nun ist es an der Zeit, einen weiteren Höhepunkt zu präsentieren.« Mit einer Geste deutete Leonora auch Claire und Philipp, sich zu ihr zu gesellten. Nach einer kleinen Verzögerung stellte auch Johann sich zu den dreien.

»Jede Hochzeit ist auf ihre Art besonders. Doch es ist umso schöner, wenn diese Besonderheit mit etwas ganz Exquisitem untermalt werden kann.« In diesem Moment wirkte Leonora, als würde sie vor Stolz fast platzen. Kein Wunder, dass sie sich um keinen Preis von den Hochzeitsplänen abbringen lassen wollte. Dann hätte sie uns nicht an dieser ehrwürdigen Überraschung teilhaben lassen können.

»Lou stammt aus einer berühmten Parfümeur-Familie und was liegt da näher, als einen eigenen Duft für das junge Paar zu kreieren? Wir präsentieren ihnen *Mer d'Amour*, der unvergleichliche Duft von Sebastians und Lous Hochzeit!«

Begeistert klatschten alle Anwesenden in die Hände und ich beobachtete, wie Lous Wangen hellrot aufleuchteten. Vielleicht war ihr diese Aktion samt der Aufmerksamkeit etwas unangenehm. Oder auch ihr war in den Räumlichkeiten inzwischen sehr warm geworden. Yves Leopold tänzelte leichtfüßig vor Sebastian und Lou auf und ab. Erst jetzt bemerkte ich, dass er mir vorher noch gar nicht aufgefallen war. Wenn er seine Arbeit so umsetzte, wie er es gestern bei der White Night angekündigt hatte, musste er keine Mühen gescheut haben und komplett im Hintergrund verschwunden sein, während wir die Diashow - manche mehr, manche weniger – genossen hatten.

»Ganz schön dick aufgetragen, findest du nicht?«, raunte Lynn mir zu.

»Ich hätte nichts dagegen, meinen eigenen Duft zu haben«, entgegnete ich.

»Der Name hätte origineller gewählt werden können«, fügte Irene hinzu. »Aber ich bin gespannt, wonach er riechen wird. Hoffentlich nichts mit Zitrus, das erinnert mich an Klostein.« Schmunzelnd tat ich so, als würde ich an meinem Aperitif nippen. Leider hatte ich diesen schon leer getrunken, doch ich bemühte mich, gegenüber meinem Körper die Illusion aufrechtzuerhalten, dass zumindest etwas meinen Magen füllte.

Leonora blickte konzentriert auf einen kleinen Zettel und redete weiter: »Auf einer Basis von Moschus und Amber sorgen Rose, Jasmin und Flieder für ein harmonisches Aroma.«

Claire machte den Eindruck, dass eigentlich sie die Beschreibung der Duftkomponenten hatte übernehmen wollen. Doch Leonora blickte weder nach links oder rechts, während sie ihr Programm durchzog, und alle anderen waren viel zu höflich, ihr ins Wort zu fallen oder sie auf eine andere Art von ihrem Alleingang abzuhalten.

»Doch egal, wie gut einem Düfte beschrieben werden, es geht doch nichts über das Erleben mit den eigenen Sinnen. Liebe Gäste, genießen Sie: *Mer d'Amour*!« Unter erneutem Beifall wurden die Lichter gedimmt. Ein leises Zischen erfüllte den Saal und ich bemerkte erst jetzt, dass an der Decke schmale Leitungen angebracht waren. Diese Art der Konstruktion erinnerte mich an das Erfrischungssystem in

Grasse. Tatsächlich kam das Zischen aus eben diesen Leitungen und ich erkannte, wie sich die ersten Wölkchen Sprühnebel bildeten. In wenigen Augenblicken würde sich der komplette Raum mit dem Duft *Mer d'Amour* füllen. Fasziniert schloss ich meine Augen, um mich voll und ganz auf das Aufnehmen des Aromas einlassen zu können. War es eher süß, blumig, pudrig, frisch, oder ...?

Nein, es war nichts von alledem. Instinktiv krampfte mein Körper zusammen, so abrupt, dass ich beinahe mein Glas fallen ließ. Ein heftiger Würgereiz übermannte mich. Musste ich mich etwa übergeben? Tränen der Verzweiflung rannen über mein Gesicht, so intensiv war das Aufbegehren meines Körpers gegen diesen bestialischen Gestank. Das roch ganz und gar nicht nach dem, wie man sich *Mer d'Amour* vorstellen mochte. Vielmehr roch es nach einer Mischung aus längst verfaulten Eiern und Stinkmorcheln, gemischt mit verschwitzen Sportklamotten, die ein Jahr lang in einer verschlossenen Plastiktüte aufbewahrt wurden. Das Ganze garniert mit intensiven Hundepupsen. Genau jetzt flogen Erinnerungen an alles Eklige, das ich je in meinem Leben wahrgenommen hatte, an meinem geistigen Auge vorbei. Wochenlang vergessenes Essen in Tupperdosen, so mancher Fuß, den ich im Laufe meiner Arbeit behandelt hatte ...

Angestrengt presste ich mit meiner freien Hand über Mund und Nase und hoffte, so das weitere Eindringen des Gestankes verhindern zu können. Oder konnte er auch über meine Ohren in meinen Körper gelangen? Moment, er war doch bereits in meinem Körper, also hielt ich ihn jetzt sozusagen darin fest? Diese Gedanken rasten durch meinen Kopf, als ich es allen anderen um mich herum gleichtat: Ich eilte zum Ausgang des Festsaales, ließ draußen angekommen mein Glas auf das weiche Gras fallen und hustete mir die Seele aus dem Leib. Ich versuchte jegliche Rückstände, die sich in meiner Nase festgesetzt hatten, durch das Einatmen der frischen, wenn auch schwülen, Abendluft auszugleichen. Wow, was auch immer da schiefgelaufen war, es war mächtig in die Hose gegangen. Als ich mich allmählich gefangen hatte, suchte ich nach meinen Freundinnen.

»Da seid ihr ja, geht es euch gut?«

»Ich habe schon einiges in meinem Leben gerochen, aber das ... Das hatte sein ganz eigenes Niveau«, gab Irene zu. Auch ihre Augen waren gerötet und sie hielt sich ein mit ihren Initialen besticktes Taschentuch vor die Nase.

»Das war ... heftig ... Und bestimmt nicht so geplant«, äußerte Lynn hustend.

»Sind alle evakuiert? Wenn ja, schließt die Türen, los, los, los! Steht da nicht so rum! Eine Katastrophe! Katastrophe!« Wild gestikulierend eilte Leonora an uns vorbei und wies das Personal an.

»Evakuieren ist vielleicht etwas hochgegriffen, aber ja, es hat etwas Apokalyptisches ...«, sagte Irene an Lynn und mich gewandt.

»Was ist mit dem Essen? Was machen wir bloß mit dem schönen Essen?«, fragte Leonora panisch den Oberkellner. Dieser stammelte verlegen Wortfetzen vor sich hin.

»Wie, es ist noch da drinnen? Und auch schon abgedeckt, bereit zum Servieren? Sie können doch nicht ... Los, gehen Sie da rein und holen ... retten Sie das, was noch da ist!«

»So viel dazu, dass man Menschen niemals zurück in brennende Häuser gehen lassen soll«, äußerte Lynn mürrisch und mit verschränkten Armen auf das Gespräch bezogen.

»Es brennt nicht, es stinkt! Und ich wäre dankbar, wenn du mich wenigstens ein Mal nicht kritisieren, sondern mir stattdessen helfen würdest.« Leonoras Ton war scharf, doch ich meinte auch einen Hauch Verzweiflung herauszuhören.

»Pah, kritisieren. Das sagt ja genau die Richtige«, antwortete Lynn energisch. Oh Gott, wurde ich hier etwa Zeugin, wie sich jeden Moment jahrelang angestauter Zorn und Unverständnis zweier Parteien auf einmal entladen würden? Ich malte mir aus, dass gleich so viel Energie freigesetzt wurde, dass es mit dem Urknall verglichen werden konnte.

»Hey, wahrscheinlich brauchen wir alle auf den Schock bloß eine vernünftige Mahlzeit«, versuchte ich das Gespräch zu entschärfen.

»Wohl kaum. Essen kann nicht immer die Lösung sein«, entgegnete Leonora und mit entging dabei nicht ihr wertender Blick auf meine Figur. Na toll, der Schuss ging wohl nach hinten los.

»Nimm das sofort zurück! Wie kannst du bloß so unverschämt zu meiner Freundin sein!« Inzwischen brüllte Lynn regelrecht.

»Schon gut, schon gut«, beschwichtigte ich. »Deine Mutter hat es sicherlich nicht so gemeint. Nach allem, was passiert ist, ist sie sicherlich bloß etwas überstrapaziert.«

»Ich, überstrapaziert? Wie können Sie es nur wagen, so über mich zu urteilen, Sie Dorfpomeranze?« Mit wütend aufblitzenden Augen spukte Leonora mir die Worte entgegen. Wäre die Situation weniger ernst, hätte ich zunächst über die Verbindung aus einer höflichen Anrede *Sie* und einer in die Jahre gekommenen Beleidigung *Dorfpomeranze* gelacht.

»Mir geht es sehr gut«, verdeutlichte Leonora. »Ich frage mich lediglich, warum sich alles und jeder gegen mich wendet.«

»Gegen dich? Ach, um dich geht es hier also?«, fragte Lynn nach. »Ich dachte, hier geht es um Seb und Lou, aber nein, wie immer geht es nur um dich. Deswegen war ich auch auf keinem der sogenannten Familienfotos zu sehen. Weil du sie ausgewählt hast und ich einfach nicht deinen Standard erfüllen kann. Deswegen lässt du mich lieber gleich außen vor.« Wie aus einem Wasserhahn, der klemmte und sich nicht mehr zudrehen ließ, sprudelten die Worte aus Lynns Mund.

»Was Lynn damit sagen möchte, ist, dass sie ein bisschen traurig ...«, setzte ich an, doch Lynn unterbrach mich sofort.

»Marie, hör auf! Hör auf, meine Mutter ständig in Schutz nehmen zu wollen! Sie hat dich gerade beleidigt, das ist doch nicht mehr normal. Aber wer ist die, die angeblich aus der Reihe tanzt? Das bin immer ich!« Nun richtete sie sich wieder an ihre Mutter. »Hast du vielleicht mal daran gedacht, deine Definition von normal zu überdenken? Dass da vielleicht auch mal andere Farben und Formen drin vorkommen als dein eigens, vorgegebenes *Perfekt*? Hast du vielleicht einfach mal daran gedacht ... Ach, vergiss es.« Lynn machte eine abwinkende Geste und sprach ihren Satz nicht zu Ende. Stattdessen verließ sie kommentarlos den Platz. Erst jetzt bemerkte ich, dass das Streitgespräch das Aufsehen weiterer Gäste erregt hatte. Nun blickten diese schweigend gen Boden oder nestelten unangenehm berührt an einem ihrer Accessoires herum.

»Es gibt hier nichts zu sehen!«, sagte Leonora forsch. »Um das Essen und das weitere Vorgehen wird sich gekümmert, machen Sie sich keine Sorgen darum. Wenn Sie mich bitte entschuldigen würden.« Bevor Leonora das Gespräch mit den Mitarbeitern des Châteaus erneut aufnahm, wendete sie sich ein letztes Mal an mich. »Für die Zukunft: Halten Sie sich aus Angelegenheiten heraus, die Sie nichts angehen.«

Nach den Worten von Leonora musste ich schwer schlucken und brauchte einige Momente, um mich zu sammeln.

»Meinst du nicht, dass wir ihr hinterhergehen sollten?«, fragte ich schließlich Irene. Ich überlegte, ob wir nicht nach Lynn sehen sollten, damit sie sich nach dieser Situation nicht allein fühlte.

»Ich denke, es ist besser, wenn wir ihr ein bisschen Zeit für sich geben«, sagte Irene in einem ruhigen Ton. »Du hast es eben gehört: Die Grenzen zwischen für jemanden da sein und sich zu sehr in fremde Angelegenheiten einmischen verlaufen fließend.«

»Bin ich wirklich so schrecklich aufdringlich?« Unsicher biss ich mir auf die Lippe.

»Es ist gut, dass du dich sorgst. Dass es dir nicht egal ist, was um dich herum geschieht.« Zärtlich strich Irene über meinen Arm. Ihre wachen Augen betrachteten mich mit einer solchen Aufrichtigkeit, dass ich mit sofort besser fühlte. »Empathie ist eine Stärke, die zu einer Schwäche werden kann«, setzte sie fort. »Denkst du nicht auch, dass Mitgefühl und Mitleid einen kleinen, aber feinen Unterschied machen kann? Und was diese Angelegenheit mit Lynn und ihrer Mutter angeht ... Ich habe den Eindruck, dass sie so gar nicht in dein Weltbild passt. Weil du derartige Differenzen nicht aus deiner Familie kennst.« Es stimmte. Etwas in mir wollte gegen die Probleme zwischen Lynn und Leonora ankämpfen. Ich wollte, dass die beiden endlich ihr Kriegsbeil begraben konnten und friedlich miteinander umgingen.

»Wenn ich eins in meinem Leben gelernt habe, dann, dass du die Menschen nicht ändern kannst, Marie. Auch, wenn es manchmal wehtut. Aber was du ändern kannst, ist das hier.« Mit dem Zeigefinger tippte Irene auf meine Brust. »Du kannst dich verändern, du hast einen Einfluss darauf, wie du mit anderen Menschen, deinen Gefühlen und Gedanken umgehst. Und vielleicht ist es irgendwann an der Zeit, zu akzeptieren.« Irenes Mund formte sich zu einem zarten Lächeln. Ich wusste, dass sie in ihrem Leben schon viele Erfahrungen gesammelt hatte, viele Menschen kennengelernt, aber auch wieder gehen lassen hatte. Auch sie hatte mit manchen Verwandten keine einfache Zeit, wenngleich ich zugegebenermaßen nur wenige Details darüber kannte.

Laut hörbar atmete ich aus. »Da ist wohl was dran ... Und, was genau machen wir jetzt? Nichts?«

»Da ist noch diese eine Sache ...«, setzte Irene fort. Ihre Augen strahlten diese Energie aus. Es bedeutete, dass Frau Gräfin einen ganz bestimmten Plan hatte. Sie hakte sich in meiner Armbeuge ein und wir gingen gemeinsam ein paar Schritte, damit unser Gespräch außerhalb des allgemeinen Tumults stattfand.

»Wie du weißt, ist Daniel noch immer ganz oben auf der Liste unserer Verdächtigen.«

»Wir haben eine Liste?«

»Nun ja, ich habe eine. Also theoretisch. Und dieses Telefonat will mir einfach nicht aus dem Kopf. Also schlage ich vor, dass wir etwas mehr über diesen Trauzeugen herausfinden.«

»Indem wir ...?«

»Ist dir sein Notizbuch aufgefallen? Bei dem Telefonat trug er es auch bei sich. Ich denke, das könnte unser Schlüssel sein.«

»Ist das nicht ... Was ist, wenn es eine Art Tagebuch ist und wir in seinen privaten Gedanken herumschnüffeln?«

»Darüber können wir uns jetzt keine Gedanken machen. Wenn es so ist, werden wir das Gelesene ganz schnell wieder vergessen und er ist aus dem Schneider. Aber womöglich ist dieses Buch genau der Hinweis, den wir brauchen.«

»Ich weiß nicht ...«, entgegnete ich zögerlich.

»Du brauchst auch gar nicht viel tun. Eine kleine Ablenkung, damit ich mir das Notizbuch schnappen kann, würde schon reichen«, versuchte Irene mich zu überzeugen.

»Vielleicht ist es einen Versuch wert. Aber ...« In meinem Kopf bahnten sich die nächsten Zweifel an. »Was ist, wenn Daniel wirklich für all diese Taten verantwortlich ist? Würde es Lynn nicht das Herz brechen, wenn sie es erfährt?«

»Marie, du denkst schon wieder im Konjunktiv. Das funktioniert so nicht.« Vehement schüttelte Irene ihren Kopf. »Erst mal geht es darum, überhaupt etwas herauszufinden. Was wir mit dem Wissen, oder Nichtwissen, dann anstellen, das sehen wir anschließend. Komm, wir gehen wieder zurück zu den anderen und schauen, dass sich eine Gelegenheit für dieses kleine Unterfangen bietet.«

Noch immer hin und hergerissen ging ich an Irenes Seite. Warum konnte diese kurze Reise nicht wirklich nur ein Urlaub sein? Warum musste das reinste Durcheinander über alle hier Anwesenden hereinbrechen? Mit meinen Grübeleien jedenfalls würde ich keine Antworten auf diese Fragen finden und auch keine Probleme lösen. Insofern hatte Irene einen Punkt. Inzwischen fragte ich mich sogar, ob überhaupt noch mehr Schaden angerichtet werden konnte, als nicht ohnehin schon geschehen war.

»Dann lass' uns mal einen genauen Blick darauf werfen«, raunte ich Irene zu, als wir wieder beim Festsaal angekommen waren. Glücklich zwinkerte sie mir zu. Wir beobachteten, wie weitere Stehtische auf dem Gelände draußen aufgebaut wurden.

»Scheint so, als wurde die Party nun endgültig nach draußen verlegt. Vielleicht können wir diese kleine Umbaupause für uns nutzen«, stellte Irene fest und scannte mit ihren Augen das Geschehen. Stumm nickte ich ihr zu, während wir uns zu den anderen gesellten.

»Und? Wie sieht der weitere Plan aus?«, fragte ich in die Runde, bestehend aus Sebastian, Lou, ihren jeweiligen Eltern und Daniel.

»Der Saal ist nicht mehr zu betreten«, entgegnete Leonora knapp. Mir entging dabei nicht, wie sie Ober- und Unterkiefer kräftig gegeneinander presste. »Wir verlegen alles in die Außenbereiche. Auch die geplante Hochzeit für morgen.«

»Mum, hältst du immer noch daran fest, alles wie geplant stattfinden zu lassen?«, fragte Sebastian. Erneut wurde mir ein eindeutiges Machtverhältnis deutlich. Auch wenn es hier um die Hochzeit von Sebastian und Lou ging, wurde sich vor allem nach Leonoras Einschätzungen gerichtet. Sie behielt das letzte Wort.

»Wie geplant ist wohl etwas übertrieben«, zischte sie zwischen den noch immer zusammen gepressten Zähnen hervor. »Aber ja, was bleibt uns anderes übrig?«

Ich ließ meinen Blick zu Lou schweifen, die wie heute Vormittag unsicher wie ein scheues Reh dreinschaute.

»Ihr lasst euch doch von einer Stinkbombe keine Angst einjagen? Natürlich ist so ein Streich mehr als unangemessen, aber mehr auch nicht. Wenn ich herausfinde, wer diesen Schlamassel zu verantworten hat, der kann sich auf etwas gefasst machen. Johann, du könntest ja im Vorfeld bereits einen Schriftsatz für eine Klage vorbereiten, was meinst du?« Weitaus entspannter als wenige Sekunden zuvor betrachtete Leonora ihren Ehemann. Es war, als würde der Gedanke an eine Klage gegenüber des Unruhestifters sie mit Glücksgefühlen erfüllen.

»Mit derartigen Vergehen hatte auch ich noch nicht zu tun, aber warum nicht?«, schmunzelte Johann. Bei dem Gedanken an einen juristischen Prozess wurde mir hingegen ganz anders zumute. Ich konnte nur hoffen, dass Daniel mit alledem nichts zu tun hatte.

»Und wie sieht es hier aus? Sind auf dieser Seite auch schon alle Tische aufgebaut?« Melanie Golding kam, wie immer mit Klemmbrett bewaffnet, auf uns zu. Freudig strahlte sie uns entgegen, so, als sei gar nichts Außergewöhnliches an der aktuellen Situation.

»Das Personal hat uns sehr schnell geholfen, es ist alles bestens«, sagte Philipp.

»Wunderbar, das höre ich gerne. Mit dem Essen konnte ich auch noch umdisponieren. Es wird anders als ursprünglich gedacht, aber so werden immerhin alle satt.« Zufrieden hakte Melanie einen Punkt auf ihrer Liste ab.

»Frau Golding, können sie schon etwas Genaueres sagen, wegen morgen?«, fragte Leonora. Natürlich, die Hochzeitsfeier war im Festsaal geplant. Dort konnte sie nicht mehr stattfinden.

»Oh, Sie sind schon bei den Feierlichkeiten für morgen.«
Verlegen lächelte Melanie. Anscheinend wartete eine
schlaflose Nacht auf sie, in der sie Planungen für das weitere Vorgehen regeln musste. Nach dieser Pechsträhne hatte
sie sich wirklich eine gehörige Auszeit verdient.

»Ich weiß ja nicht, wann sie mit den Vorkehrungen beginnen wollten, aber die Hochzeitsfeier ist bereits morgen.
Morgen Nachmittag, um genau zu sein.«

»Also ... Es könnte doch ganz schön werden, wenn die
Feier unter freiem Himmel stattfindet? Was meint das
Brautpaar?«

»Ja, das klingt nett«, stimmte Lou zu. »Wir können die
Deko aus dem Saal hierherholen, das sollte doch machbar
sein.«

»Meine Liebe, du bist die Braut und musst dich vorerst
um gar nichts kümmern«, sagte Leonora schnell. »Wir werden natürlich eine neue Dekoration ordern. Macht euch keine Gedanken, wir werden das alles klären. Also, wenn Sie
dann mitkommen würden, Frau Golding?« Auffordernd betrachtete Leonora die Hochzeitsplanerin. An eine Pause, geschweige denn Feierabend, brauchte diese vorerst nicht zu
denken. Mit gesenktem Kopf folgte Melanie Leonora in
Richtung Haupthaus.

»Puh«, laut hörbar atmete Sebastian aus. »Ich weiß
nicht, wie es euch geht, aber nach dem Schreck hätte ich
nichts gegen einen Drink und eine Mahlzeit einzuwenden.«
Liebevoll streichelte er Lou über die Wange. »Mach dir keine Gedanken. Wer auch immer meint, hier Max und Moritz
spielen zu müssen, wird bestimmt bald auffliegen. Und dann
bekommt er es mit mir zu tun.« Endlich konnte auch Lou

sich zu einem Grinsen durchringen.

»Das Leben ist nicht perfekt und Hochzeiten offensichtlich auch nicht«, sagte Claire schließlich. »Vielleicht bereiten diese Umstände euch auf die Realität als Ehepaar vor.« Mit einem Blinzeln bedachte sie ihren Ehemann Philipp. Würde ich nicht in regelmäßigen Abständen an mein Dasein als Single denken, wäre ich in diesem Moment beinahe dahingeschmolzen. Aber was sollte ich mir Gedanken machen? Es würde nichts an meiner Situation ändern. Außerdem sollte ich mich jetzt um die Umsetzung von Irenes Plan bemühen.

Fieberhaft überlegte ich, wie ich Daniel am besten ablenken und an das Notizbuch gelangen konnte. Als ich ihn das letzte Mal mit dem Buch gesehen hatte, hatte er es in die Innentasche seiner Jacke gesteckt. Vielleicht trug er es so auch heute Abend bei sich? Wenn dort wirklich pikante Informationen vermerkt waren, mochte das der Grund dafür sein, dass er es so dicht bei sich trug. Verdammt, wäre Lynn hier, könnte sie mit einem gespielten Frösteln an das Jackett von Daniel gelangen. Obwohl ... manche älteren Menschen froren ja ebenfalls recht schnell.

»Psst.« Sanft stupste ich Irene in die Seite. »Am besten stolperst du in Daniel rein und sagst, dir sei nach der ganzen Aufregung nicht gut oder etwas in der Art«, flüsterte ich Irene zu. »Es könnte sein, dass das Notizbuch in der Innentasche seines Jacketts ist. Eine ältere Dame, ein kleiner Schwächeanfall ... Der Rest sollte sich dann ergeben. Ich werde ihn dann schnell abwimmeln und dich zum Gartenhaus begleiten. So können wir in Ruhe sehen, ob wir erfolgreich waren.«

»Bravo, Marie. Eine fabelhafte Idee«, raunte Irene mir

zu. »Aber du hast ja auch von einer wahren Meisterin gelernt.«

Mit einem klaren Ziel vor Augen brachten wir uns in Position. Wie eine Schauspielerin in einem Theaterstück wartete ich bloß auf mein Stichwort.

»Huch, entschuldigen Sie, junger Mann. Stehen Sie schon länger dort?« Schwungvoll war Irene in Daniel hineingestolpert und krallte sich in dem Stoff seines Ärmels fest.

»Ist alles gut bei Ihnen?«, fragte er sofort und betrachtete Irene mit einer besorgten Miene.

»Die ganze Aufregung, wissen Sie. Ich bin ja immerhin keine 20 mehr. Jedenfalls wird mir das immer gesagt.« Ich musste mich darauf konzentrieren, bei Irenes Worten nicht laut loszuprusten. Schließlich wusste ich, wie sehr ihr dieses Drama eigentlich gefiel, und dass sie gerade erst in Betriebstemperatur kam.

»Ich fühle mich ein wenig schwach und zittrig auf den Beinen. Und ich habe das Gefühl, dass es inzwischen recht frisch geworden ist.« Perfekt führte Irene die Rolle der hilflosen Seniorin aus.

»Hier, nehmen Sie mein Jackett.« Wie geplant legte Daniel das Kleidungsstück um Irenes Schultern. »Vielleicht sollten Sie sich irgendwo hinsetzen, wo es etwas ruhiger ist? Ich kann Sie begleiten«, schlug Daniel vor.

»Oh, Irene, geht es dir nicht gut? Danke, Daniel. Ich werde mich weiter um sie kümmern.« Ohne zu zögern, nahm ich Irene an meine Seite. Perplex blinzelte Daniel mir entgegen.

»Ich werde dich für eine Erholungspause ins Gartenhaus bringen.« Sofort steuerten wir die Richtung, in der unsere

Unterkunft lag, an. »Vielleicht wäre es möglich, dass jemand einen Happen zu Essen für Irene vorbeibringt? Wenn ihr hier so weit seid«, rief ich Daniel im Gehen über die Schulter zu. »Und für mich auch?« Hoffentlich waren die letzten Worte nicht untergegangen.

Energisch rammte ich beim Gehen meine Füße in den Boden. Meine Gedanken passten sich dem Tempo dieses Rhythmus an, sodass ich irgendwann nur noch zusammenhanglose Worte aneinanderreihte. *Mist, Schuld, Unverschämtheit, bodenlos, unglaublich, vorhersehbar, typisch, Gemeinheit, ungerecht.* Nachdem ich das Gelände des Châteaus verlassen hatte, war ich so tief in das soeben Passierte versunken, dass ich nicht darauf achtete, wohin ich ging. Meine Mutter wäre bestimmt froh, wenn ich mich heute nicht mehr blicken ließ. Und mein Vater? Würde es ihm überhaupt auffallen, dass ich nicht bei den anderen Gästen war? Hatte er nur annähernd etwas von der Streitszene zwischen mir und meiner Mutter mitbekommen?

Mein Weg ins Unbekannte führte vorbei an zahlreichen Châteaus. In manchen von ihnen waren Ferienwohnungen oder Hotels untergebracht, wie ich anhand der an den Eingängen angebrachten Schilder vermutete. Andere hingegen waren Wohnhäuser von Familien. Familien mit glücklichen Kindern, glücklichen Eltern, glücklichen Haustieren, glücklichen ... Ja, selbst die Pflanzen und Autos in diesen Familien konnten höchstwahrscheinlich glücklich sein. Vor allem aber waren sie, anders als ich, keine Enttäuschung für ihre Eltern.

Wie eine Cinderella auf Abwegen marschierte ich immer weiter durch die Wohngegend und entfernte mich mehr und mehr von unserem Château. Da ich in meiner Abendgarderobe fernab der Feierlichkeiten wahrscheinlich ohnehin einen seltsamen Anblick bot, entschied ich mich dazu, meine hochhackigen Schuhe auszuziehen. So mussten meine Ohren nicht mehr dieses nervig-klackernde Geräusch ertragen.

Und ich bekam Lust zu laufen. Also hob ich den Rock meines Kleides an und lief, den warmen Asphalt unter meinen Fußsohlen spürend. Die Bewegung ließ mich lockerer und lockerer werden, bis ich zu meiner rechten Seite einen schmalen Sandweg entdeckte, der zu einer Bucht führte. Wenn mich nicht alles täuschte, war das genau die Bucht, die ich mit Daniel besucht hatte. Schnell entschloss ich mich, dem Weg zu folgen. Je näher ich dem Meer kam, desto langsamer wurden meine Schritte und desto tiefer inhalierte ich die Luft. Diese war zugegebenermaßen noch immer schwül, doch ich redete mir ein, dass allein der Anblick des Wassers für eine ordentliche Portion Frische sorgte. Als ich an der Wasserkante angelangt war, setzte ich mich auf den steinigen Untergrund. Was die anderen wohl gerade taten? Waren Marie und Irene auf der Suche nach mir? Vermisste mich überhaupt jemand?

Seufzend ließ ich mich auch mit dem Oberkörper in den von Kieseln durchzogenen Sand fallen. Was sollte ich jetzt bloß tun? Zurückkehren und mit den anderen feiern? Allein der Gedanke sorgte für Unwohlsein in mir. Ich hatte bereits so lange meine Maske aufrechterhalten. Ich hatte mir so viel Mühe gegeben, es meiner Mutter recht zu machen. Sah sie das denn gar nicht? Oder war das vielleicht der falsche Weg? Fragen über Fragen durchströmten meinen Kopf. Schützend presste ich die Hände an meine Schläfen. Als ob das irgendetwas helfen würde. So konnte ich mich nicht gegen all die überfordernden Einflüsse von außen schützen. Sie waren bereits in mein Inneres gelangt. Warum war ich bloß weggelaufen? Und warum hatte ich mein Handy nicht mitgenommen? Ich spürte, wie sich langsam aber sicher meine Augen mit Tränen füllten. Sollte ich weinen und meinen Gefühlen freien Lauf lassen?

»Hey, da bist du ja!« Aus einiger Entfernung ertönte eine bekannte Stimme. Langsam nahm ich die Hände aus meinem Gesicht und rappelte mich ein wenig von dem recht ungemütlichen Boden auf. Ich erkannte, dass Daniel über denselben Sandweg, den auch ich eben entlang gegangen war, zu mir kam. Schnell blinzelte ich mehrere Male und wischte mit dem Handrücken über mein Gesicht, um die Spuren etwaiger Tränen zu verwischen.

»Oh, hi«, sagte ich mit hoher Stimme, so, als wären wir zwei alte Bekannte, die sich gerade zufällig in einem Café getroffen haben.

»Ich hatte da so ein Gefühl, wo du womöglich stecken könntest.« Inzwischen war Daniel bei mir angekommen und machte es sich auf dem Sandboden bequem. Na ja, jedenfalls so bequem wie möglich. »Das war ja eine mächtig schräge Aktion eben«, setzte er fort. Da ich mir nicht sicher war, welche Aktion genau Daniel meinte, blieb ich zunächst stumm. Sprach er von der Stinkbombe oder von Auseinandersetzung mit meiner Mutter? Ich bemerkte, wie mein Mund sich öffnete, doch es kamen noch immer keine Worte heraus.

»Deine Mutter kann ganz schön hart sein. Aber das weißt du ja«, setzte Daniel fort. Langsam senkte ich den Blick und begann, den Sand und die Steinchen durch meine Hände rieseln zu lassen. So betrachtet erinnerte mich der

Anblick an den Sand in einem Stundenglas.

»Ich wusste von Anfang an, dass diese Reise nur schrecklich werden kann«, sagte ich schließlich. »Vielleicht war genau das der Fehler. Vielleicht ist deswegen alles so schlimm geworden? Weil ich es mir gar nicht anders vorstellen konnte?« Nachdenklich betrachtete ich das Meer. Im Augenwinkel erkannte ich, dass ein Grinsen über Daniels Gesicht huschte.

»Ich will dir ja nicht zu nahetreten, aber ... Meinst du nicht, dass du deine Fähigkeiten damit etwas überschätzt?«, fragte er. »Das wäre ja eine ziemlich beeindruckende Superhelden-Kraft. Du könntest quasi gleichzeitig in die Zukunft blicken und diese auch noch beeinflussen.« Nun musste auch ich lachen.

»Ja. Oder ich habe diese Kraft so überhaupt gar nicht im Griff, dass ich sie gegen mich selbst einsetze.« Noch immer schmunzelnd betrachtete ich Daniel. Die Fältchen um seine Augen herum waren tiefer als das letzte Mal, als ich ihn so angeschaut hatte. Unter seinem Lächeln wirkte er müde und erschöpft. Und trotzdem nahm er sich die Zeit, hier mit mir zu sitzen und über meine verrückten Probleme zu sprechen.

»Was mach ich denn jetzt bloß?« Ich seufzte schwer und sprach mit diesen Worten mehr meine Gedanken aus, als dass ich einen tatsächlichen Ratschlag von Daniel erwartete. »Über die Jahre hat sich so viel angehäuft, wie ein Berg aus ungespültem Geschirr, der immer größer und größer wird. Und je mehr man ihn wachsen lässt, desto schwieriger wird es, ihn zu beseitigen. Irgendwann ist einfach kein Platz mehr zum Abwaschen da. Nirgends kann man einen Teller oder einen Topf hinstellen und man fühlt sich ganz machtlos. Und dann geht man, verlässt überfordert und ohnmächtig das Zimmer, nur um am nächsten Tag demselben Schlamassel ins Auge zu blicken.«

»Wow, ich weiß nicht, ob ich eure Küche jemals zu Gesicht bekommen möchte.«

Neckend zwickte ich Daniel in die Schulter. »Hey, du weißt schon, wie ich das meine.«

»Ja, Spaß beiseite«, stimmte er mir zu. »Das Bild ergibt Sinn. Da hat sich einiges zwischen euch angehäuft. Und je mehr dazu kam, desto mehr habt ihr euch voneinander entfernt. Bis du ...«, Daniel verstummte.

»Bis ich was? Abgehauen bin?«

»Na ja, in gewisser Weise war das irgendwann wohl die logische Konsequenz. Aber dieser Schritt macht eure Vergangenheit nicht vergessen.«

War ich damals feige gewesen? Hatte ich angefangen, auf einem Kreuzfahrtschiff zu arbeiten, nur, um weg von meinen Eltern und meinem Zuhause zu sein? Wenn ich so darüber nachdachte, war dieses Fluchtverhalten nie wirklich abgeklungen. Eben gerade war es wieder passiert und ich hatte ohne mit der Wimper zu zucken die unangenehme Situation verlassen.

»Aber ...«, begann ich mit brüchiger Stimme. »Immer, wenn ich versucht habe, mit meiner Mutter zu sprechen, endete es ähnlich wie die Szene eben.«

»Hmm.« Daniel nickte.

»Worüber denkst du nach?«, fragte ich.

»Ich weiß nicht, ob ich mich mal ganz weit aus dem Fenster lehnen soll ...«

Laut hörbar atmete ich aus. »Schieß los. Was soll mich heute noch umhauen.«

»Ok«, verlegen räusperte Daniel sich. »Du und deine

Mutter, vielleicht seid ihr in mancherlei Hinsicht gar nicht so verschieden.«

Verdutzt riss ich meine Augen auf. Was meinte Daniel nur?

»Als ich in letzter Zeit viel bei der Hochzeitsplanung geholfen habe, hatte ich auch oft mit deiner Mutter zu tun. Natürlich stößt man bei der Organisation hier und da auf kleine Hürden, die rational betrachtet gar nicht so schlimm wären. Doch deine Mutter hatte in den meisten Fällen keine Geduld und hat in ihrer Hektik so manche Pläne komplett umgeworfen, obwohl es gar nicht hätte sein müssen.« Mit aufeinandergepressten Lippen hörte ich den Schilderungen von Daniel zu. Ich hatte bereits eine vage Vorstellung, worauf er hinauswollte.

»Als ich euch eben beobachtet habe, hatte ich das Gefühl, dass ihr beide keine Geduld mit euch gegenseitig habt. Deine Mutter wirbelt wild herum und feuert gegen jeden, der ihr in die Quere kommt. Deine Reaktion darauf ist, dass du gegen sie feuerst und alles irgendwie eskaliert. Tja. Ich kann das schon verstehen, aber es scheint nicht das beste Rezept in schwierigen Situationen zu sein.« Nach Daniels Ausführungen herrschte einige Zeit Stille zwischen uns. Im Hintergrund war das Brechen der Wellen zu hören.

»Hab ich zu viel gesagt?«, fragte er schließlich. »Es tut mir leid, ich wollte mich nicht einmischen oder so rüberkommen, als wüsste ich alles besser. Ich ...«

»Schon gut«, unterbrach ich ihn. »Tut zwar ein bisschen weh, das zuzugeben, aber irgendwie ist da wohl etwas dran.«

»Es geht ja nicht darum, so zu tun, als sei zwischen euch nie etwas vorgefallen. Aber wenn ihr euch wieder etwas annähern wollt, funktioniert es so, wie gerade eben, wohl eher nicht.«

»Nein, ganz bestimmt nicht«, bestätigte ich. »Aber will meine Mutter das denn überhaupt? Ich meine, die Fotos vorhin, das stetige Kritisieren, die Lüge von meiner angeblichen Arbeit in einer Kanzlei und die Beleidigungen gegenüber meinen Freundinnen ...«

»Ich glaube, sie wünscht sich nichts mehr«, entgegnete Daniel mit leiser Stimme. »Stell dir vor, dass sie das, was du von ihr denkst, auch von dir denkt. Dass ihr euch eigentlich wieder näherkommen wollt, aber davon ausgeht, die andere geht auf Abstand.«

»Du meinst wie in so einer Liebeskomödie, in der sich das Traumpärchen die ganze Zeit nicht findet, weil beide davon ausgehen ...«

»Ja, genau so«, bestätigte Daniel mein Beispiel. »Du und deine Mutter, ihr müsst ja kein Traumpaar werden. Aber an eurer Verbindung lässt sich eben nichts ändern. Ihr seid Mutter und Tochter. Punkt.« Daniel zuckte mit den Schultern.

»Wohl wahr ...«, entgegnete ich und dachte über alles, was Daniel soeben gesagt hatte, nach.

»Ist dir das früher auch schon so aufgefallen? Ich meine, als ich noch zuhause gewohnt habe und du so gut wie jeden Tag bei uns warst.«

»Nicht wirklich«, gab Daniel zu. »Aber ...«

»Aber?«

»Dass du immer deine Unterlippe einrollst, wenn du nachdenklich bist. Das ist mir schon damals aufgefallen.« Sofort bemerkte ich, wie mir die Röte ins Gesicht stieg. Hatte Daniel gerade etwa abrupt das Thema gewechselt und war jetzt dabei, mit mir zu flirten? War das überhaupt Flirten oder war er einfach nur ehrlich? Vielleicht war er ja bloß interessiert und ich ...

»Da, du tust es gerade schon wieder«, sagte er und deutete mit dem Zeigefinger auf meine Lippen.

»Hey, beobachtest du mich etwa?«, spielerisch drückte ich Daniels Hand weg.

»Wenn du das so sagst, hört es sich wirklich gruselig und unangenehm an. Ich nenne das ... aufmerksam.«

»Ok, das lasse ich durchgehen. Gibt es denn noch etwas, das du in all deiner Aufmerksamkeit feststellen konntest?«, fragte ich und ließ mich auf dieses Spiel ein.

»Du bist spontan, liebst das Meer, manchmal habe ich das Gefühl, du wärst gerne ausschließlich barfuß unterwegs, wenn du dich über etwas aufregst, könntest du glatt das Essen vergessen ...« Stumm nickend stimmte ich Daniel zu.

»Aber gleichzeitig bist du in Worten schwierig zu beschreiben«, setzte er fort. »Ich glaube, dich muss man erlebt haben.«

Ein undefinierbares Glucksen entfuhr aus meiner Kehle.

»Sorry, da muss ich jetzt noch mal nachhaken. Ist das etwas Gutes oder etwas Schlechtes?«

»Es ist, wie es ist. Schon ziemlich perfekt.«

»Perfekt gibt es nicht«, blockte ich ab.

»Für mich schon.« Daniel sah tief in meine Augen. Sein Ausdruck verriet mir, dass er nicht scherzte und keine Ironie in seinen Worten mitschwang. Ein sanftes Lüftchen wehte seinen ganz eigenen Duft in meine Richtung. Urplötzlich hatte ich das Gefühl, dass mein Körper immer weicher wurde. Vielleicht litt ich an einer seltenen Krankheit und in meinem Inneren lösten sich die Knochen auf. Oder jemand hatte einen Vodoo-Zauber an mir angewandt und ich verwandelte mich gerade in Kuchenteig. War mein Mund die ganze Zeit über schon so trocken gewesen? Gefühlt war es eine Ewigkeit her, seit ich den Aperitif während der Diashow getrunken hatte.

»Lynn?«

»Hm?«

»Ich wollte nur überprüfen, ob du noch da bist.«

»Fühlt der sich weich an?« Ohne weitere Erklärungen hielt ich Daniel meinen Arm hin. Gott, was tat ich hier? Wenn es mein Ziel war, möglichst merkwürdig oder abschreckend rüberzukommen, war ich wahrscheinlich auf dem besten Weg.

»Fühlt sich gut an«, sagte Daniel ruhig. »Also, äh, ich meine normal. Soweit ich das beurteilen kann, ich bin ja kein Arzt oder so. Aber vielleicht ist normal auch nicht das richtige Wort?«

»Nicht?« Zweifel überkamen mich. Nein, nichts, das in Verbindung zu mir stand, war auch nur im Entferntesten normal.

»Lynn, ich ...« Langsam glitt Daniels Hand an meinem Arm herunter, bis er bei meinen Fingern landete. Seine warme Hand umschloss meine.

»Ich hab dich echt vermisst«, sagte er schließlich. »Ich wusste gar nicht, wie sehr ... bis ... und dann ...« Daniels Äußerungen wurden immer zusammenhangloser. Doch immerhin versuchte er, etwas zu sagen. Anders als ich. Ich starrte nur blöd aus der Wäsche und hatte das Gefühl, in meinem Kopf leuchteten gerade sämtliche Lampen auf. Doch irgendwann konnte ich mich dazu durchringen, näher an Daniel heranzurücken. Vielleicht war dies einer dieser

Momente, in denen kein weiteres Wort nötig war? Vielleicht waren wir genug? Unsere Gesichter waren nur noch wenige Zentimeter voneinander entfernt.

Behutsam legte Daniel seine Hand an meine Schläfe und im nächsten Augenblick war mir, als würden Raum und Zeit sich komplett auflösen. Kein einziger Gedanke an die Probleme und das Chaos der letzten Tage sauste durch meinen Kopf. Alles, was ich gerade nicht mit meinen Sinnen wahrnahm, versank in bedeutungsloser Irrelevanz. Das Einzige, was gerade wichtig war, war zu sein und zu fühlen. Daniels weiche Lippen, noch weicher, als mein Körper sich eben angefühlt hatte. Sein erhöhter Puls, auch er war aufgeregt. Das Kitzeln seiner Bartstoppeln an meinem Kinn. Die Purzelbäume, die mein Magen schlug und die mich fragen ließen, wann ein angenehmes flaues Gefühl zu beherrschender Übelkeit wurde. Einzig und allein der Ruf einer Möwe erinnerte mich daran, wo wir gerade waren, und holte mich in diese Realität zurück. Wie lange saßen wir schon hier, eng aneinandergeschmiegt? Spielte es eine Rolle?

»Mir graut es bereits ein bisschen davor, zurück zu diesem ganzen Aufruhr zu kehren«, durchbrach ich die Stille und hatte Angst, Daniels und meinen Moment beendet zu haben. Doch es nützte nichts. Wir konnten nicht für immer in dieser Bucht bleiben. »Und Marie und Irene ... wie es ihnen nach diesem Fiasko wohl geht?«

»Oh, das hatte ich ganz vergessen, zu erzählen. Irene, sie scheint ...«, druckste Daniel herum. »Nun, es schien ihr nicht allzu gut zu gehen. Ich habe ihr mein Jackett gegeben und Marie hat sie zurück in euer Gartenhaus begleitet.« Ich staunte nicht schlecht über seine Worte. Die Situation, die er beschrieb, passte überhaupt nicht zu der Irene, die ich kannte.

»Tatsächlich? Das ist ja eigenartig«, schrille Alarmglocken begannen in meinem Inneren zu läuten. Etwas stimmte hier nicht. Ich machte mir Sorgen um meine Freundinnen und fühlte mich unheimlich schlecht, einfach weggelaufen zu sein und sie allein gelassen zu haben. Konnte ich nicht ein einziges Mal an Ort und Stelle bleiben, wenn es schwierig wurde? Abrupt erhob ich mich von meinem Platz im Sand.

»Ich muss sofort zurück«, sagte ich. Als auch Daniel aufstand, fiel mir auf, wie er seine Hosentaschen abtastete, so, als suche er etwas. Auch seine nachdenkliche Miene entging mir nicht.

Schweigend gingen wir zurück zum Château, mein Herz erfüllt von unserem bitter-süßen Geheimnis.

»Kannst du etwas mit diesen Notizen anfangen?« Überfordert reiche ich das Notizbuch an Irene weiter. Mit ihrer dicken Lesebrille bewaffnet studierte sie sorgfältig die Eintragungen.

»Hmm, manches müssten Namen von Personen sein«, stellte sie schließlich fest.

»Und die ganzen Zahlen?«, fragte ich nach.

»Möglicherweise ist es ein Code und er hat seine Aufzeichnungen verschlüsselt«, äußerte Irene. »Henry hat mir oft von verschiedenen Methoden der Verschlüsselung erzählt. Aber ... In diesem Fall scheint das nicht wirklich einen Sinn zu ergeben. Dann hätten wir nämlich andere Zahlenreihen vor uns, diese wirken viel zu glatt, viel zu ...«, Irene stockte. »Moment, diesen Namen kenne ich doch? Was macht Daniel noch mal in London?«

Überfragt hob ich die Schultern. »Etwas mit Wirtschaft?«

»Hmm, ja. Das also.«

»Also?«

»Ich meine, diesen Namen hier schon einmal gehört zu haben. Moment, ich gebe das schnell in mein Handy ein und schlage nach.« Mit geübtem Handgriff zückte Irene ihr Mobiltelefon hervor. Sorgfältig tippte ihr Zeigefinger samt rot lackiertem Fingernagel die Daten ein. »Ah, hier ist es

schon«, sagte sie schließlich. »Ja, der ist ein hohes Tier bei
einer bekannten Wirtschaftsprüffirma, die ihren Sitz in London hat. Den Namen muss ich irgendwo schon mal gehört
oder gelesen haben, daher kam er mir bekannt vor.« Zufrieden blickte sie zu mir, nachdem sie dieses kleine Rätsel entschlüsselt hatte.

»Dieser Geschäftsmann hat nicht sonderlich viel mit der
Hochzeit zu tun.« Mir fiel ein riesiger Stein vom Herzen.
Was auch immer Daniels Notizen für eine Bedeutung hatten, sie schienen keinerlei Verbindungen zu den merkwürdigen Vorkommnissen zu haben. Ich war so froh und erleichtert, dass ich die Neuigkeit am liebsten sofort Lynn mitgeteilt hätte. Doch gleichzeitig bedeutete dies auch, dass wir
ihr erklären mussten, wie wir Daniel ausgetrickst hatten.
Mit schlechtem Gewissen griff auch ich nach meinem Handy und wählte Lynns Nummer aus. Niemand hob ab.

»Sie scheint in all der Aufregung ihr Handy vergessen zu
haben. Ich sollte sie suchen gehen,« stellte ich fest. In genau
diesem Moment klopfte es an der Eingangstür zum Gartenhaus.

»Warte, ich mach das schon«, sagte Irene und schritt zur
Tür.

»Bonsoir«, draußen stand ein Mitarbeiter des Châteaus,
der mit mehreren Pappkartons beladen war. Irene wechselte
einige Worte auf Französisch mit ihm, ehe er verschwand
und sie wieder die Tür schloss.

»Unser Abendessen«, stellte Irene zufrieden fest. Gemeinsam machten wir es uns an dem runden Couchtisch gemütlich und öffneten neugierig die Kartons. Zu sehen waren
dampfende Pizzastücke mit fettig glänzendem, zerlaufenen
Käse, die mir das Wasser im Mund zusammenlaufen ließen.

Hoffentlich war es nicht allzu verwerflich, erst etwas zu essen und dann nach Lynn zu suchen.

»Ich glaube, spätestens jetzt hat Leonora ihren nächsten Nervenzusammenbruch«, sagte Irene nüchtern und kicherte in sich hinein. »Aber ein simples Essen ist besser als gar kein Essen.« Übereinstimmend lächelten wir uns an und griffen nach der Leckerei. Diese Stärkung war genau das, was ich brauchte, bevor ich Lynn von unserer Unternehmung beichten konnte.

»So ist die Stimmung ein bisschen wie bei uns auf dem Gut, findest du nicht auch?«

»Ja, hat was Gemütliches«, stimmte ich zu. »Ich kann nur hoffen, dass Leonora das auch so sieht. Jegliche außerplanmäßige Änderung macht jede Sekunde zu einem Spaziergang über ein Minenfeld.« Stumm kauend genossen wir unsere Mahlzeit.

Mit einem heftigen Stoß wurde die Eingangstür zu unserem Gartenhaus geöffnet.

»Irene! Ich hab gehört, dir geht es nicht gut? Was ist passiert? Und bei dir, Marie? Alles gut?« Große Besorgnis lag in Lynns Augen, die sich vor mich und Irene kniete. Zärtlich streichelte sie über Irenes Bein und nahm ihre Hand.

»Danke, Lynn. Mir geht es gut«, antwortete Irene und schielte verlegen zu mir herüber. »Und wenn ich ganz ehrlich bin ... Hatte ich die ganze Zeit über nichts zu beklagen.«

Verwirrt sah Lynn erst zu Irene, dann zu mir. »Aber Daniel hat mir erzählt, dass ...« Unsicher deutete Lynn zur Eingangstür. Erst jetzt nahm ich wahr, dass dort im Türrahmen auch Daniel wartete. Zögerlich betrat er das Gartenhaus.

»Moment, hat das alles etwa zu bedeuten ...« Allmählich ging Lynn ein Licht auf und sie setzte die verschiedenen Versatzstücke zu einem kompletten Bild zusammen. Den Schritt meiner, beziehungsweise unserer, Beichte konnte ich somit getrost überspringen und gleich zur Entschuldigung übergehen.

»Ich fasse es nicht ...« Gereizt erhob Lynn sich aus ihrer Hockposition. Laut ihrer Gestik hätte sie sich am liebsten die Haare gerauft, dann aber bemerkt, wie fest ihr Kunstwerk an Hochsteckfrisur mit Schaumfestiger und Haarspray der Stärke Beton befestigt war.

»Lynn, ich ... Wir dachten ... Also«, zusammenhanglos reihte ich die Satzanfänge aneinander.

»Ich dachte, wir hätten das vorhin geklärt?« Mit immer roter werdendem Gesicht verschränkte Lynn ihre Arme vor der Brust. Jedes Mal, wenn sie diese Körperhaltung einnahm, erinnerte sie mich an die Fee Tinkerbell. Jetzt, mit Hochsteckfrisur und Abendkleid mehr als jemals zuvor.

»Es war meine Idee,« sagte Irene schnell. »Ihr zwei sollt euch deswegen nicht streiten. Marie ist einfach stets so gut von meinen Vorhaben zu überzeugen, da konnte ich nicht widerstehen, sie für meine Zwecke einzubinden.«

»Entschuldigung?« Empört blickte ich zu Irene.

»Oh Gott, in welchem Film bin ich hier nur gelandet?«, fragte Lynn und fuhr sich mit ihren Fingern durch das Gesicht.

»Ja, das frage ich mich inzwischen auch. Und welche Rolle ich dabei einnehme. Ich habe das Gefühl, die Verteilung ist noch nicht ganz geklärt.« Leicht angesäuert sah ich zu Irene.

Ein Räuspern erfüllte den Raum. »Ich möchte ja nicht

aufdringlich sein, aber ich hätte da auch noch die ein oder andere Frage«, sagte Daniel schließlich. Ich hatte beinahe vergessen, dass auch er in unserer Unterkunft anwesend war.

»Gut, dass Sie das sagen«, antwortete Irene. »Aber zunächst gebe ich Ihnen das hier zurück.« Irene überreichte Daniel das zusammengelegte Jackett, auf dem das Notizbuch obenauf lag.

»Danke. Und was haben Ihre Recherchen ergeben?«

»Marie und ich sind zu dem Schluss gekommen, dass Sie nicht derjenige sind, der die Feierlichkeiten sabotiert«, erklärte Irene. »Die Inhalte, die Sie in ihrem Buch vermerkt haben, drehen sich um etwas anderes. Es hat wohl mit ihrer Arbeit in London zu tun.« Ungeniert warf Irene ihre Vermutungen in den Raum.

»Ich möchte mich noch mal für unsere Neugierde entschuldigen«, ergänzte ich. »Unter normalen Umständen schnüffeln wir nicht im Eigentum anderer herum. Eigentlich. Meistens.«

Lynn rollte mit den Augen, konnte sich aber endlich auch zu einem Lächeln durchringen. »Ja, in der einen oder anderen Situation hat uns dieses Verhalten schon geholfen«, gab sie zu. »Aber davon erzähle ich dir ein anderes Mal.«

Zurückhaltend lächelte Daniel in die Runde. »Scheint, als habt auch ihr euch bereits in Ärger begeben.« Diese Bemerkung ließ mich stutzen. »Auch? Wie kann ich das interpretieren? Dass du auch doch ... irgendwie ...«

»Ja, es nützt ja nichts.« Daniel atmete schwer aus und setzte sich auf das Sofa. »Wahrscheinlich ist es sogar gut, wenn ich die ganze Geschichte endlich mit jemandem teilen kann. Bald werde ich sowieso nicht mehr drum herumkommen, mich dazu zu äußern.«

Gebannt lauschten wir Daniels Worten. Letztendlich hatte die geheimnisvolle Atmosphäre, die wir die letzten Tage um ihn herum wahrgenommen hatten, doch ihre Berechtigung.

»Wie ihr vielleicht wisst, arbeite ich in London. Bei einer recht großen Firma, die alles rund um Wirtschaftsprüfung macht. Na ja. Zumindest habe ich dort gearbeitet.« Daniel stützte den Kopf in seinen Händen ab. Über dieses Thema zu sprechen fiel ihm sichtlich schwer. »Seit einiger Zeit schon habe ich gespürt, dass dieser Beruf mich nicht sehr glücklich macht. Dabei habe ich nichts dagegen, viel zu arbeiten, sodass der Tag auch mal länger sein kann. Es war eher die Art meiner Aufgaben. Ich wurde immer lustloser, schleppte mich von Tag zu Tag ins Büro, hatte morgens keine Lust, aufzustehen, mir fehlte jegliche Energie ... Es war schrecklich.« Daniels Worte berührten mich. Bei meiner Arbeit hatte ich die ein oder andere Geschichte von Kundinnen erzählt bekommen, die von ihrem Job ähnlich ausgelaugt waren. Manche nahmen sich eine Auszeit, um den Kopf wieder freizubekommen, sich vielleicht auch neu zu sortieren. Doch manche wurden von dieser seelischen Belastung sogar krank, benötigten eine Therapie und ausgiebige Kuren, um wieder sie selbst zu werden.

»Doch eines Tages war ein Punkt erreicht, der das Fass zum Überlaufen brachte«, setzte Daniel fort. »Ich wurde in einem neuen Bereich mit Aufgaben vertraut gemacht, die mich stutzig werden ließen. Ich überprüfte die Dokumente und die dort aufgeführten Rechnungen immer wieder und kam stets zum selben Schluss: Die Zahlen gingen nicht auf. Etwas musste komplett schiefgelaufen sein oder es war an einer anderen Stelle ein Fehler passiert. Genau das schilderte ich meinem Vorgesetzten. Der aber lächelte nur müde, zuckte mit den Schultern, setzte seine Unterschrift unter das Papier und sagte, dass alles seine Richtigkeit habe. In diesem Moment wusste ich gar nicht, wie ich reagieren sollte. Verwirrt vertraute ich mich einigen Kollegen an, die allerdings gar nicht mehr so gesprächig waren, als ich das Thema ansprach. Schließlich recherchierte ich etwas in dem Unternehmen und kam zu dem traurigen Schluss, dass viele der Rechnungen falsch waren – und zwar mit voller Absicht. Nach weiterer Recherche machte ich einen ehemaligen Mitarbeiter meiner Firma ausfindig, der bereits eine Weile zuvor die falschen Geschäfte der Öffentlichkeit geschildert hatte.«

»Ein Whistleblower!«, warf Irene ein. Ihr Gesicht leuchtete ganz rosig vor Aufregung. Daniels Schilderungen gefielen ihr anscheinend.

»Genau«, bestätigte er Irenes Ergänzung. »Er hatte festgestellt, dass er unter diesen Bedingungen nicht arbeiten kann. Und darüber hinaus: dass er nicht über diese gefälschten Geschäfte schweigen kann. Ich habe mich lange und intensiv mit ihm ausgetauscht und eigentlich war mir bereits im Voraus klar, dass auch ich nicht schweigen kann. Das, was ich gesehen hatte, war so unglaublich ... Es ist eine Welt, zu der nur die wenigsten Zugang haben, die manche womöglich auch gar nicht verstehen wollen. Und von den anderen Mitarbeitern sprach, wenn überhaupt, nur eine Handvoll über diese kriminellen Umstände. Also bekam ich immer mehr den Eindruck, dass es meine Pflicht sei, mich ebenfalls öffentlich zu Wort zu melden.«

»Und?«, fragte Lynn. »Stehst du jetzt auf deren Abschussliste? Bist du auf der Flucht oder ...?«

»Nein, so schlimm ist es noch nicht ganz«, gestand Daniel. »Ich habe mich in Nizza mit einer Reporterin getroffen. Es kam wie gerufen, dass ich eine geraume Zeit raus aus London bin. Und wahrscheinlich werde ich nicht so schnell zurückkehren. Zumindest nicht auf Dauer.«

»Also hast du der Reporterin deine Enthüllungen mitgeteilt. Und wie geht es weiter?«

»Die Reporterin hatte inzwischen Kontakt zu mehreren Whistleblowern aus unterschiedlichen Firmen. Mithilfe unserer Aussagen soll eine umfangreiche Doku erstellt werden, die diese Missstände aufdeckt und erklärt. Für dieses Projekt bin ich anonym geblieben und ich vertraue der Journalistin und ihrem Team auch. Trotzdem ist es ein merkwürdiges Gefühl. Immerhin weiß ich, wie einflussreich diese Unternehmen sind. Ach und das hier«, mit dem Zeigefinger tippte Daniel auf das Deckblatt des Notizbuches. »Das beinhaltet jegliche relevanten Namen, gefälschte Rechnungen und so weiter. Nur für den Fall der Fälle habe ich alles recht kryptisch notiert, man weiß ja nie, in wessen Hände so ein Buch gerät ...« Zwinkernd betrachtete Daniel Irene.

»Ganz recht, das haben Sie sehr gut gemacht. Fantastisch! Man könnte sagen, dass ich ganz begeistert von Ihnen bin«, äußerte Irene überschwänglich ihr Lob an Daniel. Er hatte wahrlich Mut bewiesen und vor allem Rückgrat. Wer konnte schon genau sagen, wie man sich verhalten hätte, hätte man in seiner Haut gesteckt.

»Ich hab euch doch gesagt, dass Daniel zu vertrauen ist!« Zufrieden stemmte Lynn die Hände in die Hüften. »Aber natürlich brauchtet ihr Beweise ... Vielleicht sollten wir beim nächsten Mal einfach bei der jeweiligen Person nachfragen?«

»So in etwa: Entschuldigen Sie, sind Sie kriminell?«, fragte Irene ironisch. Sie würde sich keine gute Gelegenheit nehmen lassen, eine Person näher zu untersuchen.

»Wer weiß, manchmal ist die pure Ehrlichkeit sehr entwaffnend«, entgegnete Daniel schmunzelnd. »Ich spreche da aus eigener Erfahrung ...« Im Stillen stimmte ich Daniel zu. Doch ich wollte Irene nicht ihre Einstellung nehmen, dass man manche Dinge nur durch das Überschreiten gewisser Grenzen – oder Privatsphären – herausfinden konnte.

»Das ist doch ein schöner Satz, um diesen Abend langsam zu beenden.« Lynn unterdrückte ein Gähnen. Nach all der Aufregung zeigte auch sie ein Zeichen der Erschöpfung.

Eine Frage blieb aber trotzdem noch offen: Wer sabotierte nach wie vor die Hochzeit?

Noch konnte dieser Abend nicht für beendet erklärt werden. Zumindest, was mich betraf. Dumpf hörte ich Stimmen aus dem Zimmer von Marie und Lynn dringen. Die beiden tauschten sich offensichtlich noch etwas aus, bevor sie in ihren wohlverdienten Schlaf fielen. Gut so. Dann waren sie abgelenkt und ich konnte in Ruhe dem nachgehen, was mir noch unter den Nägeln brannte. Einerseits war es überaus angenehm, dass Daniel aus dem Schneider war. Andererseits hieß es, dass ich irgendwo einen Denkfehler gemacht hatte. Dass meine Beobachtungen nicht ganz korrekt gewesen waren und ich die falschen Schlüsse gezogen hatte.

Lag diese Nachlässigkeit wirklich an meinem Alter? Oder war es der Tatsache zuzuschreiben, dass ich hier, wo die alten Erinnerungen langsam in mir aufkeimten, zunehmend abgelenkt war? Schnell schob ich diese lästigen Gedanken beiseite, sie würden mir nicht weiterhelfen, sondern mich weiter von relevanten Einzelheiten entfernen. Ich trug noch mein Outfit, das für den eigentlichen Black-Tie-Abend heute gedacht war. Nur ein dünnes Jäckchen warf ich mir noch zusätzlich über die Schultern, damit ich zu so später Stunde nicht tatsächlich anfing zu frieren. Gut gerüstet verließ ich das Gartenhaus.

Die Sterne am Nachthimmel über mir strahlten in voller Pracht, auch wenn ich meinte, dass sich an der einen oder anderen Stelle eine kleine Abendwolke dazugesellt hatte. Kein Lüftchen regte sich, nur in der Ferne war der Schall des Gelächters von Menschen zu hören. Womöglich handelte es sich dabei jedoch um die andere Gesellschaft, die ebenfalls das Château bewohnte. Vielen der Hochzeitsgäste musste inzwischen das Lachen vergangen sein. Doch sie hatten die Rechnung ohne mich gemacht. Fest davon überzeugt, den Scharlatan ausfindig zu machen, schritt ich über das Gelände des Gutes. Als einziger Begleiter war mein Gehstock an meiner Seite.

Nach wenigen Minuten hatte ich das Haupthaus und somit die Empfangshalle des Châteaus erreicht. Bei der Rezeption angekommen sah ich mich zunächst um. Auch hier war ein lebhaftes Gerumpel und Geklöter deutlich zu hören, doch anders, als diese Geräusche vermuten ließen, war niemand in diesen Räumlichkeiten zu sehen. Ohne weitere Zeit zu verschwenden, betrat ich hinter dem Empfangstresen einen Flur, der mit dem Schild *Staff Only* gekennzeichnet war. Sofort erkannte ich, wie einige Mitarbeiter hier hinter den Kulissen mächtig am Rotieren waren. Gut, mit unserer Gruppe und den speziellen Ereignissen hatten sie auch wirklich keine leichte Zeit bei ihrer Arbeit. Schnell äußerte ich meine Frage, die nach einem kurzen Blick in das Reservierungsbuch beantwortet werden konnte.

»Quatorze, merci beaucoup.« Ich ließ die Bediensteten in Frieden ihre Schicht beenden oder beginnen, je nachdem, wer gerade wie eingeteilt war, und steuerte mein Ziel, das Zimmer Nummer 14 an.

Mit dem Fingerknöchel klopfte ich gegen die Tür, die nur wenige Zeit später geöffnet wurde.

»Danke, aber ich habe wirklich kein Sandwich ... Oh,

Sie sind nicht der Zimmerservice.«

»Guten Abend. Nein, der bin ich leider nicht, aber offensichtlich benötigen sie diesen gerade auch gar nicht.« Mit einem Lächeln bat Yves Leopold mich, in sein Zimmer zu treten.

»Was kann ich für Sie tun? Haben Sie einen bestimmten Auftrag im Kopf, den ich für Sie übernehmen soll?« Auf eine Art, die einem Angst einjagen könnte, grinste der Fotograf mich an und wippte auf seinen Fußballen nach vorn und nach hinten. Er wirkte durchaus etwas schräg, doch wenn mich nicht alles täuschte, hatte er auch etwas Liebenswertes an sich.

»Damit haben sie den Nagel ziemlich auf den Kopf getroffen«, bestätigte ich seine Annahme.

»Gut, an was genau dachten Sie? Ein Familienporträt im klassischen Stil? Oder doch Aufnahmen nur von Ihnen? Für einen Geburtstag oder eine andere Art des Jubiläums?« Mit interessierten Augen betrachtete mich der Fotograf, der sogleich Stift und Zettel für etwaige Notizen gezückt hatte.

»Ich fürchte, da muss ich Sie leider enttäuschen«, gestand ich. »Worum ich Sie bitte, verlangt vielleicht weniger von Ihrem kreativen Gespür. Doch es ist nicht weniger wichtig. Nein, ganz im Gegenteil. Mit ihrem Einsatz kann etwas ganz Großartiges geschaffen werden.«

»Sprechen Sie weiter.«

»Meine Bitte ist, dass Sie mir Abzüge von den Fotos geben, die bisher auf der Hochzeit gemacht wurden.«

»Wenn ich es so sagen darf, das ist ein recht ungewöhnlicher Wunsch. Den ich unmöglich erfüllen kann. Unmöglich.« Kopfschüttelnd bewegte Yves Leopold sich durch das Zimmer. »Frau Herzog hat mir genaue Anweisungen für die

Fotografien gegeben und ... nun ja, durch gewisse Umstände konnte ich nicht immer genau die Momente einfangen, die gewünscht wurden. Sie verstehen?«

»Ja, durchaus. Ich war ja dabei. Aber was sagen Sie, wenn ich Ihnen erzähle, dass Ihre Bilder Aufschluss darüber geben, wer für diese gewissen Umstände verantwortlich zu machen ist? Meinen Sie nicht, dass das dann auch im Sinne von Frau Herzog wäre?«

»Hmm.« Angespannt nestelte der Fotograf an seinem Handgelenk herum.

»Ich kann sehr gut verstehen, dass Sie ihre Kunden mit dem Auftrag zufriedenstellen wollen und dass Ihnen dies bisher kaum möglich war. Also betrachten sie dieses Vorgehen als Chance. Was haben Sie schon zu verlieren?«

»Meine Reputation«, antwortete Yves Leopold wie aus der Pistole geschossen.

»Ich versichere Ihnen, dass niemand außer mir diese Fotos, die nicht für die Öffentlichkeit bestimmt sind, zu Gesicht bekommen wird. Sie sind reine Beweismittel. Sollte sich eines der Bilder als Hinweis auf denjenigen herausstellen, der diese Feierlichkeiten sabotiert, müsste es unter Umständen noch von der ein oder anderen Person gesehen werden ...«

Der Fotograf wirkte noch immer leicht unglücklich, doch so langsam schien ich mit meinen Worten zu ihm durchzudringen.

»Vielleicht haben Sie recht und die Bilder können von großer Hilfe sein ...«

»Genau. Und wenn nicht, werde ich kein Sterbenswörtchen über sie verlieren und sie werden in ewiger Vergessenheit landen.« Vielleicht war der letzte Part meiner Aussage etwas zu harsch. Ich kannte sensible Künstler-Persönlichkeiten, bei denen nur der falsche Augenaufschlag für Rückzug sorgen konnte.

»Morgen«, sagte er schließlich. »Morgen werde ich alles für Sie vorbereitet haben. Die Entwicklung dauert etwas, wie Sie wissen, ist alles analog fotografiert. Ich werde einen guten Freund kontaktieren, der ganz in der Nähe ein Fotostudio besitzt. Ich benötige gewisse Gerätschaften für die Entwicklung … Morgen werden Sie alles, was Sie benötigen, zur Verfügung haben. Und dann denken Sie bitte noch mal über Porträtfotografien von sich nach.«

Anders als am Morgen zuvor wollte ich heute ursprünglich nicht früh aufstehen. Ich hatte vorgehabt, mich so gut es ging auszuschlafen, von allen Erlebnissen zu erholen und in meinen Träumen die letzten Tage zu verarbeiten. Doch daraus wurde nichts. Von lautem Rumpeln und Grummeln wurde ich hochgeschreckt. Reflexartig schob ich die Gardine vor dem Fenster ein kleines Stück zur Seite, um nach draußen zu spähen.

Oje. Der Anblick, der sich mir bot, war alles andere als ermutigend. Schnell schälte ich mich aus meiner Bettdecke. Ein kurzer Blick zum Bett von Marie verriet mir, dass sie, anders als ich, nicht von dem draußen tobenden Lärm aus dem Schlaf geschreckt wurde. Ich entschied mich, sie noch ein wenig schlafen zu lassen. Von dem nächsten Unheil würde sie noch früh genug erfahren. Rasch wechselte ich meine Kleidung und verließ das Gartenhaus. Fest schlang ich meine Kapuzenjacke um meinen Körper, als ich, so schnell ich konnte, zum Garten des Châteaus rannte. Dicke Regentropfen prasselten auf mein Gesicht und hierließen dort einen nassen Film. Der Baumwollstoff meiner Jacke hatte in wenigen Sekunden den Regen aufgesogen und klebte kalt und schwer an meinem Körper. Ohne die Bewegung hätte ich womöglich sofort angefangen zu frieren.

Beim Garten angekommen spürte ich direkt die hektische Stimmung. Die Mitarbeiter des Châteaus kommunizierten lautstark miteinander und waren dabei, sämtliche Möbelstücke, die für die Hochzeit gestern im Freien aufgebaut worden waren, ins Innere des Châteaus zu tragen. Papierservietten und Blumenschmuck hatten den Regen wie ein Schwamm aufgesogen und lagen wie Klumpen von Matsch trostlos in der Gegend herum. Das Geschirr, das bereits bei der Buffettafel aufgebaut war, sammelte das Wasser in sich und konnte so auch für Vogeltränken in den unterschiedlichsten Formen gehalten werden. Die Tinte auf den Sitzplatzkarten war unleserlich geworden, teilweise komplett verschwunden und vermittelte einen Eindruck von verlaufener Wimperntusche. So in der Art musste es aussehen, wenn etwas im wahrsten Sinne des Wortes ins Wasser fiel. Wie paralysiert stand ich inmitten der rotierenden Mitarbeiter, unfähig mich zu bewegen oder etwas Hilfreiches zu dem Geschehen beizutragen. Stattdessen beobachtete ich weiterhin die anderen. Dabei blieb mein Blick an einer Person haften, die in etwas Entfernung auf der Terrasse stand und das Geschehen von dort aus überblickte. Anders als meine war die Position dort überdacht.

Ohne weiter nachzudenken, machte auch ich mich auf den Weg zur Terrasse. Je näher ich ihr kam, desto mehr schärften sich die Details der Person. Mit den Armen vor der Brust verschränkt und einer Kaffeetasse in der einen Hand betrachtete meine Mutter die traurige Szene. Ganz unüblich für sie, trug sie legere Freizeitkleidung, hatte die Haare zu einem unordentlichen Dutt frisiert und auf Make-up verzichtet.

»Hey, ich bin vom Donnern aufgewacht«, versuchte ich, das Gespräch zu starten. Meine Mutter wirkte verletzlicher auf mich, als ich sie jemals gesehen hatte. Und in so einem Moment kam gerade ich auf sie zu, wo es doch gestern so zwischen uns geknallt hatte.

»Du bist ja ganz nass, Lynn. Möchtest du einen Kaffee?« Ohne mich anzusehen, trat meine Mutter in den Aufenthaltsraum, der an die Terrasse angrenzte.

»Ich trinke lieber Tee«, antwortete ich, während ich meiner Mutter folgte. Dabei bemühte ich mich um einen neutralen, vielleicht sogar freundlichen Ton.

»Tee gibt es auch«, entgegnete meine Mutter schlicht. Aus einer der silberfarbenen Kannen füllte sie heißes Wasser in eine Tasse. Anschließend reichte sie mir diese und deutete auf eine Schale, in der verschiedene Teebeutel drapiert waren.

»Hier, welchen möchtest du? Zucker? Oder vielleicht auch Milch?« Während meine Mutter mir diese Fragen stellte, ließ sie sich völlig erschöpft in einen gepolsterten Sessel fallen. Seufzend vergrub sie ihr Gesicht in den Händen.

»Ich weiß, es ist ziemlich Mist, mit dem Wetter. Aber wir können bestimmt noch umdisponieren, da fällt uns schon etwas ein. Bis hier hat es doch auch geklappt, da können wir doch nicht auf den letzten Metern ...«

»Die Hochzeit ist im Arsch.« Geschockt riss ich meine Augen auf. Meine Mutter fluchte? »Aber darum geht es mir gerade auch gar nicht. Im Augenblick ...« Meine Mutter sprach nicht weiter. Sie sah zu mir, mit einem für mich schwer zu deutenden Gesichtsausdruck. Er hatte etwas Weicheres an sich als die letzten Tage und ich meinte auch Melancholie, Zweifel und etwas Entschuldigendes darin zu lesen. Konnte das möglich sein?

»Was beschäftigt dich?«, fragte ich und spielte verlegen mit meinem Teebeutel herum.

»Du bist meine Tochter, Lynn. Meine Einzige. Und ich weiß nicht, dass du lieber Tee als Kaffee trinkst.« Laut schluchzte meine Mutter auf. Ich schluckte allen falschen Stolz, jede Wut der Vergangenheit herunter und hockte mich vor meine Mutter.

»Ich weiß nicht mal, wie du deinen Tee trinkst. Ob du Zucker nimmst oder nicht, ob du ganz ausgefallen bist und einen Schluck Milch dazu nimmst ... Kenne ich dich überhaupt?« Das Schluchzen meiner Mutter war in ein Wimmern und Weinen übergegangen. So zerbrechlich wie in diesem Moment hätte ich sie mir vor wenigen Stunden nicht vorstellen können. Auch ich fühlte ein schmerzliches Stechen in meinem Körper. Vorsichtig griff ich nach der Hand meiner Mutter. Eine Stimme in meinem Kopf sagte mir, dass sie dieser Berührung ausweichen würde, oder meine Hand gar wegschlagen würden. Wie von selbst dachte ich an Daniels Worte gestern Abend am Strand. Ich ging weiter auf meine Mutter zu und entgegen meinen Befürchtungen lehnte sie diese Annäherung nicht ab, sondern verfestigte den Griff ihrer Hand. Zusätzlich legte sie ihre andere Hand darüber.

»Ich war einfach lange weg«, sagte ich schließlich leise.

»Nein, Lynn. Es wäre nicht richtig, wenn du alle Schuld nur auf dich nimmst.«

»Du meinst, das war gutes Teamwork?«

Auf dem von Tränen besetzten Gesicht meiner Mutter deutete sich ein vages Lächeln an. »Wenn du so willst ... Ja, möglicherweise. Ich habe mich gestern noch mit deinem Vater gestritten ...«

»Warum? Wegen mir?«

»Nein, nicht wegen dir. Er hat mir deutlich zu verstehen gegeben, was er von meinem Verhalten hält. Er sagte, dass es nicht gesund sei, wenn ich immer versuche, alles zu kontrollieren.«

»Aber du bist eben so«, ergänzte ich.

»Genau, eigentlich kennt dein Vater meine Art sehr genau. Vielleicht passen wir auch deswegen so gut zusammen? Auch wenn das für manche Außenstehende im ersten Moment kaum nachvollziehbar sein mag. Aber er ist eben mein Ruhepol. Doch als er mir all das gesagt hat, habe ich auf einmal etwas verstanden.« Einen Augenblick lang herrschte Stille zwischen mir und meiner Mutter. Im Hintergrund war nur dumpf das Stimmengewirr der Mitarbeiter zu hören, die noch damit beschäftigt waren, das Mobiliar vor dem Regen zu schützen. »Wahrscheinlich …«, langsam strich meine Mutter sich über ihre Arme, so, als sei ihr inzwischen frisch geworden. »Ich habe noch nie so darüber nachgedacht, dass du das Gefühl hast, ich wolle dich kontrollieren oder ändern.«

»Doch, so habe ich mich immer gefühlt.« Langsam senkte ich den Blick. Auch wenn es unangenehm war, meiner Mutter und mir gleichermaßen wehtat, so war doch genau jetzt der richtige Moment, sich zu sagen, wie wir uns fühlten.

»Ich wollte das nicht.« Das Kinn meiner Mutter begann zu zittern. »Ich wollte nur das Beste für dich. Dachte ich. Aber vielleicht habe ich das Wesentliche aus dem Blick verloren und wollte das Beste für mich. Bin ich so verdammt egoistisch? Ein Scheusal?« Ein Schauer durchzuckte meinen Körper. Die Ehrlichkeit meiner Mutter brachte mich innerlich zum Beben. »Ich wollte doch nur, dass es dir an nichts fehlt. Dass du die gleichen Chancen und Möglichkeiten bekommst wie dein Bruder. Dass du ... Dass du glücklich bist.« Die letzten Worte nahmen mir beinahe den Atem. War ich etwa die ganzen Jahre über undankbar gewesen? Hatte ich mich zu sehr gegen meine Mutter gestellt?

»Erst jetzt verstehe ich, dass vieles von dem, was wir, was du, durchgemacht hast, nicht das Richtige für dich war.«

»Ich dachte immer, dass ich ... nicht gut genug wäre«, platzte es aus mir heraus, noch bevor ich meine Aussage weiter überdenken konnte.

»Ach, Lynn.« Sanft umfasste meine Mutter mein Gesicht. »Ich dachte immer, ich wäre schuld daran, dass du zu kämpfen hast. Dass ich etwas falsch gemacht habe. Was letztendlich dazu führte, dass ich alles falsch gemacht habe. Diese dämliche Geschichte mit der Kanzlei. Die habe ich doch nur erzählt, um mich selbst besser zu fühlen. Außerdem habe ich keine Ahnung, was du den ganzen Tag in den Stallungen auf dem Gut machst. Die Tätigkeit als Rechtsgehilfin konnte ich wenigstens etwas mit Inhalt füllen.«

»Mum ... Ich gehöre einfach so, wie ich bin. Da hat doch niemand etwas falsch gemacht.«

»Genau. Und erst gestern Abend, nach dem Streit mit deinem Vater, war mir das so klar wie noch nie zuvor.«

»Hmm, Daniel hat etwas Ähnliches gesagt. Er meinte, dass wir wahrscheinlich eigentlich dasselbe empfinden, aber von dem Gegenteil ausgehen. Und deswegen Kommunikationsschwierigkeiten haben.«

Schniefend lachte meine Mutter auf. »Damit hat er den Nagel ziemlich auf den Kopf getroffen. Und deine Freundin

Marie ... Ich habe den Eindruck, dass sie auch zwischen uns vermitteln wollte. Ich muss mich unbedingt bei ihr entschuldigen. Dass ich so dermaßen die Fassung verloren habe ... Ich schäme mich.«

»Marie ist großartig«, stimmte ich zu. »Sie hat ein Herz aus Gold und wird dir sofort verzeihen. Vor allem wird sie sich unglaublich darüber freuen, wenn ich ihr erzähle, dass wir wieder auf dem Weg sind, uns anzunähern. Sind wir doch, oder?« Meine Mutter antwortete auf diese Frage nicht mit Worten. Stattdessen schlang sie ihre Arme um mich, so fest, dass es beinahe wehtat. Niemand konnte uns die Jahre zurückgeben, in denen wir so gut wie gar nicht miteinander gesprochen haben. Und wenn, war kaum ein nettes Wort gefallen. Diese Erkenntnis sorgte dafür, dass ich einen immensen Druck in meinem Magen verspürte. So, als würde es dabei helfen, dieses unangenehme Gefühl abzuschwächen, verstärkte ich die Umarmung zusätzlich, auch, wenn dies kaum möglich war. Wie zwei Klammeräffchen verharrten meine Mutter und ich eine Weile in dieser Position, während das Wetter den Anschein machte, als würde um uns herum die Welt untergehen.

»Es ist schön, dass du so tolle Freundinnen gefunden hast«, sagte meine Mutter schließlich, als wir uns wieder losgelassen hatten. »Und nach diesem ganzen Schlamassel hier möchte ich sie gerne noch mal ganz in Ruhe kennenlernen.«

»Da werden sie sich freuen. Wie ist eigentlich der Plan? Wie geht es jetzt weiter mit der Hochzeit?«

»Es gibt keinen Plan mehr.« Bedrückt ließ meine Mutter den Kopf hängen. »Der Festsaal ist nicht zu betreten und ein weiterer Raum wird von der anderen Gesellschaft benötigt.

Ich denke, wir werden sie einfach verschieben.«

»Was? Nach allem, was passiert ist? Nach all den Plänen B, C, D, E ...? Jetzt aufgeben? Auf keinen Fall!«

»Aber was sollen wir nur machen, Lynn? Ich meine, niemand kann das Wetter beeinflussen, das ist eine höhere Gewalt. Aber da irgendwer tatsächlich versucht hat, die Feierlichkeiten zu manipulieren ...? Meinst du wirklich, dass, egal was wir planen, nicht im letzten Moment noch irgendetwas dazwischenkommen wird?«

»Hmm, das mag vielleicht der Fall sein. Aber sollten wir wirklich so kurz vor dem Ziel aufgeben? Und da wir gerade von meinen grandiosen Freundinnen gesprochen haben ... Klär du mit Papa doch deinen Streit von gestern. Ich werde mich in der Zeit mit dem Krisenstab beraten. Das bekommen wir hin, da bin ich fest von überzeugt.«

Auch wenn der Abend gestern lang und aufregend gewesen war, hielt mich das nicht davon ab, heute in aller Frühe aufzustehen. Ein Blick aus meinem Fenster riet mir, möglichst regendichte Kleidung anzuziehen. Der Weg zum Haupthaus des Châteaus war nicht unbedingt weit, doch ich wollte vermeiden, mich währenddessen wie ein Stück Würfelzucker in warmem Kaffee aufzulösen.

Nachdem ich über die inzwischen matschigen Sandwege des Châteaus gegangen war, hatte ich das Zimmer von Yves Leopold erreicht. Hoffentlich hatte er sein Versprechen eingehalten und die Fotos entwickelt.

»Sie sind wirklich sehr früh.« Ein gähnender Yves Leopold öffnete mir die Tür und bat mich, sein Zimmer zu betreten. Die Schatten unter seinen Augen verrieten, dass seine Nacht äußerst kurz gewesen war.

»Ich hoffe, nicht zu früh«, antwortete ich. »Waren Sie erfolgreich?«

»Das hängt ganz davon ab, wie man dieses Wort definiert. Ich habe die Bilder entwickelt, wenn Sie das meinen.« Yves Leopold wedelte mit einem weißen Umschlag in der Luft hin und her.

»Das würde ich definitiv als erfolgreich bezeichnen«, sagte ich und wollte ihm den Umschlag abnehmen. Doch so weit kam ich nicht. Zögerlich wich Yves mit dem Umschlag zurück.

»Ich bin mir immer noch nicht ganz sicher, warum ich das tue«, sagte er leidend. »Es muss an Ihrem Profil liegen, so interessant! Haben sie über die Porträt-Aufnahmen nachgedacht?« Ich konnte mir beim besten Willen nicht vorstellen, warum der Fotograf auf einer Fotosession mit mir beharrte. Ich war nicht hässlich, das nicht. Aber gab es für Fotografen wie ihn nicht weitaus spannendere Jobs? Vielleicht aber musste ich seiner Bitte vorerst nachgeben, um endlich an die Fotos zu kommen.

»Wir können diese Idee gerne abseits des Trubels noch mal im Detail besprechen.« Bei diesen Worten bewegten sich die Mundwinkel des Fotografen nach oben und er machte einen nicht mehr ganz so müden Eindruck.

»Sicher, warum nicht?« Der arme Mann hatte sich meinetwegen die halbe Nacht um die Ohren geschlagen, obwohl er heute den gesamten Tag arbeiten musste. Da konnte ich ihm auch einen kleinen Gefallen tun.

»Ich werde mich nun zurückziehen, dann können Sie sich in Ruhe auf die Hochzeit vorbereiten«, sagte ich und legte meine Hand auf die Türklinke.

»Gut, aber seien Sie vorsichtig mit den Bildern«, mit dem Zeigefinger deutete er auf den Umschlag in meiner Hand. »Passen Sie auf, dass sonst niemand sie zu Gesicht bekommt. Also, am besten suchen Sie sich einen Ort, an dem Sie ganz ungestört sein können.«

Ich befolgte den Ratschlag von Yves Leopold und verstaute die Fotos in meiner Tasche. Anschließend verließ ich sein Zimmer und überlegte, welcher Platz zur Durchsicht der Bilder geeignet war. Marie und Lynn wuselten im Gartenhaus herum, sollte ich mit ihnen diese Aufgabe gemeinsam bestreiten? Nein, ich würde mich dieser zunächst alleine zuwenden. Ich brauchte etwas, das meinen Geist beschäftigte.

Langsam schritt ich die Treppen zur Empfangshalle des Châteaus hinab. Bereits auf der vorletzten Stufe stach mir das Symbol, das auf eine Toilette gleich links neben der Rezeption hinwies, ins Auge. Man nannte es ja nicht umsonst stilles Örtchen. Ich beschloss, in einer der Kabinen meiner Recherchearbeit nachzugehen. Schnurstracks steuerte ich auf die Tür und anschließend auf eine der Kabinen zu. Erst als ich den kleinen Riegel verschlossen hatte, klappte ich den Toilettendeckel hinunter und machte es mir bequem. Zum Glück war es hier sehr sauber und die Lichtverhältnisse optimal.

Mit gespreizten Fingern fischte ich in meiner Handtasche nach dem Umschlag und wurde nach kurzem Wühlen fündig. Mit meiner Lupe als Hilfsmittel betrachtete ich sorgfältig ein Bild nach dem anderen. Auf einem Foto war Marie in ihrem zusammengewürfelten Outfit beim Sektempfang zu sehen. Neben ihr stand eine grimmig dreinschauende Lynn. Auf den nächsten Bildern war die White Night abgelichtet. Zu erkennen war, wie Lynn und ich mit Servietten versuchten, das von Marie verschüttete Getränk von Esstisch wegzuwischen. Es schien, als habe Yves Leopold tatsächlich stets in den richtigen Momenten auf den Auslöser gedrückt. Doch noch hatte ich keinen Hinweis gefunden, wer etwas gegen die Hochzeit im Schilde führte. Penibel suchte ich Zentimeter für Zentimeter der Fotografien ab. Es waren nicht mehr viele Bilder übrig und so langsam hoffte ich, überhaupt noch etwas Aussagekräftiges auf ihnen finden zu können. In mir machte sich allmählich eine leichte Enttäuschung breit, da stockte mein Atem: Während des Black-Tie-Abends war ein interessanter Moment festgehalten worden. Hieß das ...? Ich ging mit der Lupe so dicht an das Bild, dass ich beinahe mit meiner Stirn den Abzug berührte.

Das war es, wonach ich gesucht hatte! Sofort packte ich die Bilder zurück in den Umschlag. Ich musste schleunigst zu den anderen, ihnen von meiner Entdeckung berichten, sie womöglich sogar warnen! Hektisch fummelte ich an dem Kuvert herum und stopfte es zurück in meine Handtasche. Verwundert bemerkte ich, dass sich ein weiterer Umschlag in meiner Tasche befand. Hatte Yves Leopold mir etwa zwei in die Hand gedrückt, ohne, dass ich es im ersten Moment bemerkt hatte? Mit zusammengekniffenen Augen holte ich einen weiteren Umschlag hervor. Anders als der erste war dieser beschriftet. Warum hatte sich Yves Leopold extra die Mühe gemacht? War dies ein Teil seiner Taktik, damit der Umschlag nicht aus Versehen in falsche Hände geriet? Aber stand nicht sogar meine vollständige Adresse auf dem Umschlag? Woher sollte der Fotograf überhaupt meine Adresse haben und ...?

Mir wurde ganz anders, als ich die auf den Umschlag notierten Namen und Anschriften las. Nein, das durfte nicht sein! Mit zittrigen Fingern kramte ich erneut in meiner Tasche und ... holte den anderen Umschlag hervor. Dieser war von Yves. Der zweite jedoch war der, den ich vom Flughafen aus versenden wollte, mit dem Einspruch, den ich gegen dieses unverschämte Blitzerfoto einlegen wollte!

Hektisch stopfte ich die Umschläge zurück in die Tasche, sodass sie etwas zerknickten. Doch ich hatte keine Zeit, mich um so etwas Nebensächliches wie Sorgfalt zu kümmern. Ich musste unbedingt raus aus dieser Kabine, jetzt!

Es fühlte sich an, als hielt jemand seine Hände um meine Kehle und drückte diese beständig immer fester zu. Mit schweißnassen Händen rüttelte ich am Schloss und am Knauf der Tür, da diese sich plötzlich nicht mehr öffnen lassen wollte. Ruckartig ließ ich mich gegen die Tür fallen, zog und drückte diese in alle erdenklichen Richtungen, bis sie endlich aufsprang und ich aus der Kabine fiel. Glücklicherweise stolperte ich nur und landete nicht direkt auf dem Boden. Im Spiegel über den Waschbecken, an dem ich mich festkrallte, erkannte ich mein gerötetes Gesicht. Ich sah wirr aus, ängstlich. Ich sah genau so aus, wie ich nie sein wollte, mich nie fühlen wollte. Hastig drehte ich einen der Wasserhähne auf und ließ mir die kalte Flüssigkeit über die Handgelenke laufen. Das musste doch etwas bringen! Auch nur für einen kurzen Moment, bis ich ... Ja, was sollte ich überhaupt tun? Ich beschloss, dass es am besten wäre, direkt zum Gartenhaus zu gehen. Wenn ich Marie und Lynn um mich hatte, würde es mir sofort besser gehen.

Mit diesem Plan wollte ich die Toilette verlassen. Ich redete mir ein, dass es mir gleich besser gehen würde, doch ein pochender Schmerz durchzuckte meinen Kopf. Ich vernahm einen unangenehmen Schwindel, der die Welt um mich herum zum Wanken brachte. Mit noch festerem Griff klammerte ich mich erneut an dem Waschbecken fest, sodass die Fingerknöchel an meinen Händen weiß leuchtend hervortraten. Zweifel überkamen mich, ob ich den Weg zum Gartenhaus auch wirklich schaffen würde. Hatte mein derzeitiges Befinden wirklich nur mit dem vergessenen Brief zu tun? Aufdringliche kleine Schweißtröpfchen bildeten sich inzwischen auf meinem gesamten Gesicht. Und dass, obwohl die Temperaturen durch das Gewitter deutlich angenehmer geworden waren. Rasch zückte ich mein Lieblingstaschentuch hervor, das an der einen Ecke mit meinen Initialen bestickt war. Womöglich machte ich gerade den Eindruck einer im Küchengerät erneut verquirlten Trümmertorte. Vorsichtig tupfend flackerten Erinnerungen vor meinem geistigen Auge auf.

Henry. Er hatte mir dieses Taschentuch geschenkt. Nur wenige Tage zuvor hatte er nach meiner Lieblingsfarbe gefragt. Niemals würde ich sein verschmitztes Lächeln vergessen, das immer dann auf seinem Gesicht erschien, wenn er eine Überraschung plante. Wie lange war das jetzt her? Etwa um die 50 Jahre? Ein halbes Jahrhundert? Konnte das möglich sein?

Angestrengt stützte ich mich auf meinem Gehstock ab. Verzweifelt kam mir dieser Versuch vor, irgendwo nach Halt zu suchen. Ja, beinahe schon erbärmlich.

»Wie bitte?«, blinzelnd sah ich in Richtung Boden. Mir war, als stand dort die Gans, die das Château bewachte. Sah ich bereits Gespenster? Doch statt mir weiter darüber Gedanken zu machen, hörte ich bloß das Blut in meinen Ohren rauschen und es war, als habe mir jemand den Kopf mit Watte vollgestopft.

»Wie bist du hier hereingekommen?«, fragte ich die Gans. Wiederholt bemühte mich um Klarheit in meiner Stimme. Nichts war klar. Alles um mich herum verschwamm und wirkte für einen Moment wie eine reine Illusion, während die Realität die aufblitzenden Erinnerungen der Vergangenheit waren.

So ungefähr musste es sich anfühlen, wenn man Weihnachten verschlafen hatte. Noch etwas müde schlich ich durch das Gartenhaus, doch nirgends war eine Spur von meinen beiden Freundinnen zu sehen. Lynns Bettdecke hing schlaff über der Matratze und ließ einen Blick auf das zerwühlte Laken zu. Nachdem ich unser Zimmer verlassen hatte, klopfte ich vorsichtig an Irenes Zimmertür und öffnete diese einen Spalt. Auch hier herrschte bis auf ihr Gepäck gähnende Leere. Dass beide sich zur selben Zeit im Bad aufhielten, konnte ich ebenfalls ausschließen. Für zwei Menschen wäre hier nie im Leben genug Platz. Eigentlich nicht einmal für mich allein, wenn ich ehrlich sein wollte. Verwundert trat ich an das Fenster im Wohnbereich und bemerkte erst jetzt, dass es wie aus Eimern schüttete. Rinnsale bildeten sich auf den Sandwegen, die das Regenwasser gemeinsam mit aufgeweichtem Schlamm und Blättern der Bäume davonspülten. Oje, das würde die Hochzeitsfeier im Freien unmöglich machen. Das schwarze Ungetüm aus nicht enden wollenden Regenwolken am Himmel ließ darauf schließen, dass es sich hier um mehr als einen schnellen Schauer handelte. Just in diesem Moment zuckte ein grell leuchtender Blitz am Horizont flackernd auf und bestätigte meine Annahme. Dieses Unwetter war eher eins der Marke Weltuntergang. Waren Irene und Lynn deswegen so früh unterwegs? Vielleicht bauten sie gerade ein riesiges Festzelt auf, damit wir nachher ohne Probleme die Feier genießen konnten? Und ich gammelte hier unproduktiv in meinem Schlafanzug herum ... In meiner Handtasche suchte ich nach meinem Handy. Weder Irene noch Lynn hatte mir eine Nachricht hinterlassen. Stattdessen blinkte der Name von Tim auf dem Display auf.

Tim: Was für ein Wetterumschwung ... Wie laufen die Feierlichkeiten? Irgendwelche Zwischenfälle?

Mit meinen Daumen tippte ich eine Antwort.

Marie: Ist alles genau so stürmisch wie das Wetter draußen. Berichte bald mehr.

Ich legte mein Handy beiseite. Nachdenklich knetete ich mein Kinn, als meine Grübeleien durch eine weitere Beobachtung unterbrochen wurden. Dort auf den Sandwegen rannte eine Person, die die Kapuze ihrer Sweatjacke tief in ihr Gesicht gezogen hatte. Fokussiert kam die Person auf das Gartenhaus zu und betrat dieses schließlich.

»Du bist wach, gut.« Eine pitschnasse Lynn stand vor mir. Sie schnaufte leicht nach ihrem Spurt, hatte ihren Atem aber schnell wiedergefunden. »Wie du siehst, versucht das Wetter uns einen Strich durch die Rechnung zu machen«, durch das Fenster deutete sie nach draußen.

Ich nickte eifrig. »Ich habe mich bereits gefragt, was nun mit der Hochzeitsfeier ist«, sagte ich.

»Genau darum geht's ... Ich muss mich schon gleich fertig machen, bis zur standesamtlichen Trauung dauert es nicht mehr lang. Aber wo soll inzwischen für die Feier alles aufgebaut werden? Der Festsaal stinkt, die andere Gesellschaft wuselt auch auf dem Château rum, draußen schwimmt uns alles weg, so schnell noch eine neue Location zu finden ...« Nach dieser Aufzählung der nicht mehr vorhandenen Alternativen ließ Lynn sich erschöpft auf das Sofa fallen. Grübelnd stützte sie ihren Kopf in die Hände und wuschelte sich durch die teilweise feuchten Haare.

»So bekommst du bestimmt gutes Volumen in deine Frisur«, entgegnete ich und hoffte, mit dieser Bemerkung für etwas Lockerheit sorgen zu können. Mit großen Augen sah Lynn zu mir.

»Marie, ich habe vorhin mit meiner Mutter gesprochen.« Ich setzte mich neben Lynn, die mir von dem Gespräch mit ihrer Mutter berichtete.

»Lynn, das ist ja fantastisch«, sagte ich und merkte, wie sich eine nicht zu leugnende Wärme in meinem Körper ausbreitete.

»Ja, das stimmt. Aber ich will es nicht sofort wieder versauen.«

»Was meinst du damit?«

»Ich habe meiner Mutter gesagt, dass wir eine Lösung finden. Dass die Hochzeitsfeier stattfinden wird. Dass wir ihr helfen. Ich möchte ihr zeigen, dass sie sich von Zeit zu Zeit auch helfen lassen kann. Aber ich habe keinen blassen Schimmer, wo wir all diese Gäste unterbringen sollen.«

Verständnisvoll sah ich meine Freundin an. »Lynn, beruhige dich. Du versaust hier doch nichts.«

»Vielleicht habe ich aus Versehen ein leeres Versprechen gemacht?«

»Nein, so ein Quatsch. Außerdem weißt du doch, wenn

wir eins können, dann improvisieren.«

»Also hast du eine Idee?«

»Nein, nicht direkt.«

»Oh Gott, oh Gott ...«

Sanft tätschelte ich Lynns Schulter. »Mach dich doch schon mal fertig, uns wird noch etwas einfallen.« Geknickt erhob Lynn sich von dem Sofa und trottete mit hängendem Kopf in unser Zimmer. Ehrlich gesagt hoffte ich inzwischen, dass ich nicht diejenige war, die leere Versprechen gemacht hatte. Nervös durchsuchte ich meine Handtasche und schaute nach, ob sich hier noch ein kleines Bonbon, eine kleine Packung Kekse, irgendwas befand. Ein bisschen Nervennahrung zum Nachdenken. Tatsächlich fand ich dort etwas, das einst ein Bonbon gewesen sein konnte. Vielleicht hatte es sich inzwischen in eine Art Fossil verwandelt? Während ich so sinnierte, wurde ich auf einen anderen Gegenstand aufmerksam. Die Karte der Parfümerie der Teisseirs. Zufrieden drehte ich die Karte zwischen meinen Fingern, ehe ich zu Lynn eilte.

»Ich hab's!«, rief ich euphorisch und eilte zu Lynn. »Die Parfümerie ist perfekt! Hier wird die Hochzeitsfeier stattfinden!« Triumphierend wedelte ich mit der Karte vor ihrem Gesicht herum.

»Kann man denn dort ...« Lynn zögerte und wollte gerade einen Einwand äußern, als ich sie unterbrach.

»Dort ist es trocken, es ist groß genug für alle, ich wüsste nicht, was dagegensprechen sollte. Wir sollten sofort allen von dieser Idee berichten. Daniel freut sich bestimmt, wieder alle chauffieren zu dürfen.« Bei dieser Bemerkung schnaubte Lynn nur noch, doch sie zückte ihr Telefon hervor und rief sogleich ihren Bruder an.

»Er sagt, dass es klappen sollte. Sie brauchen nur jede helfende Hand, die zur Verfügung steht. Es muss ja noch alles organisiert werden: Essen, Tische, Musikanlage, eine Fläche zum Tanzen, Deko ... Und einige von uns sind ja gleich schon beim Rathaus.«

»Ja, das schaffen wir schon. Nun mach dich fertig, ich glaube, das wird eine ganz besondere Hochzeit.«

»Besonders, einzigartig. Ja, das trifft es wohl.«

»Und genau das wollen doch sonst immer alle, oder?« Ich half Lynn dabei, ihre Frisur und ihr Make-up zu machen, und betete innerlich, dass der Regen die ganze Arbeit nicht binnen weniger Sekunden zerstörte.

Kurz bevor wir das Gartenhaus verlassen wollten, klopfte es laut an der Tür.

Ein Mitarbeiter des Châteaus stand vor uns und redete mit uns auf Englisch. »Sie gehören zu Frau von Hessen? Bitte kommen Sie, es ist etwas passiert.« Schneller, als ich denken konnte, rasten wir über das Gelände des Châteaus.

»Hier, nimm noch diesen Waschlappen für die Stirn.« Etwas Feuchtes klatschte mir ins Gesicht und brachte mich dazu, schlagartig die Augen zu öffnen. Wo war ich? Das war nicht die Toilette oder die Eingangshalle, sondern ein mir unbekanntes Zimmer. Ich lag in einem Bett und spürte gestapelte Kissen unter meinen Kniebeugen und in meinem Nacken.

»Meinst du, das hilft? Vielleicht bringt das den Kreislauf ja noch mehr durcheinander. Nicht, dass wir ihren Zustand verschlimmbessern ... Oh, sieh nur. Sie hat ihre Augen wieder geöffnet. Hallo Irene, kannst du mich hören?« Fürsorglich oder übergriffig, das wollte ich in diesem Moment nicht genauer festlegen, klapste Marie mir mit der flachen Hand auf die Wange.

»Was soll dieser Aufriss?« Bestimmt schlug ich den Lappen von meiner Stirn. »Nun werde ich mich noch mal frisieren müssen ...«

»Immer mit der Ruhe.« Sanft tätschelte Marie meine Hand. »Du bist eben ein bisschen aus den Latschen gekippt. Das ist gar nicht so ungewöhnlich bei dem Wetterumschwung. Nur weil die Wachgans dich gefunden hat, ist das Personal schnell auf dich aufmerksam geworden. Und bei der Tatsache, dass du ...« Nervös biss Marie sich auf die Unterlippe. Dass sie ihr Herz auf der Zunge trug, konnte herrlich erfrischend sein, sie aber gleichzeitig in das ein oder andere Fettnäpfchen treten lassen.

»Dass ich alt bin?«, fragte ich und zog die Augenbrauen in die Höhe. Die Röte stieg Marie ins Gesicht und sie sah sich verlegen zu Lynn um.

»Na ja. Es ist ja auch nicht wichtig, wie alt du genau bist. Oder ob es wirklich in die Kategorie alt fällt oder nicht. Aber ich glaube, dass wir uns darauf einigen können, dass du nicht mehr 20 bist.«

»Ich dachte, gerade in diesem Alter hätte man hin und wieder Kreislaufprobleme?« Meine Frage ließ Marie laut seufzen.

»Ist ja auch nicht so wichtig, wir wollen nur, dass es dir gut geht.« Maries Worte sorgten dafür, dass sich eine wohlige Entspannung in mir ausbreitete. Wie glücklich konnte ich mich nur schätzen, zwei so tolle Freundinnen zu haben? Und das, obwohl wir alle so verschieden waren. Jetzt war nicht der Zeitpunkt, sie von mir zu stoßen. Jetzt war genau der Zeitpunkt, eine ganz andere Richtung einzuschlagen.

»Ich glaube, ich muss euch etwas erzählen«, mit der rechten Hand klopfte ich auf die Bettkante und deutete den beiden so, sich zu setzen. Ich wollte sie ganz dicht bei mir haben.

»Mein kleiner Schwächeanfall ... Ich würde ihn nicht auf den Kreislauf alleine schieben. Nein, seit wir hier sind, habe ich das Gefühl, eine Last mit mir herumzutragen. Zum einen habe ich Angst, dass man mir meine Selbstbestimmtheit nimmt. Diese Aufdringlichkeit von Konstanze ... Und jetzt ist es doch tatsächlich passiert, dass ich verbummelt habe, diesen einen Brief abzuschicken.« Genervt schüttelte ich den Kopf und erzählte die Geschichte von meinem Blitzerfoto. Noch immer ärgerte ich mich über mich selbst. »Die

Frist für den Widerspruch war unheimlich kurz und in letzter Zeit sind die Tage nur so an mir vorbeigeflogen. Ich wollte den Brief noch in Hamburg versenden, habe aber nicht daran gedacht. Denken jetzt alle, dass ich tüddelig werde? Und dann muss ich meinen Führerschein abgeben und bin gefangen auf Gut Rosenfels. Ich liebe das Gut, aber manchmal möchte auch ich einen kurzen Abstecher woanders hin machen.« Marie und Lynn betrachteten mich mit sanften Gesichtsausdrücken.

»Mach dir darüber keine Gedanken«, antwortete Marie. »Immerhin kommt es vor, dass Menschen im Urlaub sind und die Post nicht innerhalb der Frist beantwortet werden kann. Das bekommen wir schon hin. Und ganz zur Not fahren wir dich.«

»Oder wir sammeln auf dem Gut Geldspenden für Taxifahrten«, schlug Lynn vor.

Tatsächlich sorgten ihre Worte dafür, dass ich mich innerlich nicht mehr komplett unruhig fühlte.

Doch es gab noch etwas, das meinen Geist auf Trab hielt. Etwas, das mich belastete und meine Kehle langsam immer enger werden ließ. Vielleicht gehörte es sogar zu den wichtigsten Themen, die mich jemals in meinem Leben beschäftigt hatten. Und ich konnte es nicht mehr verdrängen. Durfte nicht. Nein, ich musste mich endlich dem Unausweichlichen stellen und laut aussprechen, was tief in mir drinnen sein Unwesen trieb. Zögerlich öffnete ich meinen Mund.

»Zusätzlich gibt es noch ein anderes Thema. Geister aus der Vergangenheit spuken in meinem Alltag herum. Seit wir hier sind, plagen mich Erinnerungen an Situationen, die so lange zurückliegen, dass ihr zu dieser Zeit nicht mal geboren oder auch nur angedacht wart. Und trotzdem bewegen sie mich gerade mehr denn je.« Aufmerksam betrachteten Marie und Lynn mich. »Vielleicht werde ich nun eine Seite von mir preisgeben, die alles andere als schön ist. Ich ... ich ...«, nervös stammelte ich die Worte vor mich hin. Noch einmal holte ich ganz tief Luft. »Ich werde euch die ganze Geschichte erzählen.« Konzentriert schloss ich meine Augen und versetzte mich in mein damaliges Ich.

Es war 1971, ich war 28 Jahre alt. Vor Kurzem hatte die Kampagne »Wir haben abgetrieben« im Stern für viel Aufsehen gesorgt und in München hatte ein Banküberfall samt Geiselnahme stattgefunden.

Inzwischen war es schon 8 Jahre her, dass Henry und ich geheiratet hatten. Es war Sommer, die Sonne schien und es war, als läge mir die Welt zu Füßen. Obwohl ich eigentlich noch sehr jung war, fühlte ich mich merkwürdig alt, so, als vergehe die Zeit um mich herum rasend schnell, während ich selbst mich kaum bewegte.

Dennoch war ich dankbar, dass Henry anlässlich unseres Hochzeitstages eine Überraschungsreise nach Cannes für uns gebucht hatte. Guten Geschmack hatte er stets bewiesen und er war dabei nie knauserig gewesen. Gedankenverloren packte ich meinen Koffer auf dem Hotelzimmer aus, von dessen Balkon aus man das Meer schimmern sehen konnte.

»Ist das nicht schön?«, sagte Henry. »Wir haben alle Zeit der Welt, um am Strand zu faulenzen, und können einen Abstecher ins Casino machen. Oder auf die ein oder andere Party.« Zufrieden lehnte er am Geländer des Balkons und genoss den Ausblick. Lächelnd stimmte ich ihm zu. Doch die

Gedanken in meinem Kopf jagten wild umher und ich spürte zunehmend diese Rastlosigkeit. Ich erwischte mich dabei, wie ich grübelnd den Ehering an meinem Finger nach links und rechts drehte. Was wäre, wenn ich ihn abnahm?, schoss es mir in den Kopf. Wenn ich am Strand alleine zum Meer ging, mich heimlich umsah nach den Blicken anderer Männer? Dabei zweifelte ich nicht unbedingt an meiner Liebe zu Henry. Es fühlte sich bloß alles so gewohnt und derart vertraut an, dass ich eine gruselige Eintönigkeit in letzter Zeit immer mehr wahrgenommen hatte. Ich fragte mich, was geschehen wäre, hätte ich Henry nicht so früh geheiratet. Hätte ich ihn dann trotzdem geliebt? Oder meinte ich nur, ihn zu lieben, weil wir verheiratet waren und diese Komponenten zumindest nach meiner Vorstellung Hand in Hand gingen? Seit einiger Zeit schon tauchten diese Gedanken in mir auf, doch noch nie waren sie so quälend gewesen wie hier in Cannes. Ja, urplötzlich fragte ich mich, woher ich überhaupt wissen sollte, dass ich jemals verliebt gewesen war? Vielleicht redete ich mir ja auch nur ein, es zu sein?

Henry und ich verbrachten alles in allem sorgenfreie Tage miteinander, doch dieses Ziehen in meinem Magen klang nicht ab. Als wir bereits den halben Tag am Strand verbracht hatten, bemerkte ich, dass ich mit zittrigen Beinen aus dem Wasser stieg und wie auf Eiern zurück zu unserem Liegeplatz ging. All diese Fragen überforderten mich und ich konnte nicht leugnen, dass ich dieses Gefühl wahrnahm, als rausche mein Leben an mir vorbei. So, als säße ich in einer Straßenbahn, die nicht anhielt und ihre Türen nicht öffnete. War ich in dem goldenen Käfig gelandet, in dem ich eigentlich nie sein wollte?

Henry fiel auf, dass ich schweigsamer war als sonst.

Doch er nahm es einfach so hin. In diesem Moment wünschte ich mir, ich hätte mit ihm streiten können. Laut und dramatisch, sodass es mir weniger so vorkam, als verliefe unser Leben schnurstracks auf vorgegebenen Bahnschienen.

Mit unseren Strandsachen beladen trotteten wir zurück zum Hotel und machten uns auf unserem Zimmer für den bevorstehenden Abend fertig. Ich verbrachte recht viel Zeit im Bad damit, meine Frisur noch größer und voluminöser aussehen zu lassen, mein Make-up war dramatischer als sonst und ich wählte das auffälligste Kleid, das ich mitgenommen hatte. Und was machte Henry? Als ich endlich fertig damit war, mich herauszuputzen, sah ich, wie er in aller Seelenruhe auf dem Balkon seine langweiligen Zeitungen durchforstete und mich nicht eines Blickes würdigte. Schließlich sah er doch zu mir auf.

»Bist du fertig?«, fragte er. »Dann können wir ja los, ich habe mächtig Hunger.« Kein Kommentar zu meinem Aussehen, nichts. Himmel, war ich frustriert in diesem Moment! Ich wollte doch bloß gesehen werden. Im Nachhinein fragte ich mich, warum ich Henry nicht einfach darauf angesprochen habe. Wie sehe ich aus? Ist dir mein neues Kleid aufgefallen? Doch so verläuft das Leben nicht. Du reist nicht mit deinem Wissen aus der Zukunft in der Zeit herum und bereinigst die Dinge. Also habe auch ich bei Henry nicht weiter nachgefragt. Stattdessen schluckte ich schweigend meinen Zorn hinunter, sodass er in meinem Inneren weiter anschwellen und sich immer mehr ausbreiten konnte.

Nach dem Abendessen verbrachten wir die Zeit im Casino. Henry spielte nicht um das große Geld, ihm gefielen Poker und Roulette einfach. Die Nervenkitzel. Ich hingegen hatte mich inzwischen in eine solch miese Stimmung hineingesteigert, dass nichts für meine Aufmunterung sorgen konnte. Unter dem falschen Vorwand, dass ich mich bereits an diesem Abend mit meiner Freundin traf, verließ ich das Casino recht früh. Angeblich wartete sie draußen auf mich und wir wollten etwas trinken gehen. Ich besaß wirklich eine Freundin in Südfrankreich. Wir hatten damals zusammen Kunstgeschichte studiert und inzwischen führte sie ein kleines Atelier in Antibes.

Doch ich traf mich nicht mit einer Freundin. Noch nicht. Stattdessen schlenderte ich über die Promenade, bis ich auf ein gemütlich wirkendes Lokal aufmerksam wurde, das Le Homard. Ohne weiter nachzudenken, betrat ich das Lokal und machte es mir an der Bar bequem. Direkt nahm ein junger Mann Blickkontakt zu mir auf, bis er sich neben mich setzte, und warf mit den plattesten Komplimenten um sich, die man sich je vorstellen konnte. Doch genau nach dieser Anerkennung dürstete ich. Meinen Ehering hatte ich in der Handtasche verstaut, also ging ich in die Vollen und ließ mich auf diesen Flirt ein. Ein Wort führte zum nächsten, doch bei einem reinen Gespräch sollte es nicht bleiben. Der Blickkontakt wurde intensiver, die Gestiken wilder, bis wir uns zunächst zögerlich, anschließend immer selbstverständlicher berührten und uns an einen ruhigen Platz zurückzogen. Nach geraumer Zeit nahm der Mann mich mit auf sein Hotelzimmer.

Was hätte nicht alles passieren können, woher sollte ich wissen, dass der Typ kein Serienmörder war? Doch solche Gedanken tauchten nicht annähernd in meinem Kopf auf. Nun ... den Rest der Geschichte könnt ihr euch wahrscheinlich denken. Wir teilten diesen intimen Moment, der so oberflächlich war, wurden eins, ohne uns jemals kennenge-

lernt zu haben, und blieben letztendlich Fremde.

Nachdem alles vorbei war, eilte ich aus dem Hotel und rief von einer Telefonzelle aus meine Freundin an. Anschließend holte sie mich dieses Mal tatsächlich ab und nahm mich mit zu sich nach Hause. Ich war noch ganz durch den Wind und kurz davor, ihr von meiner Eskapade zu erzählen. Doch ich brachte es nicht übers Herz. Ich verachtete mich selbst schon genug und konnte allein den Gedanken daran nicht ertragen, dass andere mir ebenfalls diese Verachtung entgegenbrachten. Irgendwie hangelte ich mich mit einer Mischung aus erfundenen Geschichten und Halbwahrheiten durch diese Nacht.

Am nächsten Tag, als ich Henry wieder sah, war mir, als würde mein Herz zerspringen. Er war zu gut für mich. Er hatte jemand Besseren verdient als mich. Wie konnte ich nur so naiv sein, zu befürchten, ich liebte ihn nicht? Spätestens jetzt wusste ich, dass ich es tat, doch die Art und Weise, auf die ich es erfahren hatte, war die Hölle. Da standen wir, ins helle Sonnenlicht des Morgens getaucht, als er mich in Antibes abholte, und Henry fragte mich, ob ich schon etwas gefrühstückt hatte. Mein Mund öffnete sich und für den Bruchteil einer Sekunde überlegte ich, Henry zu sagen, dass ich nie wieder etwas essen wollte. Weil ich es nicht verdient hatte. Weil ich der schrecklichste Mensch auf der Welt war, den ich kannte.

Eine halbe Stunde später saßen wir an der Promenade und tranken Kaffee. Henry erzählte von seinen Erlebnissen des letzten Abends im Casino, während diese Informationen kaum zu mir durchdrangen. Doch ich wusste, ich musste mich zusammenreißen.

Ich habe nie wieder über meine Geschichte gesprochen.

Bis heute.

»Meinen Henry, ich habe ihn damals betrogen! Hier in Cannes.« Endlich war es raus! Je länger ich Marie betrachtete, desto größer wurde meine Angst, dass sie gleich in Ohnmacht fallen würde. Hatte sie überhaupt geatmet, während ich meine Geschichte erzählt hatte? Lynn wirkte äußerlich etwas ruhiger, doch ihr Mund stand leicht offen und sie wirkte wie eingefroren.

»Ich war so jung. Und Henry und ich haben so früh geheiratet ... Ich will keine Entschuldigungen suchen, aber was soll ich sagen? Es ist eben passiert. Und nichts könnte es je ungeschehen machen.« Wie Brotteig knetete ich das Ende der Bettdecke. Noch immer sagten Lynn und Marie kein Wort.

»Ich habe festgestellt, dass ich hier immer mehr nach Ablenkungen gesucht habe«, setzte ich fort. »Doch ich kann nicht davor weglaufen, was geschehen ist. Was ich getan habe. Aber ich muss auch sagen, jetzt, wo ich euch davon erzählt habe, habe ich den Eindruck, wieder viel leichter Luft zu bekommen. Und diese Wahrsagerin in Grasse ... Sie hat so etwas wie `Schweigen ist nicht immer Gold` gesagt. Sie muss meine Vergangenheit irgendwie gespürt haben.«

»Das also hat sie zu dir gesagt, als du ihr das Geld gegeben hast!« Maries Augen leuchteten hell auf. »Sie ist also wirklich ein Medium und verbreitet nicht bloß Unsinn.«

»Vielleicht hatte sie einfach nur Glück. Ihre Äußerung passt ja in alle möglichen Zusammenhänge«, wandte Lynn ein. Anschließend herrschte Stille im Raum. Ich hatte das Gefühl, alles gesagt zu haben. Die Geschichte war raus, Marie und Lynn hatten alle Informationen und konnten mit diesen machen, was sie wollten. Sie konnten mich verurteilen oder mir die Freundschaft kündigen und ich könnte es ihnen nicht übel nehmen.

»All die Jahre ... Das muss schrecklich gewesen sein«, sagte Marie schließlich und rutschte noch ein Stück näher zu mir heran.

»Manchmal denke ich, dass das menschliche Bewusstsein ein Wunder ist. Was nicht alles verdrängt werden kann. Sind wir denn ...« Ich zögerte, da ich mir mehr und mehr vorkam, gefühlsduselig zu werden. Doch vielleicht gab es in manchen Momenten keine Alternative? »Sind wir denn noch weiterhin befreundet?«, fragte ich und fühlte mich dabei wie ein Grundschulkind. Doch Lynn und Marie waren mir wichtig. Für sie lohnte es sich, sich aus seiner Komfortzone heraus zu begeben.

»Ja, natürlich!«, rief Lynn sofort. »Wir drehen dir doch nicht den Rücken zu, wenn es etwas schwieriger wird. Genau für solche Momente hat man doch Freunde!«

»Ja eben,« stimmte Marie zu. »Wer von uns ist schon perfekt? Wer hat noch nie einen Fehler gemacht?« Meine Freundinnen rutschten näher zu mir heran und umarmten mich. Ehrlich gesagt fühlte es sich eher an, als würden sie mich in den Schwitzkasten nehmen. Wie eine Horde kleiner Schweinchen verharrten wir einige Momente so.

»Ich danke euch, aber ich möchte trotzdem nicht von Zuneigung erdrückt werden«, sagte ich schließlich. So viele Jahre, Jahrzehnte hatte ich Angst vor dem Moment gehabt, mein wahrscheinlich dunkelstes Geheimnis mit anderen Personen zu teilen. Endlich war es, als würde sich ein Schatten von meiner Seele heben. Doch mir fiel noch ein anderes wichtiges Thema ein, das ich mit den beiden besprechen wollte.

»Ich kann verstehen, dass das vielleicht ein rascher Themenwechsel ist. Aber ich hätte da noch eine andere Angelegenheit.« Mit der Hand suchte ich nach meiner Handtasche. Wo hatte man sie hingelegt? Hier auf den Beistelltisch? »Ich habe gestern Nacht die Fotos angefordert, die Yves Leopold bisher auf der Hochzeit gemacht hat. Und ich bin fündig geworden! Ich kann nun endlich sagen, wer ...«

»Irene, ganz langsam.« Marie legte ihre Hand auf meine Schulter. »Das alles war sehr aufwühlend und du bist erschöpft. Jetzt solltest du dich nicht auch noch mit so etwas belasten.«

»Aber ich habe mehr als einen Hinweis! Ich habe einen Beweis und ...« Die Miene meiner Freundinnen wurde schlagartig wieder besorgter.

»Irene, ich werde mich gleich auf den Weg zum Rathaus machen«, sagte Lynn. »Marie hilft bei der Organisation für die Feier in der Parfümerie, du ruhst dich aus und alles wird gut. Nimm es mir bitte nicht übel, aber ich möchte von diesen Detektivspielen jetzt nichts hören.« Das waren deutliche Worte von Lynn. Ein Teil von mir konnte sie verstehen. Es war schon genug geschehen. Zusätzlich wirkte ich angesichts der Umstände nicht wirklich wie eine verlässliche Quelle. Es schien, als bliebe mir keine Möglichkeit, Einwände zu äußern. Die Entscheidung war gefallen. Ich konnte nur hoffen, dass alles gut gehen würde.

Kapitel 30
Lynn

Leider hatte es nicht mehr geklappt, eine Alternative für den nie eingetroffenen Oldtimer-Bus zu ordern. Daher hatten wir eine Handvoll Taxis zum Château gerufen – manche waren Kleinbusse, andere hatten eine handelsübliche Größe – und waren damit in verschiedenen Gruppen zum Rathaus in Nizza, das auf Französisch witzigerweise *Mairie* hieß, gefahren. Ich war froh, als wir endlich aus dem Taxi aussteigen konnten. Trotz des Wetters schien es während der Fahrt im Inneren immer wärmer und enger geworden zu sein. Oder vielleicht lag dies auch gerade an dem Wetter: schwüle Luft gemischt mit Starkregen. Aufgrund dieser Umstände wurden wir so nah es ging an das Gebäude herangefahren. Dadurch hatten wir die Chance, so schnell wie möglich in einen überdachten Bereich zu sprinten. So stolperte ich, nachdem der Wagen gehalten hatte, aus dem Fond und nahm zunächst einige tiefe Atemzüge. Wie herrlich, das Meer war gar nicht weit von uns entfernt. Neugierig reckte ich den Hals, um das Schimmern des Wassers am Horizont erkennen zu können.

»Lynn, kommst du? Wir haben nicht ewig Zeit.« Mit gewohnt strengem Ton rief meine Mutter nach mir. Im ersten Moment wollte ich die Augen verdrehen und dachte mir, dass unser Kuschelkurs nicht von langer Dauer war. Doch dann beschloss ich, dass meine Mutter mir so lieber war als die zweifelnde und kraftlose Frau vom Morgen. Ohne einen weiteren Kommentar folgte ich unserer Gruppe, die auf dem Weg ins *Mairie* war. Schade, dass Marie und Irene in diesem Moment nicht dabei waren. Hoffentlich lief bei der Vorbereitung in der Parfümerie alles glatt.

»Hey.« Daniel war neben mich getreten und rückte seine Krawatte zurecht. Nebeneinander gingen wir zum Trauzimmer.

»Hey«, erwiderte ich und konnte mir das Grinsen nicht verkneifen.

»Und, hast du den Abend noch gut überstanden?«

»Ja. Aber der Morgen hätte etwas entspannter sein können.«

»Ach, das bisschen Regen?«, Daniel deutete in Richtung des Unwetters. Gerade in diesem Moment zuckte ein heller Blitz durch den Himmel und eine heftige Windböe drückte die Wassermassen nur so durch die Luft. »Also ich habe meine Haare seit der Ankunft in Mougins dermaßen zugekleistert, da prasselt sogar das Duschwasser ab.« Gemeinsam schmunzelten wir über Daniels Bemerkung. Allzu viel Zeit für einen ausführlichen Austausch blieb uns jedoch nicht, da das offizielle Prozedere jeden Moment losgehen würde.

»Kümmere dich erst um meinen Bruder, wir werden dann später plaudern«, sagte ich zu Daniel. Dieser zwinkerte mir zu, verabschiedete sich und setzte sich zu Florence.

Ich hingegen nahm in einer der ersten Sitzreihen bei meiner Mutter und meinem Vater Platz. An ihrem Gesichtsausdruck erkannte ich, dass meine Mutter noch immer angespannt war.

»Mum, genieß es einfach«, raunte ich ihr zu. Zaghaft drehte sie ihren Kopf zu mir und ich meinte, ein vorsichtiges Lächeln aufblitzen zu sehen. Doch auch wir konnten keine ausschweifende Unterhaltung führen, da sogleich mit der Trauung begonnen wurde.

Nachdem sämtliche Ausweise und weitere Dokumente durch den Beamten überprüft worden waren, begann das eigentliche Prozedere der Trauung. Abwechselnd auf Deutsch und Französisch wurden die verschiedenen Themen durchgegangen. Mein Gehirn nahm kaum Informationen auf, da ich mit den Gedanken ganz woanders war. An einer Stelle erwischte ich mich dabei, wie ich beinahe automatisch einen der Sätze auf Französisch wiederholen wollte, da ich mir zwischenzeitlich vorkam wie in einem Sprachkurs. Doch ich biss mir auf die Zunge und ließ das teilweise müde machende Gerede durch meinen Kopf rauschen. Viel mehr sah ich hin und wieder zu Daniel, der dem Vorgehen konzentriert folgte. Was nicht hieß, dass er nicht auch hin und wieder in meine Richtung schielte. Jedes Mal, wenn sich unsere Blicke kreuzten, zwangen wir beide uns, wegzusehen, was dafür sorgte, dass dieses verräterische und dümmliche Lächeln über unsere Gesichter huschte. Verdammt, wie alt war ich denn? Schon jetzt bereitete ich mich in Gedanken auf Maries »hab ich doch gewusst, dass mehr zwischen euch ist« und dergleichen vor.

Endlich war die Trauung so weit fortgeschritten, dass Lou und Seb sich gegenseitig die Ringe angesteckt hatten. Nun konnte es nur noch Sekunden dauern, bis sie offiziell verheiratet waren und wir zu einer wohlverdienten Feier aufbrechen konnten.

»Wenn jemand der Anwesenden etwas gegen diese Verbindung einzuwenden hat, möge er jetzt sprechen oder auf ewig schweigen«, sagte der Beamte in einer monotonen

Stimmlage. Ich fragte mich, ob eine solche Frage nicht eigentlich nur in Filmen vorkam? Doch wahrscheinlich war die Äußerung dieser eine reine Formsache, wie so vieles. Erneut atmete ich laut aus, vielleicht etwas zu laut und freute mich schon jetzt, das nicht allzu große Trauzimmer des Rathauses verlassen zu können.

»Ich!« Ruckartig drehten sich alle Anwesenden in die Richtung, aus der gerufen wurde. Mit ernster Miene und geballten Fäusten stand Melanie am anderen Ende des Trauzimmers. Langsam schritt sie in gerader Linie im Gang mittig der Sitzplätze auf das Brautpaar zu. Vereinzelt waren Raunen und Gemurmel der Gäste zu hören.

»Ich habe etwas gegen diese Hochzeit«, setzte Melanie fort.

»Haben Sie etwa einen Sekt zu viel getrunken oder ist Ihnen am Ende Ihre Arbeit zu viel geworden?« Schützend stellte meine Mutter sich vor Lou und Sebastian. Mit erhobenem Kinn musterte sie Melanie argwöhnisch.

»Ihre Aufgabe war es, diese Hochzeit zu planen und für ihr Gelingen zu sorgen und nicht, sie in letzter Sekunde zu verhindern. Sind Sie etwa so wetterfühlig? Oder hat bei Ihnen der Blitz eingeschlagen?«

»Was wissen Sie schon?«, entgegnete Melanie kühl. »Obwohl, wenn ich so darüber nachdenke. Eigentlich könnten Sie ...«

»Melanie, das ist doch Irrsinn!«, mischte sich jetzt auch Daniel ein. Sein Blick wanderte zwischen dem Brautpaar, das wie versteinert dastand, und Melanie hin und her.

»Pah! Gerade du solltest wissen, wovon ich spreche!«, rief Melanie giftig. Was meinte Sie damit? Was hatte Daniel mit dieser Geschichte zu tun?

»Frau Golding, möchten Sie uns vielleicht daran teilhaben lassen, was sie dazu bewegt, diesen Tumult zu veranstalten?« Sachlich wie er eben war, schaltete mein Vater sich mit in das Gespräch ein.

»Ist das dein Ernst, Johann?«, entgeistert sah meine Mutter zu ihm.

»Nur die Ruhe, Leonora. Es muss ja einen triftigen Grund für dieses Theater geben.« Behutsam legte mein Vater seinen Arm und meine Mutter.

»Ihr habt noch immer keinen blassen Schimmer, worum es hierbei gehen könnte, hm? Sebastian? Daniel?« Unwissend betrachteten sie Melanie. »Also gut, dann alles von vorn. Mein Job ist es, Menschen glücklich zu machen. Beziehungsweise dafür zu sorgen, dass der sogenannte schönste Tag des Lebens auch zu einem solchen wird. Hier liegt das meiste in meiner Hand und ich bin für eine Menge verantwortlich. All die Arbeit, damit sich am Ende des Tages andere darüber freuen. Nun, bisher war das in Ordnung für mich. Doch was passiert, wenn auf einmal Personen diese Arbeit in Anspruch nehmen wollen, mit denen man eine gewisse Vergangenheit hat? Könnte man diese Macht, die ich habe, dann nicht auch anders einsetzen?«

»Machen Sie nicht eine Oper draus, kommen Sie zum Punkt!«, befahl meine Mutter.

»Wie manchen bereits am ersten Tag auf dem Château aufgefallen ist, kennen Sebastian, Daniel und ich uns noch aus der Schulzeit. Was aber offensichtlich niemand mehr weiß, ist, wie die beiden damals mit mir umgegangen sind. Nicht einmal sie selbst! Irgendwann bin ich ins Grübeln gekommen, ob ich auch solchen Personen das Glück in Form meiner Arbeit einfach so schenken möchte.«

Allmählich dämmerte es bei mir. Da ich meinte zu wissen, worauf genau Melanie anspielte, mischte auch ich mich in das Gespräch ein. Vielleicht konnte ich die Situation entschärfen.

»Melanie, ich ... ich glaube ich weiß, was du meinst. Zu einer bestimmten Zeit haben Seb und Daniel viel Mist gebaut. Mit dazu gehörte, dass sie andere Mitschüler geärgert haben und ihnen Streiche spielten.« Melanies Blick wurde weicher. Aufmerksam hörte sie mir zu. »Sie haben dich gehänselt ... gemobbt, weil du damals ... in ihren Augen ... ein bisschen pummelig warst.« Verlegen starrte ich zum Boden.

»In der Tat«, bestätigte Melanie. »Diese Zeit war furchtbar für mich. Mehr als das! Aber das kann sich niemand auch nur annähernd vorstellen, der es nicht selbst erlebt hat. Und dann, eines Tages poppte diese E-Mail in meinem Postfach auf, in der es um diese Hochzeit ging. Allein als sein Name auf meinem Bildschirm auftauchte, war es, als würde ich all die schrecklichen Erfahrungen noch einmal erleben. Doch ich wollte den Auftrag nicht ablehnen. Die Ideen für die Hochzeiten hörten sich umwerfend an, ich dachte, die Planung einer solch großen Hochzeit mache sich gut in meinem Portfolio. Außerdem würde ich bei dem Auftrag nicht schlecht verdienen. Doch je intensiver die Organisation wurde und je öfter ich mich mit allen Involvierten traf, desto mehr Erinnerungen kamen in mir hoch und die schlechten Gefühle gleich mit. Es war, als habe mich die Vergangenheit eingeholt. Und dann habe ich irgendwann gedacht: Mein Job ist es, andere glücklich zu machen. Ihnen den glücklichsten Tag in ihrem Leben zu schenken, wie man ja gerne sagt. Aber bin ich überhaupt glücklich? Diese Gedankenspiele haben sich so lange in meinem Kopf verselbstständigt, bis ich mich gefragt habe, ob Seb, nach allem, was er mir mit Daniel angetan hat, überhaupt dieses Glück verdient hat?« Nervös knetete Melanie ihre Finger. »Tja, bis es mir so leicht vorkam, ihm die Hochzeit zu versauen. Da ich als Planerin für alles Mögliche verantwortlich war, musste ich nur etwas Geschick beweisen, um dieses Missglücken wie einen Zufall, einen Unfall oder höhere Gewalt aussehen zu lassen. So würde ich heil davonkommen und hätte ihnen endlich eins ausgewischt.« Betrübt ließ Melanie ihren Kopf hängen. »Und ich war so nah dran! Die Probleme mit der Zimmerbuchung und der Oldtimer-Bus, der nie ankam, haben schon für viel Wirbel gesorgt. Doch dann musste ich zu härteren Maßnahmen greifen und habe das Hochzeitsparfüm leicht verändert.«

»Und waghalsige Drohbriefe verfasst!«, ergänzte meine Mutter. »Wie konnten Sie die arme Lou nur so verängstigen?« Mit stechendem Blick fixierte meine Mutter Melanie. Diese schwieg.

»Lass die beiden heiraten, Melanie.« Drängend versuchte Daniel, die Aufmerksamkeit wieder auf das aktuelle Geschehen zu lenken.

»Nenne mir einen Grund«, fragte Melanie mit zitternder Stimme.

»Entscheide dich für das Gute. Das Verzeihen und nicht die Rache.«

»Warum? Hat es euch beiden denn geschadet, damals nicht gut zu sein? Sind die Guten nicht immer die Vollidioten, die den Kürzeren ziehen?«

»Ich weiß genau, was du meinst, Melanie. Auch ich habe gerade eine Entscheidung getroffen, die sich gewissermaßen so anfühlt wie das, was du gerade beschrieben hast. Doch wenn ich eines aus dieser Entscheidung gelernt habe, dann, dass es nichts Wertvolleres gibt, als mit sich selbst im Reinen zu sein. Glaub nicht, dass Seb und ich stolz darauf sind, wie wir damals waren. Doch wir können es nicht ungeschehen machen, nicht ausradieren. Anders als du in diesem Moment, jetzt. Du kannst noch einen anderen Weg gehen.«

»Ist es dafür nicht schon viel zu spät? Ist nicht schon viel zu viel passiert, um das Ruder noch herumzureißen?«

»Dafür ist es nie zu spät. Ich wusste nicht, dass das von damals dich noch bewegt. Es tut mir leid. Ich weiß nicht, was ich sonst noch sagen könnte. Es tut mir aufrichtig leid.«

»Und mir erst«, stimmte Seb ein. »Auch ich möchte mich von tiefstem Herzen bei dir entschuldigen, Melanie. Ich erwarte auch gar nicht von dir, dass du diese Entschuldigung annimmst.«

»Vielleicht wollte ich auch gar nicht die Hochzeit verhindern? Vielleicht wollte ich einfach nur gesehen werden?« Die Stimme von Melanie war noch brüchiger geworden.

Im Augenwinkel erkannte ich, wie meine Mutter gerade ihren Mund öffnen wollte, mein Vater sie aber davon abhielt, etwas zu sagen.

Unausweichlich musste ich an Irene denken. Als sie ihre Geschichte vorhin mit Marie und mir geteilt hatte, wurde deutlich, wie sehr sie darunter litt, Henry nie die Wahrheit gesagt zu haben. In einer Lüge zu leben und nie zu erfahren, wie er reagiert hätte. Wäre ihr Leben anders verlaufen, hätte er ihr verziehen? Oder nicht verziehen? Doch bei Irene war für eine Antwort auf diese Frage wirklich jede Chance verspielt. Aber was blieb? Vielleicht die Frage, ob Irene sich selbst verzeihen konnte. Und wie sie diesen Schritt bewälti-

gen konnte, damit sie in der Gegenwart nicht mehr von quä-
lenden Erinnerungen verfolgt wurde.

»Im ersten Moment mag es sich merkwürdig anhören,
aber ich möchte dir danken, Melanie.« Nun beteiligte auch
Lou sich an dem Gespräch. Sie wirkte selbstsicher und ruhig, schien mit ihrem Wesen den gesamten Raum zum
Leuchten zu bringen. »Durch dich ist nichts während der
Feier verlaufen, wie es ursprünglich geplant war. Und ich
muss gestehen, dass die Briefe mir ganz schön Angst einge-
jagt haben. Doch letztendlich haben all diese Ereignisse gezeigt, dass Seb und ich uns in schwierigen Momenten aufeinander verlassen können.« Mit einem intensiven Blick betrachtete Lou meinen Bruder, ehe sie weitersprach. »Wir unterstützen uns, reparieren etwas, was kaputt erscheint, oder
improvisieren komplett, wenn nichts so verläuft wie ursprünglich gedacht. Und Gleiches kann ich für unsere Familien sagen.« Besonnen ließ Lou ihren Blick durch das Trauzimmer wandern. »Wir haben zusammengehalten. Vielleicht
hatten wir so etwas wie ein allgemeines Familienober-
haupt«, mit einem Grinsen bedachte sie meine Mutter,
»doch wir haben uns nicht auseinanderbringen lassen. Nein,
wir sind noch dichter zusammengerückt. Dadurch, dass
mehr oder weniger alles schiefgelaufen ist, habe ich ge-
merkt, dass mein Herz sich den richtigen Menschen ausgesucht hat. Es ist leicht, glücklich zu sein, wenn alles um einen herum perfekt ist. Doch sich in problematischen Augenblicken noch näher zu kommen, zeigt wahrhaftige Verbun-
denheit. Seb und mich wird so schnell nichts auseinanderbringen. Für diese Erfahrung danke ich dir, Melanie.«

Nach diesen Worten beobachtete ich, wie Seb sich die
ein oder andere Träne aus dem Gesicht wischte und Lou ei-

nen innigen Kuss gab. Alle Anwesenden waren von dieser Rührung ergriffen und es war, als würde Melanie immer weiter in sich zusammensacken. Eines stand fest, nämlich dass sie in diesem Moment gesehen wurde. Doch ob sie sich diese Art der Aufmerksamkeit ausgemalt hatte, war mehr als fraglich.

»Ich ... ich weiß nicht, was ich sagen soll«, stammelte Melanie schließlich vor sich hin. »Du bist ein guter Mensch, Lou. Und ich habe dich ... euch alle in meinen Schmerz von damals mit hineingezogen. Das war unfair.« Betreten starrte Melanie auf den Boden. Ich rechnete es ihr hoch an, dass sie in diesem Moment nicht wie ich üblicherweise die Beine in die Hand nahm und die Flucht ergriff.

»Wir können versuchen, das Kapitel abzuschließen und mit dieser Hochzeitsfeier noch mal ganz von vorn anfangen?«, schlug Daniel vor.

»Ich höre wohl nicht richtig!«, rief meine Mutter. »Ich lass mir doch nicht die Hochzeit meines Sohnes in einen Höllentrip verwandeln und tue dann so, als wäre nichts gewesen!« Wieder versuchte mein Vater, beruhigend auf meine Mutter einzuwirken.

»Lasst uns abstimmen«, schlug Lou vor. »Alle, die dafür sind, dass Melanie bei der Hochzeitsfeier weiterhin dabei ist, heben die Hand.« Die ersten Hände schossen sofort in die Luft, wenig später folgten die meisten dem Beispiel, bis alle Hände oben waren – außer die meiner Mutter. Meine Mutter musste sich, vielleicht das erste Mal seit Langem, damit abfinden, dass es nicht nach ihrer Pfeife ging. Dass sie nicht die komplette Kontrolle hatte. Und dass das Leben trotzdem weiterging.

»Du wirst darüber hinwegkommen«, raunte ich ihr zu.

»Man macht Pläne und dann verläuft das Leben ganz anders.«

»Ich nehme an, dass dieses Thema dann geklärt ist?«, setzte der Beamte fort, der für die Trauung verantwortlich war. Einen solch spannenden Arbeitsalltag hatte er wohl nicht allzu häufig. »Dann erkläre ich Sie zu Mann und Frau.«

Nach der standesamtlichen Trauung hatte unsere Gesellschaft das Trauzimmer verlassen und unterhielt sich angeregt über das, was soeben vorgefallen war. Yves Leopold tänzelte zwischen uns umher und lichtete das frisch vermählte Brautpaar sowie die Angehörigen ab. Als ich zum Ausgang des Rathauses blickte, erkannte ich, dass Melanie sich bereits ein Taxi gerufen hatte und mit diesem verschwand.

»Das war ganz schön heftig.« Daniel war neben mich getreten und sah mich mit betrübter Miene an. »Wenn du nach alldem, was du eben gehört hast, anders über mich denkst, mich nicht mehr ertragen kannst, oder ...«

»Ich habe heute über mich erfahren, dass ich sehr gut im Verzeihen bin. Mehrfach ...«, konterte ich schnell. »Also, versuch einfach, dich in Zukunft ganz passabel anzustellen. Das sollte für's Erste reichen.«

Allmählich füllte sich die Parfümerie Teissier in Grasse mit Menschen. Den Sektempfang hatten wir in dem Raum aufgebaut, in dem ich mir gestern mit Tim diverse Informationen über die Parfümherstellung angeeignet hatte. Mit meinem Handy machte ich ein Foto von den arrangierten Stehtischen und sendete es an Tim. *Improvisieren geht über studieren ... oder so ähnlich*, schrieb ich.

Aufgrund des Unwetters waren die Feierlichkeiten des Jasminblüten-Festes früher beendet worden. So tobten heute keine Menschenmengen samt lauter Musik durch die Gassen, sondern lediglich das schlechte Wetter fegte über die Gehwege. Insgeheim hatte ich gehofft, die Wahrsagerin noch einmal sehen zu können, doch auch von ihr war keine Spur zu sehen. Womöglich hatte sie ihren Stand abgebaut und entspannte sich in einem gemütlichen Café.

»Ist alles bereit?«, fragte Irene mich. Ich hatte sie überreden wollen, so lange wie möglich im Bett zu bleiben und Kraft zu tanken. Doch es war ein Ding der Unmöglichkeit, die sture und dickköpfige Gräfin von etwas zu überreden, wovon sie selbst wenig überzeugt war.

»Es fehlen nur noch die übrigen Gäste«, antwortete ich. Wie aufs Stichwort sah ich durch die Fenster, dass mehrere Autos zum Platz vor der Parfümerie fuhren und dort hielten. Mit Regenschirm bewaffnet stieg Daniel aus einem Taxi und begleitete Lynn schützend durch Wind und Regen zur Parfümerie.

»Ihr könnt euch nicht vorstellen, was eben passiert ist!«, platzte es aus Lynn heraus. Mit den Zeigefingern wischte sie sich kleine Wassertröpfchen aus dem Gesicht.

»Die Zeremonie war beinahe zu Ende, da unterbrach Melanie das Geschehen.« Mit hoher Stimme und ausladenden Gesten erzählte Lynn Irene und mir, was soeben im Rathaus vorgefallen war. Daniel nutzte die Zeit, um bei letzten Aufbauarbeiten zu unterstützen.

»Wusste ich's doch«, sagte Irene, als Lynn ihre Erzählung beendet hatte. Laut stampfte sie dabei mit ihrem Gehstock auf den Boden. Ich hingegen war so perplex, dass ich noch überlegte, ob Lynn uns gerade auf den Arm nahm.

»Du wusstest das? Aus der Schulzeit von allen ...?«, fragte Lynn.

»Nein, das nicht. Aber die Fotos! Ich durfte sie euch ja nicht zeigen. Aber so viel steht jetzt fest: Es waren keine Detektivspielchen, sondern tatsächlich Ermittlungen!« Entschlossen holte Irene den weißen Umschlag aus ihrer Tasche hervor, dessen Inhalt sie Lynn und mir bereits vorhin hatte zeigen wollen.

»Hier, bei genau diesem Foto bin ich stutzig geworden.« Mit ihren noch immer eleganten Fingern fischte sie eine Fotografie aus dem Umschlag. Ich legte den Kopf schräg, um besser erkennen zu können, was dort abgelichtet war. Ich sah, dass es sich um die Black-Tie-Feier von gestern Abend handelte. Die Aufnahme war im Festsaal gemacht worden, also stammte sie noch von vor dem Moment, als wir fluchtartig die Räumlichkeiten verlassen hatten. Aber warum genau sollte dieses Foto hilfreich sein?

»Bestimmt fragt ihr euch, was an dieser Aufnahme so besonders ist. Ich muss zugeben, dass auch ich heute früh lange gesucht habe, ehe ich stutzig wurde. Hier, die kann uns auf die Sprünge helfen.« Wie eine Meisterdetektivin zückte Irene eine handliche Lupe. Sie war gerade so groß, dass ich davon ausging, dass sie sie tatsächlich immer bei sich hatte. »Wundert euch nicht, die ist auch für ganz Alltägliches praktisch. Zum Beispiel, um die unheimlich langen Zutatenlisten auf Lebensmitteln erkennen zu können«, erklärte Irene und drückte mir die Lupe in die Hand. Mit ihrem Zeigefinger deutete sie auf die Stelle auf dem Bild, die ich näher betrachten sollte. Mit den Augen fixierend beugte ich mich über das Bild. Irene wies eindeutig auf Melanie Golding. Anhand der Gesten und daran, wie die anderen Menschen neben Melanie standen, erkannte man, dass es sich um den Moment, kurz bevor das Hochzeitsparfüm den Gästen vorgestellt wurde, handeln musste. Beziehungsweise die Stinkbombe hochging. Ich reichte die Lupe an Lynn weiter, die sich ebenfalls sofort über die Aufnahme lehnte.

»Kann es sein, dass ...«, begann sie zu murmeln. Ohne die Lupe waren die Gesichtsausdrücke der auf dem Foto Anwesenden schwerer zu deuten, also kniff ich meine Augen zusammen und versuchte vehement zu erkennen, was Irene meinte.

»Dass Melanie keine Miene verzieht und sogar ... etwas auf ihrer Nase trägt?«, vervollständigte ich den Satz von Lynn.

»Ja, so etwas wie eine ganz winzig kleine Nasenklammer, kleiner als Synchronschwimmer sie beispielsweise tragen! Sie wirkt, als sei sie auf die kommende Gestanksexplosion vorbereitet gewesen!«

»Und genau so war es«, ergänzte Irene. »Heute Morgen wusste ich noch nicht, warum eine Hochzeitsplanerin so etwas tun sollte. Ich ging von Langeweile oder Frustration im Beruf aus. Doch jetzt wissen wir ja endlich, welcher Teufel sie geritten hat.« Zufrieden steckte Irene das Foto zurück in den Umschlag und in ihre Tasche. Ihr Gesichtsdruck strahlte etwas Erfülltes aus. »Die Bilder sind übrigens streng vertraulich,« fügte sie hinzu. »Ein gewisser Fotograf sorgt sich um seine Reputation. Und möchte Aufnahmen von mir machen, vielleicht sollte ich diese Angelegenheit noch heute klären.«

»Was passiert nun eigentlich mit Melanie?«, fragte ich.

»Ich glaube, meine Mutter würde sie am liebsten zuerst teeren und dann federn lassen«, sagte Lynn. »Aber ganz ehrlich: Ich kann auch sie verstehen. Es ist zwar etwas schräg, die Art Rache so viel später auf diese Weise auszuleben, aber na ja. Trotzdem darf sie bei der Hochzeitsfeier mit dabei sein. Schätze, das gibt für uns alle gutes Karma?«

»Ich denke, dass es die richtige Entscheidung ist«, fügte ich hinzu. »Jemandem die Hand zu reichen, nachdem er oder sie einen Fehler begangen hat, fühlt sich für mich besser an. So springt doch jeder über seinen eigenen Schatten.«

»Marie, du bist und bleibst eine verdammte Idealistin. Und genau so liebe ich dich.« Mit erhobenem Kinn und aufrichtigem Blick sah Irene zu mir. Natürlich, meine Worte ließen sich genauso gut auf ihre Vergangenheit beziehen. In angenehmes Schweigen vertieft ließen wir all diese Erlebnisse auf uns wirken.

Einige Zeit später waren alle Hochzeitsgäste für das Fest in der Parfümerie angekommen. Das Brautpaar hatte ein improvisiertes Fotoshooting in der Empfangshalle des Châteaus samt Wachgans absolviert. Stolz hatte Yves Leopold von diesen Bildern berichtet. Sie seien ganz außergewöhnlich und vielleicht mit die Besten, die er je von einem Hochzeitspaar geschossen hätte.

Nun wurde jede kleinste Ecke, jeder noch so winzige Winkel der Parfümerie genutzt, um alle Gäste für diese spontan veränderte Hochzeitsfeier unterzubringen. Ich stand dicht an dicht bei meinen besten Freundinnen, überglücklich, dass letztendlich doch alles funktioniert hatte. Wenn auch anders als geplant. Ich spürte, wie die Emotionen meinen gesamten Körper übermannten. Wie eine heiß wogende Welle in mir aufkeimte, die ich bis in meine Haarspitzen spürte. Es war unwichtig, was vorher alles fehlgeschlagen war. Es zählten nicht die Erlebnisse in der Vergangenheit, in der etwas schiefgelaufen war. Es ging einzig und allein um die Gegenwart, in der zwei Menschen ihre Liebe feierlich besiegeln wollten.

»Haben wir in den letzten Tagen eine schöne, wenn auch recht aufregende Zeit miteinander verbracht ...«

»Dein Vater macht das echt ganz gut, oder?«, raunte ich Lynn zu. Ich musste zugeben, dass Johann mit seiner Haltung und Stimmlage auch den jährlichen Geschäftsbericht hätte vorlesen können, doch immerhin war er bereit, einige Worte vor all den Gästen zu sprechen.

»Schätze schon ...«, entgegnete Lynn. »Wenigstes scheint er sich nicht unwohl zu fühlen. Aber falls ich mal heiraten sollte ...«

»Wissen wir, dass du immer ein Backup hättest.« Sanft tätschelte ich Lynns Hand. Sie hatte in den letzten Tagen viel durchgemacht, hatte letztendlich einen Schritt auf ihre Mutter zugemacht und das rechnete ich ihr hoch an. Es war leicht, sich zu verkriechen, für immer wütend zu sein und sich zu verschließen. Die Konfrontation zu suchen, sich zu öffnen und Vergangenes zu verarbeiten, war ein wahrer Kraftakt. Und sie hatte ihn gemeistert. Genau wie Irene.

»Rein rechtlich gesehen ist das übrigens ein sehr interessantes Gebiet. Ich habe einst an diesem Fall gearbeitet ...«

»Hm hm«, räuspernd machte Leonora ihren Mann darauf aufmerksam, nicht den Faden zu verlieren.

»Aber diese Geschichte werde ich an einer anderen Stelle erzählen. Vielleicht ist dies eine gute Überleitung, darauf aufmerksam zu machen, sich auf das zu konzentrieren, was noch kommt. Die spannende Zeit, die vor Sebastian und seiner Frau Louanne als Ehepaar liegt. Darauf sollten wir anstoßen!«

Alle Anwesenden klatschten Beifall und jubelten dem Brautpaar zu. Mit einigen anderen gemeinsam vergoss ich kleine Tränchen, so gerührt war ich von diesem kuriosen Moment, der nicht perfekter hätte sein können. Schimmerte auch auf Leonoras Wange eine Träne? Das Paar schritt an den Gästen vorbei und strahlte über das ganze Gesicht. Alle folgten ihnen in die Räumlichkeiten, die für die anstehende Feier in letzter Sekunde vorbereitet worden waren. Getränke sowie kleine Häppchen waren bereitgestellt und warteten auf ihren Einsatz. Wie vor einigen Tagen nutzte Seb den Augenblick, um eine kurze Ansprache zu halten.

»Liebe Familie, liebe neue Familienmitglieder, liebe Freunde ... Die letzten Tage haben gezeigt, dass auch die detailreichste Planung nicht davor schützt, dass das Leben andere Pläne für einen bereithalten kann. Chaos und Ungewissheit können einem den Boden unter den Füßen wegreißen und einen an den Rand der Verzweiflung treiben. Doch es sind genau diese Momente, in denen wir merken, auf wen Verlass ist. So hat meine Frau Lou es vorhin bei unserer Trauung treffend zusammengefasst.« Sebastian bedachte Lou mit einem Blick zur Seite. Ich konnte bloß aus Lynns Erzählungen erahnen, was für ein Gänsehautmoment das vorhin gewesen sein musste. »Wer steht auch die schwierigen Zeiten gemeinsam mit uns durch und ist nicht nur bei schönem Wetter und Canapés an unserer Seite?«, setzte Sebastian fort. »Auch wenn diese Feierlichkeiten ganz anders waren, als wir es uns erhofft haben, könnte ich mir keine Besseren vorstellen. Und das liegt an euch. Und natürlich an meiner wundervollen Frau. Vielleicht braucht es manchmal etwas Chaos und Unwetter, damit danach wieder Ordnung und Sonnenschein herrschen? Zumindest in meiner kleinen Welt scheint es so zu sein. Ich bin froh, dass ihr alle hier seid, dass ihr geblieben seid und euch gemeinsam mit uns dieser Herausforderung gestellt habt. Ohne euch wäre das hier eine Party, aber so ist es ein Familienfest. Und darauf möchte ich mit euch anstoßen. Auf weitere katastrophale Familientreffen, Hochzeiten, Jubiläen, Geburtstage und was uns noch immer bevorstehen mag!« Feierlich erhob Sebastian sein Glas. Alle stimmten mit ein und prosteten sich gegenseitig zu. Nun ging auch Leonora in die Mitte des Raumes. Auch sie wollte offensichtlich etwas loswerden.

»Ich danke meinem Sohn sehr für diese herzlichen Worte. Doch auch in Momenten des Durcheinanders können vielleicht Kleinigkeiten Bestand haben und funktionieren. Also dachte ich, dass genau jetzt der richtige Zeitpunkt wäre für *Was ist Liebe*? Da ihr alle so fleißig an dieser Aufgabe gearbeitet habt, soll es nicht umsonst gewesen sein. Die erste Gruppe kann ihre Ergebnisse gerne vortragen. Freiwillige vor!« Auffordernd schaute Leonora in die Runde. Auch ich sah mich um und bemerkte, wie alle ihrem Blick auswichen. Die meisten betrachteten konzentriert den Boden oder den Inhalt ihres Sektglases. Ich stellte genauso mit Erschrecken fest, dass die Bearbeitung dieser Aufgabe auch in unserer Gruppe vollkommen in Vergessenheit geraten war.

»Kommt schon, seid doch nicht so schüchtern«, sagte Leonora, doch die Stille blieb.

»Kann es etwa sein, dass niemand von euch ...?«, fragte sie verzweifelt nach.

»Niemand würde ich nicht sagen«, diese Äußerung kam von Irene, die neben mir stand. Sie stellte ihr Glas auf einem der Stehtische ab und holte zusammengefaltete Zettel aus ihrer Handtasche hervor.

»Ich war so frei und habe ... geschrieben. Ich habe einfach meine Gedanken zu dieser Thematik aufgeschrieben.«

»Wie wundervoll. Wären Sie so nett, uns alle daran teilhaben zu lassen?«

»Nun, wenn Sie es gerne möchten ...« Zusätzlich holte Irene ihre Lesebrille hervor, stellte sich in die Mitte des Raumes und begann nach einem kurzen Zögern das Aufgeschriebene vorzulesen.

»Was ist Liebe? Wahrscheinlich muss jeder, der sich diese Frage stellt, unweigerlich an dieses poppige Lied aus den 90ern denken. Doch hat man erst diese Stufe überwunden, können die Gedanken genauer werden.

Ich selbst war über 50 Jahre verheiratet. Da möchte man meinen, ich könnte wie aus der Pistole geschossen sagen, was Liebe ist.

Aber nein.

Liebe ist nicht immer Verliebtsein. Hat nicht immer mit Schmetterlingen im Bauch und Zärtlichkeiten zu tun. Liebe kann Arbeit bedeuten. Arbeit an sich selbst oder Kompromisse einzugehen.

Liebe ist ein Gefühl, das nicht beeinflusst werden kann. Doch manchmal kann unser Kopf dazwischenfunken. Dann meint unsere Rationalität, sie wüsste es besser, oder Liebe wäre eine Entscheidungsfrage. Ich habe meinen Mann Henry geliebt und er mich. Doch auch wir waren einmal jung. Und wer jung ist, möchte vielleicht Grenzen testen, sich ausprobieren, ein Risiko eingehen. Die von euch, die mich besser kennen, wissen, dass dies ganz ohne Zweifel Eigenschaften sind, die auf mich zutreffen. Als Henry und ich geheiratet haben, war ich 20 Jahre alt. Es war eine andere Zeit. Eine Zeit, in der es für ein Liebespaar zweifelsfrei einfacher war, verheiratet zu sein. Eine Zeit, in der es für eine Frau besser war, wenn sie einen liebevollen Ehemann hatte. Das wünsche ich jeder Frau zu jeder Zeit. Ich weiß nicht, ob es ein verrückter Zufall oder etwas wie Schicksal ist, doch ein bedeutsamer Urlaub mit meinem Ehemann Henry führte mich damals an die Côte d'Azur. Alles hier war edel und en vogue, ich fühlte mich nahezu wie ein Filmstar. Ja, wenn man jung und schön ist, kann einen schnell das Gefühl eines regelrechten Höhenflugs überkommen.

Ich spürte die Blicke anderer Männer. Ich fühlte mich geschmeichelt und was soll ich sagen? Es gibt dieses eine Geheimnis, diese eine Geschichte, die ich Henry nie gestehen konnte. Ich habe die Ausrede genutzt und mir gesagt, dass ich ihm nichts erzählt habe, weil ich ihn liebe und ihn nicht verletzten wollte. Doch eigentlich war ich die ganzen

Jahrzehnte über ein Feigling, schämte mich für meinen eigenen Fehler und konnte mir meine Schwäche nicht eingestehen. Es war dieser eine Fehler, der mir zeigte, dass ein angehimmelt zu werden nicht mit Liebe zu verwechseln ist. Die Liebe zwischen Henry und mir hätte diesen Fehler überwunden. Oder?

Heute ist es zu spät und ich lebe ganz alleine mit der Wahrheit. Na ja, bis jetzt jedenfalls, weil ich meine Geschichte mit einer ganzen Hochzeitsgesellschaft teile. Seit wir hier an der Côte d'Azur sind, hat die Vergangenheit mich Stück für Stück wieder eingeholt und mir eines deutlich vor Augen gehalten: Wir Menschen gehen oft davon aus, dass wir noch mehr als genügend Zeit haben. Doch das stimmt nicht. Sag die Wahrheit, wenn es drauf ankommt. Liebe mit vollem Herzen. Lebe so, dass du glücklich bist. Alles, was wir haben, ist dieser Moment. Ich kann die Zeit nicht zurückdrehen und Henry über meinen Fehltritt aufklären. Ich muss mit den Konsequenzen meiner Entscheidungen leben. Doch auch eine Form der Liebe ist die Kunst, sich selbst zu verzeihen und gütig zu sich zu sein. Wenn es irgendwann so weit ist und ich mit Henry wieder vereint sein werde, wird er verstehen. Weil er mich liebt. Das weiß ich jetzt, als alte Frau. Daher sage ich, als diese alte Frau, die ich bin: Liebe verzeiht, Liebe will gelebt werden, egal ob bequem oder unbequem. Also stürzt euch in das Abenteuer, das voll ist mit allerlei Facetten und lasst euch nicht von rosaroten Brillen die Sicht vernebeln. Denn Liebe bleibt. Ob man will, oder nicht.«

Nachdem Irene ihren Vortrag beendet hatte, herrschte eine beinahe erschreckende Stille im Saal. Ich meinte zu erkennen, wie jeder der Anwesenden auf seine Art diese Worte verinnerlichte. Lynn sah zu ihrer Mutter, beide schenkten sich ein schüchternes Lächeln. Danach drehte Lynn sich zu Daniel. Der Augenkontakt zwischen den beiden sprach Bände. Und ich? Ich erwischte mich dabei, wie ich im ersten Moment eine gewisse Leere in mir spürte. Doch Irene hatte auch von der Beziehung zu dem eigenen Ich gesprochen. Nun konnte auch ich entspannt ausatmen. Ich war zufrieden mit mir. Und für diesen Moment sollte das mehr als genug sein.

»Also, lasst uns diesen Moment würdig zelebrieren!«, durchbrach Irene die Stille und hob ihr Glas in die Luft. Alle Anwesenden taten es ihr gleich, während einer der Kellner dies als Zeichen nahm, die Musikanlage aufzudrehen. Unter den angenehmen Melodien war es, als würde jegliche Anspannung von allen Gästen abfallen. Nun gab es nur noch eine Aufgabe: die Feier zu genießen.

Etliche Stunden, Häppchen und interessante Moves auf der Tanzfläche später taten meine Füße weh. Mit von der Wärme gerötetem Gesicht trat ich nach draußen vor die Parfümerie. Das Unwetter war inzwischen weitestgehend abgeklungen, vereinzelt nieselte es noch und in den Pfützen auf den Gehwegen spiegelten sich die Lichter der Straßenlaternen. In einiger Entfernung standen Lynn und Daniel, die sich angeregt miteinander unterhielten. Lynn wurde auf mich aufmerksam und winkte mich zu sich. Mit wackeligen Schritten ging ich auf die beiden zu. Schon jetzt wusste ich, dass mit den Blasen, die spätestens morgen auf mich warteten, nicht zu spaßen sein würde.

»Na, brauchst du auch eine kurze Tanzpause?«, fragte Daniel mich und zündete sich eine Zigarette an.

»Ehrlich gesagt könnte ich noch die ganze Nacht mit Irene ungewöhnliche Dancemoves erfinden. Aber die frische Luft tut gut.« Bei meinen Worten betrachtete Daniel schuldbewusst seinen Glimmstängel. »Nichts für ungut«, fügte ich rasch hinzu. »Das sollte kein Wink mit dem Zaunpfahl oder dergleichen werden.«

»Zunächst sind wir jeglichen Lastern gegenüber sehr tolerant «, ergänzte Lynn. »Hey, das ist dort drüben nicht die mysteriöse Wahrsagerin?« Lynn zeigte auf die andere Straßenseite. Tatsächlich war dort die Frau unterwegs, die gestern noch aus meiner Hand gelesen hatte.

»Ja«, bestätigte ich. Langsam kam die Frau näher. Hier, wo wir uns gerade befanden, war ihr kleiner Stand aufgebaut gewesen. Vielleicht bildete ich es mir nur ein, oder durch das Gewitter war die Abendluft merklich kühler geworden als die letzten Tage. Doch je dichter die Frau bei uns war, desto mehr nahm ich eine prickelnde Atmosphäre wahr. Eine leichte Gänsehaut bildete sich auf meinen Unterarmen und auf meiner Kopfhaut spürte ich ein deutliches Kribbeln. Auf Französisch nuschelnd wuselte die Frau zwischen uns herum, so, als suche sie etwas. Schließlich nahm sie einen gefalteten Zettel aus der Steinmauer, die sich vor der Parfümerie befand und sagte triumphierend etwas, das ich nicht verstand. Nun, wo sie gefunden hatte, wonach sie suchte, entfernte sie sich wieder von uns. Dabei drehte sie sich ein letztes Mal zu Lynn und mir um und durchbohrte uns mit ihren stechenden Augen. So plötzlich, wie sie aufgetaucht war, war sie auch wieder verschwunden.

»Hast du verstanden, was sie gesagt hat?«, fragte Lynn an Daniel gewandt.

»Vielleicht: Reinigung und Neuanfang. Die Zeichen haben ihre Macht entfaltet. Aber, nagelt mich nicht darauf fest, mein Französisch ist nicht perfekt. Kennt ihr die Frau? «

»Flüchtig ...«, sagte Lynn und bedachte mich mit einem eindringlichen Blick. Womöglich dachten wir beide in diesem Moment dasselbe.

»Hey, Daniel! Ich könnte dich für das nächste Spiel gut gebrauchen!« Seb war vor die Parfümerie getreten und rief nach seinem Freund.

»Alles klar, ich komme sofort.« Pflichtbewusst entsorgte Daniel seine Zigarette, ehe er sich wieder in das Getümmel in der Parfümerie begab. »Hoffentlich wird das kein allzu peinliches Spiel ... Also, wenn ihr gleich irgendwas Doofes sehen wollt ...« Mit diesen Worten ließ er Lynn und mich zurück.

»Sag mal ... Hast du das eben auch gespürt? Diese Aura der Wahrsagerin?«, fragte ich Lynn. Bevor ich etwas anderes ansprach, musste ich wissen, ob es ihr ähnlich ergangen war wie mir.

»Ja, ich hab durchaus etwas ganz Schräges wahrgenommen«, bestätigte Lynn meinen Eindruck. »Und dann auch noch dieser Zettel und das, was sie gesagt hat. Meinst du, sie hatte etwas damit zu tun, dass alles so gekommen ist?«

»Vielleicht? Aber was soll uns das sagen?«

»Hm. Vielleicht sollten wir es mit den Worten von Irene nehmen. Im Hier und Jetzt sein, statt uns von irgendwelchen Zukunftsprognosen den Blick für das Wesentliche nehmen zu lassen ...«

»Vielleicht«, lenkte ich ein. »Da wir gerade von dem Blick fürs Wesentliche sprechen: Was genau ist das zwischen dir und Daniel passiert?«

»Ach Marie, dir entgeht auch nichts.«

»Schon gut. Wenn du nicht darüber sprechen möchtest, ist das ok für mich.«

»Na sicher«, antwortete Lynn ironisch. »Aber ganz ehrlich. Ich platze schon beinahe, weil ich dir endlich alles erzählen möchte.« Ausführlich erzählte Lynn mir von ihren Erlebnissen mit Daniel, die in den letzten Tagen außerhalb meines Radars stattgefunden hatten.

Anschließend tanzten und feierten wir, bis wir im Morgengrauen unter dem Zwitschern der Vögel kaputt in unsere Betten fielen.

Die letzte Nacht – wenn man das überhaupt so nennen konnte, da unser Schlaf sich überwiegend auf die Morgenstunden verteilt hatte – war ausgesprochen kurz. Trotzdem wachte ich am nächsten (oder am selben) Tag mit einem zufriedenen Lächeln in meinem Gesicht auf. Lynn war typischerweise bereits auf den Beinen und packte einzelne Kleidungsstücke in ihren Koffer. Ein Hauch von Wehmut durchfuhr mich, als mir einfiel, dass wir noch heute die Côte d'Azur verlassen würden.

»Guten Morgen. Bist du schon am Koffer packen?« Leicht zerknautscht richtete ich mich im Bett auf und rieb mir die Augen. Schade, dass meine Augenpads, die in meinem Kulturbeutel in meinem verschollenen Koffer waren, nicht so schnell in greifbarer Nähe sein würden.

»Jap«, seufzte Lynn und stemmte nachdenklich ihre Hände in die Hüften. »Ich hab schon deine Kleidung für die Reise rausgelegt, ich weiß ja, dass du es bequem magst« Lynn deutete auf eine Jogginghose und einen Pulli auf ihrem Bett. »Ich dachte, ich bereite soweit alles vor. Und dann ist mir aufgefallen, dass wir vergessen haben, dir ebenfalls einen Koffer zu besorgen. Aber ich hab im Internet diese Rolltechnik zum Zusammenlegen für Kleidung gefunden, mit der könnten wir fast alles in meinen Koffer bekommen. Der Rest muss dann bei Irene mitreisen. Würdest du mir mal helfen?« Lynn hatte inzwischen auf dem Koffer Platz genommen und deutete auf die noch offenen Reißverschlüsse. Ich verkniff es mir, sie darauf aufmerksam zu machen, dass der Koffer rein äußerlich den Eindruck machte, als müsste er sich gleich übergeben, so voll war er. Nein, ich stellte mich dem Kraftakt und tatsächlich waren nach einer Weile des Drückens und Ziehens alle Verschlüsse zu.

»Puh, das ist offensichtlich ne ganze Menge, die wir von hier wieder mitnehmen«, sagte ich erschöpft. In mir schlummerte die Befürchtung, dass der Koffer jeden Augenblick aufspringen könnte, sodass sein gesamter Inhalt wild durch die Luft wirbelte.

»Meinst du, dieser vollgequetschte Koffer repräsentiert uns und die Ereignisse der letzten Tage? So oder so ähnlich hätte ich die Szene in einem Aufsatz in der Schule analysiert.«

»Möglich ... Hey, ich glaube, so langsam haben wir den Bogen mit den Kunstausstellungen raus.«

»Psst. Nicht, dass sich noch jemand bei diesen Worten auf den Schlips getreten fühlt.«

Neben dem üblichen Unsinn, über den ich mit Lynn fachsimpelte, ließ mich ein anderer, weitaus ernsterer Gedanke nicht los. Noch bevor ich genauer über meine Formulierung oder die Tatsache, ob ich ihn wirklich äußern sollte nachgedacht hatte, war er schon über meine Lippen gekommen.

»Bist du traurig darüber, dass Daniel nicht auch noch mit in den Koffer passt?« Mit zusammengepressten Lippen sah mich Lynn an. Natürlich wusste sie, dass ich den armen Kerl nicht im wahrsten Sinne des Wortes in ein Gepäckstück zwängen wollte, sondern sie verstand, was ich damit sagen wollte.

»Vielleicht ist es gut, dass er seinen eignen Koffer hat und gar nicht von mir mitgenommen werden muss?«, sagte Lynn schließlich und zuckte mit den Schultern. Ok, das konnte nun so gut wie alles bedeuten. Aber möglicherweise war die gesamte Situation auch genauso offen. Ehe wir weiter über das Thema sprechen konnte, klopfte es an unserer Zimmertür.

»Seid ihr bereit für den Brunch?«, fragte Irene, nachdem sie die Tür geöffnet hatte. Nickend ließen Lynn und ich den prallen Koffer zurück und machten uns auf, ein letztes Mal hier gemeinsam mit Lynns alter und neuer Familie zu essen.

»Wir bleiben noch zwei Nächte hier auf dem Château, dann geht es in die Flitterwochen nach Martinique. Die Reise dorthin ist ein Inlandsflug, weil das Gebiet zum französischen Department gehört.« Freudestrahlend berichtete Lou von den Plänen, die Seb und ihre Hochzeitsreise betrafen. Endlich hatte ich das Gefühl, dass Lou ganz sie selbst und frei von jeglichen Zweifeln oder Ängsten war. Schade, dass wir sie unter den schwierigen Umständen nicht wirklich gut hatten kennenlernen können.

Der Brunch war bereits beendet, doch mit uns saßen noch einige andere Familienangehörige an einem großen Tisch auf der Terrasse. Lynn hatte neben Daniel Platz genommen und der Gedanke daran, dass die beiden sich bald voneinander verabschieden mussten, ließ auch mein Herz schmerzen. Mit einer Hand in der Hosentasche knetete ich ein kleines Säckchen, in dem sich fünf Mandeln befanden. Gestern Abend hatte jeder der Gäste diese geschenkt bekommen. Ein durchaus übliches Geschenk bei einer französischen Hochzeit. Die Mandeln sollten Liebe, Glück, Wohlstand, Gesundheit und Fruchtbarkeit bescheren. Mal sehen, welche Art von Glück die Mandeln für mich bereithalten würden.

»Es ist zwar nicht ganz die Côte d'Azur, aber unser Gut Rosenfels ist ebenfalls überaus charmant«, setzte Irene an. »Vor allem zur Weihnachtszeit, wenn wir unseren traditionellen Adventsmarkt feiern, herrscht eine ganz entzückende Atmosphäre. Fühlen Sie sich alle recht herzlich zu unserem nächsten Adventsmarkt eingeladen, die schriftlichen Einladungen werde ich natürlich noch versenden, wenn es so weit ist.«

»Danke, das ist sehr aufmerksam von Ihnen«, entgegnete Leonora und ich kaufte ihr ab, dass sie sich über diese Einladung freute. »Dann lernen wir endlich Ihre Welt kennen. Und deine«, bei den letzten Worten sah Leonora zu ihrer Tochter.

»Solange du nicht auf die Idee kommst, in meinem Zimmer aufräumen zu wollen«, entgegnete Lynn. Doch glücklicherweise sorgte diese Äußerung für ein allgemeines Lachen am Tisch und verursachte keinen Kleinkrieg zwischen Mutter und Tochter. Ich hingegen konnte nur daran denken, wie ordentlich das Zimmer von Lynn im Vergleich zu meinem war. Das ging nicht mal mehr als Kunst durch. Doch das wusste an diesem Tisch niemand und so sollte es auch bleiben. Mein schmutziges Geheimnis.

So saßen wir gemeinsam in der wärmenden Sonne Südfrankreichs und sprachen über Weihnachten. Allein der Gedanke an nasse Füße und das matschige Gutsgelände ließ mich innerlich schütteln. Nein. Im Hier und Jetzt zu sein war schon eine ganz fantastische Idee.

Am Computer scrollte ich durch meinen Terminkalender für den kommenden Arbeitstag. In grüner Schrift leuchtete mir Astrids Name entgegen, da sie für morgen eine Behandlung gebucht hatte. Doch anders als noch vor wenigen Monaten, sorgte diese Tatsache nicht mehr für gemischte Gefühle in mir. Nein, seit wir von der Côte d'Azur wieder auf Gut Rosenfels angekommen waren, hatte sich etwas in mir verändert. Ich glaubte nicht mehr daran, dass ich in jeder Situation, vor allem in beruflichen, lächeln und gute Miene zum bösen Spiel machen musste. Stattdessen hatte ich gelernt, Grenzen zu setzen. So gab es Themen, die ich mit Astrid nicht besprechen würde. Punkt.

Zufrieden atmete ich aus und fuhr den PC herunter, der hinter dem Anmeldetresen in meinem Studio stand. Mit leerem Kopf trat ich hinaus in die frische Herbstluft und spazierte über das Gutsgelände. Von Weitem sah ich die Person, die seit neuestem Gast auf Gut Rosenfels war. Doch wenn ich die Situation richtig einschätzte, wurde aus ihm bald mehr als nur ein Gast.

»Gibt es einen Trick, wie man jemanden davon überzeugen kann, dass Türkis und Sonnengelb nicht die klassischen Weihnachtsfarben sind?« Verzweifelt legte Daniel seine

Stirn in Falten. Ich musste unweigerlich schmunzeln und konnte mir nur ausmalen, was für eine hitzige Debatte über die Farben der diesjährigen Weihnachtsdekoration gerade zwischen Daniel und Giovanni geführt wurde.

»Sorry, da bin ich überfragt«, gestand ich. »Schätze, wir müssen immer offen für Neues sein.« Gemeinsam gingen wir in Richtung des *Liebstöckels*. Ich dachte an die Zeit kurz nach der Hochzeit von Lou und Seb zurück. Wie frisch verliebte Teenager hatten Lynn und Daniel jede freie Minute miteinander telefoniert und es war ihnen (und allen anderen) schnell klar, dass sie räumlich nicht voneinander getrennt sein wollten. Also löste Daniel seine Wohnung in London endgültig auf, klärte alle weiteren Angelegenheiten und bezog eine kleine Wohnung in der Nähe des Gutes. Irene hatte die Idee, dass Daniel ihr bei einigen Verwaltungsaufgaben unter die Arme greifen konnte und kleine Reparaturen auf dem Gut übernahm. Seine Hilfe kam ihr wie gerufen, da Irene Konstanze nun beweisen konnte, dass sie sich keine Gedanken mehr machen müsste und ihre »besorgten« Briefe unbegründet waren. Das würde ihrer aufdringlichen Art den Wind aus den Segeln nehmen, wie Irene sagte. Allerdings war ich mir noch nicht so sicher, ob Konstanze diese Einschätzung akzeptieren würde.

Im *Liebstöckel* saßen Lynn und Irene bereits an einem Tisch auf der Terrasse. Vor Lynn stapelten sich zahlreiche Zettel.

»Es gibt doch keine Einwände, dass wir draußen sitzen? Oder seid ihr Frostbeulen?«, fragte Irene. »Ich würde mir gerne einreden, dass der Sommer noch nicht vollkommen vorbei ist.«

»Du kennst uns, wir sind tough«, antwortete ich und

nahm Platz. »Oh, sind das die Prüfungsunterlagen? Jetzt wird es ernst«, sagte ich an Lynn gewandt. Ich freute mich darüber, dass sie sich endlich dazu durchrang, die Prüfungen zur Pferdetrainerin anzugehen. Und ich wusste, dass Daniel einen großen Teil dazu beigetragen hatte, sie zu diesem Schritt zu ermutigen.

»Hör bloß auf ...«, angestrengt fuhr Lynn sich mit den Fingern durchs Gesicht.

»Sie sitzt hier so bestimmt schon 30 Minuten und ist kurz davor, sich in einen Nervenzusammenbruch hineinzusteigern«, sagte Irene. »Ich war schon beinahe so weit, die Papiere einfach selbst zu unterschreiben.«

»Was dann unter Dokumentenfälschung fallen würde«, konterte Lynn.

»Vielleicht wäre eine Karriere als Kriminelle ja doch noch etwas für mich?« Fragend zog Irene ihre Augenbraue in die Höhe.

»Mal ein ganz anderes Thema ...«, setzte Daniel an. »Wie kann ich Georg ... Giovanni im Bereich Deko umstimmen?«

»Das kannst du vergessen«, winkte Irene ab.

»Gut, dann wird das bestimmt noch ... interessant.«

»Hast du ernsthaft etwas anderes erwartet?«, fragte Lynn. »Oh und übrigens: Meine Familie hat jetzt definitiv dem Besuch zum Adventsmarkt zugestimmt. Also, das wird dieses Jahr doppelt und dreifach interessant.«

»Ich kann noch einen oben drauf setzen«, fügte Irene hinzu. »Der Terminkalender von Yves Leopold ist gut gefüllt, doch um die Weihnachtszeit hatte er noch etwas Luft. Also wird auch er uns besuchen und dieses Fotoprojekt mit mir umsetzen. Habe ich eigentlich schon erwähnt, dass ich

das mit der Wachgans für Rosenfels endlich regeln konnte?
Wir werden also bald noch Zuwachs bekommen!«

Ich hörte nur noch mit einem Ohr zu, wie sich die drei
über potenzielle Szenarien während des Adventsmarktes
austauschten. Meine Aufmerksamkeit galt zunehmend meinem Handy, auf dem ich Nachrichten tippte.

Tim befand sich nach wie vor auf der MS Tropica und
hatte ein Bild aus dem Jachthafen von Cannes geschickt.
Erinnerungen ... stand in der Bildunterschrift.

Schönes Foto, schrieb ich zurück. *Dieses Jahr Lust auf
Weihnachten im Schnee?*

Tim: Meinst du die Hurtigruten?

Marie: Ich dachte eher an Gut Rosenfels.

Tim: Ist das eine Einladung?

*Marie: Ja. Ich würde mich freuen. Die anderen natürlich
auch.*

Tim: Gerne, ich klär das!

»Worüber freust du dich denn so, Marie? Du lächelst, als
hättest du gerade den perfekten Streich ausgeheckt«, sagte
Irene und ich ließ mein Handy wieder in meiner Hosentasche verschwinden.

»Ich glaube, ich bin einfach glücklich«, antwortete ich.
»Ich freue mich auf das, was kommt. Interessante Besucher,
expressive Dekorationen, sich immer stärker anbahnender

Prüfungsstress ...«

So wie das Leben war Rosenfels durch und durch bunt und auf dem besten Weg, immer farbenprächtiger zu werden.

Danke

Ich danke meiner Familie und meinen Freunden.

Mama, weil du als die (von mir so ernannte) „Managerin" meine Bücher in Freundeskreisen und Buchgeschäften(!) bewirbst.

Papa, weil du für Momente sorgst, die sich eventuell in leicht abgewandelter Form in diesem Buch wiederfinden.

Dustin, weil du mein Bruder bist. Dank dir sind meine Buchverkäufe international ;)

Verenchen: Mein Zwilling. Hundemama & Schriftstellerin. You go, girl!

Katha: Für den Austausch über Gott und die Welt (das ist das Leben). Weil wir es uns immer wieder sagen sollten: Ich liebe uns.

Musik-Björn: Für die Musik, unterhaltsame Sprachnachrichten und mentale Unterstützung bei der Hundeerziehung.

Ich danke meinen lieben Autorinnen-Kolleginnen Marie Wollatz und Inken B. Weiss für den wunderbaren Austausch in unserem Literaturclub. Schön, dass wir uns immer wieder gegenseitig bestärken. Genauso gut aber können wir uns über die zahlreichen Hürden im Alltag als Autorin - oder einfach nur als Frau - auslassen.

Besonderer Dank gilt meiner wundervollen Lektorin Verena Herrmann-Philippi, die letztes Jahr meinen Debüt-Roman gelesen und der Fortsetzung dann zu ihrem letzten Schliff verholfen hat. Danke für deine genaue Arbeit und dass ich mich stets bei dir melden kann. Manche meiner grammatikalischen Konstruktionen und Wortneuschöpfungen sind wirklich abenteuerlich.

Dann danke ich noch diesem ganz besonderen Menschen in meinem Leben (ohne viele Worte).

Ebenso danke ich Isa, Detlef, Oma Anne und Oma Mühle für den stetigen Zuspruch.

Ich danke allen lieben Menschen auf Social Media & Co., die mich unterstützen. Danke für den netten Austausch und euren Support, ich umarme euch!

Natürlich danke ich allen Leser:innen dieses Buches, die vielleicht auch schon bei „Fernweh" dabei waren. Es bedeutet mir sehr viel, dass ihr die weiteren Erlebnisse meiner chaotischen Protagonistinnen mitverfolgt. Und an alle Neuen: Hi.

Neben diesen emotionalen Aspekten danke ich ebenso gewissen Helden meines Alltags: Lieferservices, Kaffee, Trockenshampoo, Concealer, den Sushi-Dealern meines Vertrauens und der Musik meiner Lieblings-Künstler:innen.

Zu guter Letzt danke ich noch einer Person, ohne die das alles nicht möglich gewesen wäre: mir selbst. Es war nicht immer leicht (Arbeit, Master-Arbeit, Dackelerziehung, Buchveröffentlichung, genügend Schlaf bekommen ...), doch irgendwie hat's hingehauen. Ich würde es aber niemandem empfehlen, sich so viel auf die To-do-Liste zu packen. Weniger ist manchmal mehr. Denn nichts ist inspirierender als das süße Nichtstun.

Life's a beach, baby enjoy it!

Über die Autorin

Gigi E. Winter ist eine Autorin aus Kiel. Als waschechtes Küstenkind blieb sie in Kiel und studierte Philosophie, Anglistik sowie Public Relations. Beim Schreiben von Romanen lebt sie ihre Kreativität aus. Sie genießt gemütliche Regentage, lange Cafébesuche und ausgiebiges Stöbern in kleinen Geschäften. Seit Kurzem bringt ein Dackel namens Tinsel den Alltag der Autorin ziemlich durcheinander. Die quirlige Fellnase wird mit Sicherheit zu weiteren Buchideen inspirieren.